わけあり侯爵夫人は日陰者

剣聖の夫との恋は結婚四年目から

中村朱里
SYURI NAKAMURA

一迅社文庫アイリス

CONTENTS

ナターリヤ
元男爵令嬢、現ルウェリン侯爵夫人。
おっとりとした性格の女性。
結婚してから四年間、夫に放置されていたせいで「日陰の女」と内外から呼ばれている。
ライオネル
ルウェリン侯爵家の当主で、ナターリヤの夫。
以前は王太子の近衛騎士として活躍し、いくつもの武勲を立てていた「剣」の魔術師。
最近では、「剣聖」と讃えられるほどになった。
わけあり侯爵夫人は日陰者
剣聖の夫との恋は結婚四年目から

CHARACTER

オズマ
ナターリヤの後見人。
英雄と慕われている「盾」の魔術師。
「王国の盾」と呼ばれている老年の紳士。

マグノリアアナ
男爵家からついてきてくれた
ナターリヤ専属の侍女。

ジャクリーヌ
侯爵家の元気な料理人見習い。

シグルズ
かわいい物が好きな侯爵家の庭師。

メルヴィン
仕事ができる侯爵家の従僕。

WORDS

魔術師
魔族の血を色濃く受け継いだ者達。
かつて魔族が駆使した魔術を
行使することができる存在。
「剣」や「盾」、「薬」など様々な系統の
魔術が存在する。

魔族
「鏡の向こうの善き隣人」と
呼ばれている存在。
強大な力を持っており、
王国の発展に貢献したとされている。

手袋
魔術師の御印を隠すために
つけているもの。
魔術師以外の民にも義務付けられて
おり、手袋を外していいのは、
両親と生涯の伴侶の前だけと
定められている。

御印 —みしるし—
魔術師の左の手のひらに存在する、
あざ。
そのあざの形によって、
どの系統の魔術師であるかがわかる。

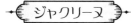

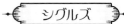

イラストレーション◆條

Best wishes to look-alike couple.

わけあり侯爵夫人は日陰者　剣聖の夫との恋は結婚四年目から

序章　日陰から求む

「〝彼女〟にふさわしい男になってみせます」

そう宣言したこの声は、震えてはいなかっただろうか。そう自身に問いかけて、震えてたまるものか、と自分を鼓舞《こぶ》する。

これは誓いだ。過ぎたる願いでもおぼろげな祈りでもない、誰にも覆《くつがえ》すことのできない、自分の確固たる望みを叶《かな》えるための。

こちらの顔を見つめたまま、〝彼女〟の後見人であるこの国の〝英雄〟は、完全に固まっている。当然だろう。何せその手にある、この自分が用意した書類には、〝彼女〟を迎え入れるための、現状における万全を期した計画が記されているのだから。

さすがの〝英雄〟殿も、まさか自分が、本人からも後見人である彼からも一切了解を取らずに、さっさとここまでやらかすとは思っていなかったらしい。

硬直している〝英雄〟を前にして、ごくりと唾《つば》を飲み込む。人事は尽くした。だが、まだ足りないと言われたとしても、毛頭諦《あきら》める気はない。

さあ、どんな無理難題でも言ってみるがいい。

そう覚悟を決めて目の前の御仁《ごじん》を見つめ返すと、彼はその黒檀《こくたん》の瞳をぱちりと瞬《またた》かせてから、やがて、ふ、と吐息をもらした。その吐息は彼の、年老いてもなお凜々しい顔立ちに笑みを呼び、そのまま盛大な笑い声となる。

「はは、はははは っ！　ふ、ふふふふ、はははは っ！　よ、よくもまあぬけぬけと……！」

誉《ほま》れ高き〝英雄〟のここまでの爆笑など、そうそう見られるものではないだろう。緊張に拳《こぶし》を握り締めるこちらをよそに、彼は腹を抱えんばかりに笑い続ける。そうして、笑いすぎて涙がにじんだまなじりをぬぐってから、ふう、と溜息《ためいき》を吐き出した。

「なるほど、よろしい」

噛《か》み締めるように言い放たれた言葉に、息を飲む。

その、言葉は。

そう早くも期待に胸を膨《ふく》らませるこちらをいかにも仕方なさそうに、諦めをにじませて見つめてくる彼は、そのまま続けた。

「まあ少しばかり……そうだな、様子見くらいはしてやろうじゃないか」

「つありがとう、ござ、い、ます」

がちがちに強張《こわば》っていた拳が緩んだ。その拳を今度は歓喜ゆえに握り締め、頭を下げる。

取った。とうとう取った。ようやく、ようやく許しの言質《げんち》が取れた。

これで素直に喜び安堵《あんど》するには若干《じゃっかん》どころではなく不穏な響きもあったけれど、とにもかくにも、〝彼女〟の後見人殿は、この自分のことをようやくほんの少しは認めてくれたのだ。

「それでは、失礼いたします」

「なんだ。もう発《た》つのかい?」

「殿下の元へ馳《は》せ参じます。……あなたの気が、変わられる前に」

「おやおや、僕も信用がないな」

「〝彼女〟に関することについて、あなたのことを信頼していますが、信用はできません」

「ありがとう、褒《ほ》め言葉だ」

喉を鳴らしてさも面白そうに笑う彼に再び頭を下げ、そのまま部屋を辞す。こうしてはいられない。彼からの許可が得られたならば、もはや遠慮する必要などどこにもない。

そして〝英雄〟の屋敷から、その足で王城へと向かい、勢いのままに上司の執務室に駆け込んだ。王太子である彼に対して事前の連絡も入れずに謁見《えっけん》が叶うのは、今の自分のこの身分があってのことだ。彼の近衛騎士であり、侯爵でもあるという、この身分。今更《いまさら》ながらそれらに心底感謝せずにはいられない。

こちらの無礼に対して気を害した様子もなく、執務机の向こうで「どうした?」と優雅に微《ほほ》笑《え》んでいる上司に、つい先刻顔を合わせたばかりの〝彼女〟の後見人である御仁に突きつけた書類とまったく同じものを渡す。

「なんだ、ライオネル。また例の件への嘆願書……いや恋文と言うべきか？　あの件についてはもう……」

「いいからご覧ください」

「んん？」

「ご覧ください」

「いやだから、あの件についてはもうしまいだと言っているだろう」

上司である王太子は、優雅な笑みを苦笑に変えてかぶりを振る。だが、ここで退《ひ》く必要はない。拳を、ぐ、とまた握り締めて、にっこりと笑ってみせた。自分の〝恋文〟に目を通すまでもないと思われているならば、さっさと隠し玉を出させてもらうしかない。

「オズマ殿から、許しを得ました」

「！」

王族の証《あかし》である真紅の瞳が大きく見開かれる。その最高級のルビーのような瞳に映り込む自分は、恋する男の顔をしていた。

「どうか、ご覧ください」

駄目押《だめお》しのようにそう言って、執務机の上に置いた書類の束をぐいっと王太子の間近へと押し遣《や》る。先ほどまでの苦笑から一転して、すっかり笑みをぬぐい捨てて真顔になった上司は、ようやく書類をその手に取った。真紅の瞳がすがめられ、自分が一文字一文字、魂を込めて記した書面の上を滑っていく。

握り締めた拳の手のひらに、じわりと汗がにじむ。どくどくと鼓動がうるさかった。

後見人たる御仁からの許可が得られたとしても、最終的な決定権は、目の前の、王太子、という立場にある貴人の手に握られている。だからこそ、やれるだけのことをやり尽くしたのだ。

それでもなお許されないならば、もういっそ〝彼女〟のことをさらってしまえばいいのでは、などという決して赦《ゆる》されざる考えすら湧《わ》き上がってくる。

――〝彼女〟は、何も知らないのに。

そう、〝彼女〟は何も知らない。ただ自分だけがこの薄暗い場所から愚《おろ》かなまでに懸命に〝彼女〟という光に手を伸ばし、その光を手中に収めようとあがいている。

――どうか。どうか、と。

この手に〝彼女〟の手が重なるその日を、どれだけ夢見てきたことだろう。

もはや飲み込める唾液すら尽きた。からからに乾いた口を引き結び、無言のまま書面に目を通している王太子からの次の言葉を待ち続ける。

わずかな時間であるはずなのに、まるで永遠のように思えるほど長い長い時間だった。

そして、ようやく。王太子の薄い唇が、開かれる。

「………メルヴィンまで持っていくとは！　やってくれたな！」

母君である美貌の王妃譲りのあでやかなかんばせが、大きく破顔する。自分が用意した書類を前に、彼は貴人としての余裕をすっかり忘れた様子で爆笑していた。先ほどの後見人たる御仁と似たような反応である。

だが、ここで油断はできない。彼は笑顔で許すことも罰することもできる胆力の持ち主だ。自分が今回やらかした件について、許可ではなく、罰則を科すことだって十分あり得る。

ごくりとからからの空気を飲み込む自分を、真紅の瞳でひたりと見据えた王太子は、そうして、ニヤリと笑った。

「いいだろう」

その唇が動くのを、一瞬たりとも見逃せなかった。聞き逃すことなどもってのほかだった。

「ライオネル・ルウェリン侯爵と、ナターリヤ・シルヴェスター男爵令嬢の婚姻を、王太子たるレディウス・エッカフェルダントの名において許可しよう」

「っ!! あ、ありがとうございま……」

「ただし」

爆発的な歓喜が全身を包んだのもつかの間、王太子はあでやかな美貌から笑みを消す。その真剣な表情に、気付けば前のめりになっていた身体《からだ》を反射的に正す。よろしい、とばかりに王太子は頷《うなず》いて、言葉を続けた。

「婚姻はあくまでも仮のものである。本当の意味での婚姻を結びたければ、私とオズマ・ゲクラン伯爵が出す条件をすべて解決してみせろ」

「〝彼女〟を……ナターリヤ・シルヴェスターを得るためであれば、いかなる条件も安いものです」

「うん？　即答か」

「解《わか》りました」

「はは、お熱いことだ。それがお前の独りよがりにならないことを祈っているよ、ライオネル」

「ありがたく」

丁重に頭を下げる。そう、どんな条件であろうとも構わない。たとえ『仮の婚姻』だとしても、それでも、〝彼女〟の隣に立つ権利は自分のものとなったのだ。誰にも譲れない。誰にも奪わせない。たとえそれが、〝彼女〟の後見人たる〝英雄〟であったとしても。

そう決意を新たにし、改めて礼を取る。格式ばった、けれども喜びが隠しきれない一礼に、王太子はくつくつと楽しそうに笑う。「ではまず、今出せる条件を私から先に出そうか」と続ける彼に、神妙に頷きを返す。必ず成し遂げてみせるという自信がある。〝彼女〟への想いが、この自分の背中を押してくれる。

「そうだな、まず、ナターリヤ嬢が心身ともに健やかにすごせるルウェリン領における環境作り。これはお前が一応先んじているようだが、さらなる万全を求めよう。理由は、言わずとも解っているな？」

「……テレジア殿ですね」

口にするのもためらわれる、現状として一応この自分の領地であるはずの土地にて、好き勝手な真似をしている、亡き父の正妻であった女。王都に定住するつもりだった時は好きにすればいいと放置しておいたが、〝彼女〟を娶《めと》ろうとするならば、あれはまずい。テレジアは、〝彼女〟にとって害以外の何物にもならない。

とはいえ、あれを排除している時間はなかった。現状として、〝彼女〟と〝彼女〟の後見人たる御仁の縁談が進んでいると聞かされていた。両親を失った〝彼女〟を守ろうとするならば当然の流れだと理解できるが、納得できるはずもなく、となれば一刻の猶予《ゆうよ》もなかった。だからこそ、どうしても急がなくてはならなかったのだ。

〝彼女〟と婚姻を結ぶのは、他ならぬこの自分でありたいという、勝手なわがままだと解っていた。それでも、どうしてもと。

今回の王太子の承認により、その話は潰すことに成功したが、〝彼女〟を迎え入れるにあたって用意することができたのは、領地の屋敷における、〝物置小屋〟が限界だった。幼い頃暮らした、自分にとっては日陰の牢獄《ろうごく》でしかなかった場所。

けれど初めて出会った時に〝彼女〟が言ってくれた言葉が、あの牢獄に光があったことを教えてくれた。既《すで》に完璧な改装を終えているあの場所が、〝彼女〟にとって光差す城になってくれればいいのに、と思わずにはいられない。

ああ、そうだとも。解っている。これは自分のエゴだ。いくら改築を終え、〝手駒〟となってくれると誓ってくれた仲間達を送り込んでいるとはいえ、テレジアに追従する者達ばかりの屋敷の敷地内に、〝彼女〟を置くことは、〝彼女〟にとって無理を強《し》いること以外の何物でもない。それでもなお、どうしても。どうしても、どうあっても諦められなかった。諦められない、想いなのだ。その想いを抱《いだ》いて、今、自分はここに立っている。

自分が自己満足に苛《さいな》まれているのを、王太子はお見通しらしい。彼はふ、とそのまなじりを細めて、嫣然《えんぜん》と笑みを深めた。

「よろしい、解っているようで何よりだ。となれば当然、不安定な状況にあるお前自身の立場の確立が必要とされることも解っているな？　ライオネル・ルウェリン、お前は名実ともにルウェリン侯爵となる義務がある」

「はい」

「……お前の場合、返事だけがいいわけではないところが怖いところだな」

「お褒めにあずかり光栄です」

「はは、そういうところだぞお前。それからもちろん、いずれルウェリン領に帰るとなれば、私付きの近衛騎士としての役割の引継ぎを。私に、そしてこの国に忠誠を誓った《剣》の魔術師の義務として、只人《ただびと》では敵《かな》わない厄介《やっかい》な魔物の討伐もしてもらわなくては……うん、まずはこんなところか。不満はあるか？」

「いいえ、まったく」

不満などあるものか。王太子の口ぶりから察するに、彼が今後、重ねて挙げるつもりでいるのであろう条件は、さらなる困難を極めるのだろう。構わない。その険しい道の果てに〝彼女〟が待っていてくれるならば、何も怖くない。〝彼女〟という光、〝彼女〟という勝利の女神が導いていてくれるならば、自分はどんな無理難題だって乗り越えてみせよう。

焦《あせ》ることもなく悠然と微笑んでみせたのが、王太子には少々面白くなかったらしい。「かわいくない奴だな」と苦笑する彼に、再び「お褒めにあずかり光栄です」と繰り返して頭を下げた。

――――それから、約一年後。

数えきれないほどの条件を解決して、ようやく、本当にようやく、明日、〝彼女〟との結婚式を迎えることになった。あくまでもまだこれは『仮の婚姻』だ。浮かれるにはまだ早い。

だが、しかし。

「……ナターリヤ」

口にするだけで甘くとろけるような響きを口にして、ライオネル・ルウェリンは、その日、眠れない夜をすごすのだった。

第1章　白い結婚

麗《うるわ》しの王国エッカフェルダント。

その発展に尽力し、大いに貢献したのが、かつて『魔族』と呼ばれた種族だという。彼らを奉《まつ》るこの聖なる大聖堂には、あちこち全身を映す鏡が配置されている。そこに映り込む自分の姿を、ナターリヤ・シルヴェスター男爵令嬢は、改めてじぃと見つめてみた。

葡萄《ぶどう》色の中でも特に紅色が強く出たその瞳は、いつまで経《た》っても幼さが残る、丸目がちのたれ目である。幼い頃からちっとも印象が変わらないと、父も母も、いつも嬉《うれ》しそうに笑ってくれたものだ。

貴族の淑女として社交界にデビューしたのが、十五歳になったばかりの頃の話だ。そのデビュタントに向けて腰まで長く伸ばし続けた髪は、おさまりの悪い、大きく波打つ癖毛である。そのせいで、結い上げるのが困難になってしまうのが悩みどころだ。けれどそこはそれ、幼い頃より姉のように慕う侍女の出番である。くすみを帯びたひかえめな金色の髪を、彼女は見事に結い上げてくれた。彼女の手により、この髪には今は生花が編み込まれ、香り高い香油のつやめきで、まるで王冠を頂いているようだった。

特別容姿が整っているわけではないという自覚はある。だが、今日の自分は、なんだかとても綺麗《きれい》になれた気がして、素直に嬉しいと感じた。侍女も、後見人である御仁《ごじん》も、太鼓判《たいこばん》を押してくれている。

普段身にまとうような、十六の娘にあるまじき地味なドレスは、今日ばかりはすべてクローゼットの中だ。鏡の中のナターリヤは、翠《みどり》のベルベット地に金糸でさまざまな文様が刺繍《ししゅう》された、それは美しい、見事なドレスを身にまとっていた。

そしてその金糸で紡がれた繊細なレースが縁取る袖口から覗《のぞ》く両手には、真っ白な手袋がはめられている。今は亡き両親が、ナターリヤが生まれた時、今日というこの日のために用意したのだと聞いている。地の色と同じ白のつややかな絹糸で、シルヴェスター家の紋章が刺繍されたそれをはめるのは、今日が初めてだった。


——リィン、ゴォン……。

——リィン、ゴォン……。


余韻《よいん》を引きずりながら奏でられる美しく荘厳《そうごん》な鐘の音は、未来への祝福を意味するという。

あら、もうそんな時間なのね、と姿勢を正すと同時に、ナターリヤを囲むように配置されていた周囲の姿見が、ざぁっとその配置を変え、ナターリヤを挟んで向かい合うように整然と並び、一本の道を作り上げる。

まあすごいわ、話には聞いていたけれど、本当になんて見事なからくりだこと。そうしみじみと感心していると、がたん、と、音を立てて、鏡合わせの道の向こうの扉が開かれる。自然とそちらへと視線を向けたナターリヤは、あらまあ、と、無意識に目を瞠《みは》った。


——なんて綺麗なお方。


そう素直に感動してしまった。

最初にナターリヤの目を奪ったのは、彼のその見事な金混じりの翠色の瞳だった。自分のドレスの色を見てみれば、彼がその色彩の瞳を持つことは解《わか》り切っていたことなのだけれど、それにしても本物は本当に美しい。まるで初夏の木漏《こも》れ日《び》を、そっと両手で包み込んで閉じ込めたかのような、ただただ美しいとしか表現できない色彩である。

そしてその木漏れ日色の瞳にぴったりな、透けるような琥珀色《こはくいろ》の髪は、男性にしては長めに伸ばされていた。思わず手を伸ばしたくなるようなつややかさを感じさせるその髪はさらりと清水のごとく流れ、彼の正装と同じ紅色が強く混じった葡萄色のビロードのリボンでまとめられ、右の肩口から胸元へと垂れる。

誰もが見惚《みと》れるに違いないと、そういう方面に疎《うと》いナタ―リヤですら断じることができる、凛々《りり》しく整った美しい顔立ちだ。だがその麗しい顔は、なんだか随分と硬く強張《こわば》っている。

――もしかして、緊張なさっているのかしら？

なんとなくそう思ったけれど、すぐにナタ―リヤはその疑問を自分で否定した。そんなまさか、というやつである。

ナタ―リヤよりも、三つ年上の十九歳であると聞いている彼の名は、ライオネル・ルウェリン。この名前を知らない者は、王都において……いいや、もしかしたらこのエッカフェルダントにおいてはもはやモグリと呼ばれるかもしれない。

若くしてルウェリン侯爵家の当主となった彼は、誉《ほま》れ高き王太子殿下の近衛騎士にして、《剣》の魔術師でもあるのだという。

彼のことを、ナタ―リヤはうわさでしか知らない。社交の場として招かれて出席した数少ない茶会で、同世代の女性達が色めきだってその名前を口にしていたのを覚えているくらいだ。

それなのに、男爵家の生まれであるとはいえそれ以外には何もないナタ―リヤが、今日、そのライオネル・ルウェリンと結婚しようとしているだなんて、いったい誰が信じてくれるというのだろう。

自分の後見人である御仁は「ものは試しと思いなさい。なぁに、いつ離縁しても構わないのだから」などと笑っていた。けれども、はたしてそれが許される相手であるのかどうか、改めて不思議になってきた。

〝ライオネル・ルウェリン〟であれば、さぞかし引く手あまたであるに違いない。妻となるべき女性が、箸《はし》にも棒にもひっかからないナターリヤである必要性なんてどこにもないはずだ。それなのに、なぜだかどうしてだかまったく解らないままに、今日という日を迎えてしまった。

――こんな、不思議なご縁もあるものなのね。

両親を亡くして以来、ナターリヤは、くだんの後見人である御仁との婚姻の話が進んでいた。彼は御年《おんとし》六十を超える年嵩《としかさ》の男性であり、まさに祖父と孫娘ほどの年の差がある相手ではあった。けれど、そんなことは気にならないくらいに素敵な殿方であることは重々承知している。加えて、彼自身も「〝白い結婚〟として婚姻を結ぼう。なに、きみに惚《ほ》れた男ができたならば、すぐに僕は身を引くよ」だなんて言ってくれたから、彼と婚姻を結ぶことに対して何一つ不安はなかった。

それなのに、この聖なる結婚式の場に、自分の婚姻の相手として立っているのは、かの御仁ではなく、若々しく美しい騎士、ライオネル・ルウェリン侯爵なのである。

気付けば彼は、ナターリヤのすぐ目の前に立っていた。やっぱり硬く強張った顔だ。せっかくの美貌がもったいなく思えてしまうくらいにカッチコチである。

わたくしとの結婚がご不満でいらっしゃるのかしら。それも当然よね、と納得しつつ、ナターリヤは彼の瞳と同じ色のドレスの裾を両手で持ち上げて一礼する。それを受けて、ライオネルもまた、ナターリヤの瞳の色と同じ色の正装に包まれた長身を洗練された仕草で折ってみせた。

「ライオネル・ルウェリンは、ナターリヤ・シルヴェスターの想いを乞《こ》い、自身と同じ想いを求め、また映す」

大聖堂に響き渡る凛《りん》とした声音。ライオネルが朗々《ろうろう》と紡いだ言葉は、宣誓だ。かつてこうして、魔族と呼ばれた『鏡の向こうの善《よ》き隣人』もまた、伴侶《はんりょ》に愛を誓ったのだという。

夫となるべき男と妻となるべき女は、こうして互いの瞳の色の正装に身を包んで、そして、それから。

「ナターリヤ・シルヴェスターは、ライオネル・ルウェリンの想いを映し、自身と同じ想いを与え、また映す」

教えられた通りの言葉で、同じように誓い返せば、ライオネルの強張っていた顔がほんの少しだけやわらかくなった。木漏れ日色の瞳に宿る、自分の知らない熱に、不思議とどきりと胸が高鳴った気がした。けれど、その意味を理解するよりも先に、ライオネルの、ルウェリン家の紋章が刻まれた手袋に包まれた節くれだった手によって、自身の手が持ち上げられる。

右手、そして左手。ライオネルは、まるで壊れ物を相手にしているかのように、いっそナターリヤの方がじれったくなるくらいにどこまでも丁寧《ていねい》に、慎重に、そっとナターリヤの手袋を奪っていった。

この国の慣例通りに、物心ついた時には既《すで》に両親にすらほとんど見せなくなっていた、今や自分しか知らない両手だ。その肌は、自慢ではないけれど、手袋に負けず劣らず白くて、ライオネルのような綺麗な男性に見せても恥ずかしくないものであると思えたことにほっとする。じっとその手を見下ろしてくるライオネルのまなざしが、当たり前だがやはり気恥ずかしい。それでもナターリヤもまた、ライオネルの真白い手袋を、彼と同じくらいに丁寧に、かつ慎重にはずす。

それを待ちかねていたかのように、ライオネルは、あらわになった両手を立てて、その手のひらをナターリヤの前に示してきた。

彼の左の手のひらに刻まれているのは、一振りの剣の紋章だ。《御印《みしるし》》と呼ばれるそれは、刺青《いれずみ》ではない。魔族の血を色濃く持って生まれた者が、その種族によってそれぞれ生来持って生まれる、魔術師としての証《あかし》とされるあざである。それこそが、エッカフェルダントにおいて手袋をはめることが義務付けられている理由に他ならない。

ナターリヤは、初めて目にするそのあざを、ついついじっと見つめてしまう。

――わたくしのあざとは、やっぱり違うものなのね。

この両手の手のひらにも、まるで大輪の花のような、揃《そろ》いの丸いあざが刻まれている。だが、それは魔術師としての《御印》ではない。《御印》は、左の手のひらだけに刻まれるものだとされている。だからこそ自分のあざは偶然の、なんでもない、ただのあざなのだ。

それがライオネルの目には、物珍しく見えたのだろう。相変わらず、じぃと食い入るようにこちらの両手を見つめてくる視線にいい加減耐え切れなくなって、ナターリヤは儀礼通りに、自身の左右の手のひらを、ライオネルのそれへとそれぞれ押し付けた。

ライオネルの肩がびくりと跳ねる。はしたなかったかしら、と思わず両手を引こうとすると、彼は慌《あわ》てたように自身の手を押し出してきた。

ナターリヤの手のひらとライオネルの手のひらが、ぴたりと密着する。そして改めて鏡合わせのようになると、なにやらごくりと息を飲んだライオネルが、身をかがめて、そのとても綺麗な顔を、ゆっくりと近付けてくる。さすがにどぎまぎしながらも、ナターリヤはそっと目を閉じて、彼の唇が自分の唇に触れるのを受け入れた。

初めての口付けは、あたたかかったけれど、何の味もしなかった。だからこそ、こんなものなのね、としか思えなかった。

かくして、ナターリヤ・シルヴェスターは、ルウェリン侯爵たるライオネル・ルウェリンの妻、ナターリヤ・ルウェリンとなったのである。

――――そうして、四年もの月日が経過した。

ルウェリン領における、領主一族が住まう広大な屋敷の一角。これまた広大な庭の片隅のさらに片隅、はじのはじのはじに、さびれた小屋がひっそりとたたずんでいる。屋敷の本宅の者達が〝物置小屋〟と嘲笑《あざわら》うその小屋で、ナターリヤは昼下がりの一休みとして淹《い》れた紅茶で満ちたティーカップの水面を見下ろしつつ、ぽつりと呟《つぶや》く。

「修道院に行くのも悪くないわよね」

「なぁに、奥様、またバザーの手伝いに行くつもりなの？　だったらその時はこのクッキー、ガキンチョどもに持っていってあげるといいんじゃない？」

狭くとも楽しい物置小屋にて、一緒に焼いたクッキーをさくりとかじって、ルウェリン邸における料理人見習いという扱いにある使用人、ジャクリーヌは笑った。

そばかすがチャームポイントの愛らしい顔立ちを持つ、ナターリヤよりも一つ年下の少女は、クッキーを口に運ぶかたわらに、二本の三つ編みに分かたれた鮮やかな赤毛をくるくるともてあそぶ。子猫を思わせる暗い黄緑色……一般的にはアイビーグリーンと呼ばれる彼女の瞳には、幼いばかりではない、〝女〟としての確かな色香を感じさせる光が宿り、いつもナターリヤは「魅力的な女性ってきっとジャクリーヌのようなご婦人のことを言うのね」としみじみ感心するものである。

この物置小屋にはナターリヤと、ナターリヤの専属侍女であるマグノリアアナという女性が住まい、加えてジャクリーヌを含めたわずか三名の親しい使用人達だけが足繁くやってきてくれるのが、この四年間の常であった。

その中で、もっとも付き合いの長いマグノリアナは夕食のために隠し扉から買い出しに出かけている。正門や本宅の使用人用の通用口を使わずとも、直接外部と行き来できるその隠し扉の存在を見つけてくれたのも、彼女と、くだんの使用人三名である。そのおかげでナターリヤは、何かが入り用になった時でも気軽に外出……しようとして、彼らに「自分達が行ってくるので」と止められるのでそのままほとんどすべてを任せ、買い物が自由にできる立場にある。金子《きんす》の不安がないと言えば嘘《うそ》になるのだが、何故か使用人達は「ご心配なく」と笑顔で買い物に出かけるので、ナターリヤはいつも大人《おとな》しくこの物置小屋で彼らの帰りを待つばかり、とは余談である。

話はずれたが、親しい使用人の中でも二名の男性陣は、大抵《たいてい》この時間は、通常業務に従事している。だからこそ、〝料理人見習い〟でありながら、基本的に本宅の仕事である食事の準備に携わらせてもらえず、たとえ仕事が割り当てられても雑用以下の仕事しか割り当てられないジャクリーヌと、こうして二人でお茶を楽しむのはナターリヤにとっては日常の一つだった。

――ジャクリーヌの料理の腕前は、きっと、王宮の料理長にだって負けないのに。

彼女に料理を教わり始めて四年となり、この物置小屋での自炊もそれだけの期間を重ねてきたナターリヤは、常々そう思わずにはいられない。

そんなナターリヤが時折、こっそり馬車でルウェリン領の修道院やその併設の孤児院、医療施設といった場所に慰問《いもん》のために訪れていることを知っているのは、その手伝いをしてくれているジャクリーヌ達だけである。

何故かどこからかナターリヤの自由になる金銭を調達してきてくれる彼女達に、この金子で何がしたいのかを問われた時、迷うことなくナターリヤは寄付と投資を選んだ。ついでにそのたぐいの施設の雑用を主とした手伝いに励んだり、子供達への教育のために自ら教鞭《きょうべん》を取るといった真似もしたりしている。それを知っているからこそ、ジャクリーヌはこちらの先の発言、つまりは『修道院』に対し、「またいつもの慰問ってわけね」と納得してくれたのだろう。

まさか離縁を覚悟して出家の心構えを始めているだなんてちっとも思っていない様子でさくさくとクッキーを頬張るジャクリーヌに、ナターリヤは「まあいいわよね」と誤解をそのままにしておくことを選んだ。

離縁してこの屋敷を出ていくことになったら、マグノリアナはついてきてくれるだろうけれど、ジャクリーヌ達はそうはいかないだろう。もしかしたらもうすぐ今生《こんじょう》の別れになるのかしら、いやだわ、それはとってもさびしいこと……なんて考えていると、不意にそれまで上機嫌かつ軽快にクッキーを咀嚼《そしゃく》していたジャクリーヌの口の動きが止まった。手袋の指先についたクッキーにまぶしてあった粉砂糖をぺろりと舐《な》め取り、その瞳がいかにも楽しげににんまりと笑みを形作る。彼女の視線はそのまま、ナターリヤの背の向こうの扉へと向かった。

まあ、もしかして。思い当たる節があって背後を振り返る。ためらいがちなノックの音が聞こえてきたのは、次の瞬間だった。

「ナ、ナターリヤ。入ってもいいだろうか」

あきらかに緊張に強張った声だ。予想に違《たが》わない、ここ最近は当たり前になりつつあるその声に、あらあらあらあらと、ティーカップをテーブルに置いてナターリヤは立ち上がった。

ジャクリーヌがぼそりと「よくやるわぁ」とニヤニヤ笑っているのが気にかからないこともなかったが、それよりも扉の向こうの相手をこのまま待たせるわけにはいかないので、気持ち小走りに……なるほど遠くはない扉に歩み寄ってそっと開ける。

「ごきげんよう、旦那様。本日も麗しくいらっしゃいますこと」

「……あなたこそ、今日も、その、とても美しい」

「光栄にございますわ、旦那様」

「……本気で言っているんだ。あなたはいつも魅力的で、だから私は、あなたが、つ、妻、そう、妻であってくれて、その、し、幸せ者だと……」

「光栄にございますわ、旦那様」

このやりとりも何度目かしら、と脳裏で指折り数えてみて、目の前の顔を真っ赤にしながらもなおなんとかこちらにお世辞の数々を言い連ねてくれている麗しく凛々しい青年……ナターリヤの夫であるルウェリン家当主、ライオネル・ルウェリン御歳二十三歳を見つめる。

そう、ナターリヤ曰《いわ》くの〝旦那様〟、つまりはナターリヤにとっての夫であるこの青年。ルウェリン領の領主にして侯爵、そして王太子付きの近衛騎士でもある彼がこの地に帰還したのは、たった一か月前の話だ。一か月前の再会まで、ナターリヤが彼の姿を見たのは、四年前の婚礼のあの日だけ、後にも先にもあれっきりだ。

——ナターリヤ！

——ああ、会いたかった……！

一か月前、前触れなく王都から帰還した彼は、物置小屋にやってくるなり、そう言ってナターリヤを抱き締めてきた。いったい何事かとそれはそれは戸惑《とまど》わされたものである。

あの瞬間まで、ナターリヤがライオネルについて覚えていたのは、金色と翠色が入り混じる美しい木漏れ日色の瞳と、透けるような琥珀色の髪だけ。とても綺麗な男性だったことだけは確かな記憶だけれど、もう声なんてすっかり忘れてしまっていた。それを申し訳なく思えるほどの思い出すらなかったのだ。なにせさすがに緊張して迎えた結婚初夜すら、彼は寝室に訪れず、近衛騎士として急遽《きゅうきょ》入った任務に忙しく従事していたのだから。

おかげでナターリヤとライオネルの婚姻は、文字通りの〝白い結婚〟のままだ。もともとは後見人の御仁との婚姻の話が進んでいたナターリヤにとっては、ある意味では当初の方向性そのままになったとも言えるだろう。

四年間、まったく音沙汰《さた》のなかった〝旦那様〟だが、彼の王都における活躍は、このルウェリン領にもちゃんと届いていた。

このエッカフェルダントは、偉大なる魔族とは似ても似つかない、『魔物』と呼ばれる人ならざる恐ろしい種族の脅威《きょうい》に、常にさらされているのが現状だ。その討伐のために、騎士団や冒険者ギルド、傭兵《ようへい》ギルドに所属する者達が尽力しており、ライオネルは当時王太子の近衛騎士という立場にありながら、自ら先陣を切って討伐任務に参加していたのだとか。

一か月前、この地に帰還する直前には、とうとう魔物の中でも最強とされる竜種の討伐を成し遂げたらしい。それればかりか、エッカフェルダントをおびやかす巨大裏ギルドの摘発や人身売買にもたずさわる盗賊団の捕縛《ほばく》など、意識せずとも自然に耳に入ってくる程度には、彼の戦績はすさまじかった。もともとの剣の腕に加えて、《剣》の魔術師である彼の生まれになぞらえ、今となっては彼は〝剣聖〟とまで謳《うた》われている。

それほどまでに立派で、だからこそ本当に忙しい旦那様だ。どういう経緯か解《わか》らないが、大した理由もなく結婚したに違いない妻、つまりは自分のことなんて、彼がすっかり忘れていても何一つ不思議はない。むしろ納得であると思っていた。それに、何より。

――旦那様には〝本命〟がいらっしゃると聞いているもの。

ライオネルには、ずっと前からたった一人、心に決めたご婦人がいらっしゃるらしい、とは、誰から聞いた話だったたか。

だからこそ、彼に四年もの間、ルウェリン領にて捨て置かれたナターリヤは、陰に日向《ひなた》にとある呼び名をささやかれ続けてきた。

〝ルウェリン侯爵家の日陰の女〟。

それこそが今もなお続くナターリヤの呼び名であり、そのまま現状を表していた。親しい使用人達は、自分にその呼び名が伝わらないように苦慮してくれていたが、人の口に戸は立てられないものだ。現状の本宅の〝女主人〟に仕《つか》える使用人達が、わざわざ聞こえよがしに声高々とこちらのことをそう呼んでくれた。あらまあ、と驚きつつも納得したものだ。

「旦那様」

「あ、ああ、ナターリヤ。なんだろう、なんでも言ってくれ」

「本日のご用件は何でございましょう？」

「…………理由がなくては、妻に会いに来てはいけないのだろうか」

「そのようなわけではございませんが、旦那様の貴重なお時間をわたくしなどに割《さ》かずともよろしいかと思いましして」

「……私にとっては、あなたに会いに来る以上に重んじる用事などないんだが」

「あらまあ、ありがとうございます」

こんなにも懸命に言葉を尽くしてくれるライオネルは、王都ではさぞかし淑女の執心を集めたに違いない。けれど彼にはたった一人の本命がいるそうだから、その存在の前に涙を流した淑女の数もまた数え切れないのではないか。罪作りなお方だわ、と、しみじみ感心してしまう。

「本当に、本気だ。信じてく……」

「旦那ぁ、そこまでにしときなよ」

何やら言葉を重ねようとしたライオネルに、皆まで言わせないのがジャクリーヌであった。

水を差されて台詞《せりふ》を切るライオネルをニヤニヤと意地の悪い笑みで見つめながら、彼女は確かにルウェリン家の紋章が刻まれた手袋をはめた両手を組んで、その上にあごを乗せてわずかに頭を傾けた。

「いつまでも奥様をこんなトコに押し込めてる旦那に、それ以上言う資格はないと思うけど？　そもそも奥様が本宅にいらしたら、旦那は『会いに来る』必要なんてなくて、奥様が気を遣われる必要もないいんだしさ」

「…………………」

ナタ－リヤですらそうと解るほどはっきりたっぷり嫌味の棘《とげ》をふんだんにまぶしたジャクリーヌの発言に、反論できないらしいライオネルの唇がぎゅっと噛《か》み締められ、悔しげに、苦しげに、金翠の瞳がすがめられる。それでもその美貌に翳《かげ》りはなく、ナターリヤはまたしても感心した。

自分が〝日陰の女〟と呼ばれるこの現状。その最たる理由は、ライオネルが四年間、自分のことを領地に置き去りにしたままであったことが挙げられるのだろうが、それは決して彼のせいばかりではないと思うのだ。

先代ルウェリン家当主夫人にして、今もなお屋敷の本宅を〝女主人〟として占拠し、ナターリヤを本宅から追い出して自らルウェリン領領主夫人を名乗る、本来は〝前侯爵夫人〟と呼ばれるはずの女性。

その名を、テレジア・ルウェリン。

彼女の白髪混じりの、それでもなおナターリヤよりもよほど華やかな金の髪と、青みの強い菫色《すみれいろ》の瞳の鋭い眼光、加えてだいぶひかえめに表現して〝ふくよか〟な姿を思い出し、ナターリヤはどうしようもないことだもの、と困ったように苦笑した。

テレジア・ルウェリンと、現ルウェリン家当主たるライオネルの不仲は、うわさ話に疎いナターリヤでも知るほど有名な話だ。

そもそもライオネルはテレジアの息子ではない。先代ルウェリン侯爵がそば付きの侍女に手を付けて生まれたのが、ライオネルだった。テレジアは先代ルウェリン侯爵との間には子に恵まれず、だからこそ病により死去した先代が残したすべては、遺言によりライオネルのものとなった。その、はずだった。けれどテレジアを嫌って幼少期より王都の親類の元で暮らすライオネルが爵位を継ぎ、正式にルウェリン侯爵、ルウェリン領領主となった今も、テレジアは本宅を独占し、何一つライオネルに明け渡そうとしなかった。

だからこそ、こんなことを言ってはいけないのだろうけれど、ライオネルがこのルウェリン領に帰ってくるのは、テレジアがこの世を去ってからになるのではないだろうかと思っていたのだ。それくらいに二人の仲の悪さは露骨だった。ナターリヤがマグノリアナと二人でこのルウェリン侯爵家の屋敷に嫁《とつ》いできた時の一件がいい例だ。「あんな妾《めかけ》の子の妻など、物置小屋がお似合いよ」と、本宅に足を踏み入れることも許されないまま、この物置小屋に追いやられたのだから。

ここが、その後暮らしていくにあたって不自由ないほど十分に整備されていたからこそなんとかなったが、もしも外観通りのぼろぼろの何もない小屋だったら、ナターリヤは屋敷を出ていくより他はなかっただろう。本来ルウェリン侯爵夫人と呼ばれるはずのナターリヤは、だからこそ今もなお、ただのナターリヤ・ルウェリンであり、自他ともに認める〝日陰の女〟なのである。

――旦那様はテレジア様にお辛《つら》い思いをさせられてきたらしいし……仕方のないことね。

結局のところ、これからもナターリヤのこの日常は変わらないのだろう。そう思っていた矢先に、ライオネルは、栄《は》えある王太子付き近衛騎士の座を辞して、ルウェリン領に帰還した、というのが、一か月前の出来事だった。しかも彼はこのまま領主たる侯爵として、ルウェリン領に拠点を置くつもりなのだとか。ナターリヤはその件については、いまだに素直に驚き続けている。

それにしてもその〝旦那様〟ったら、なんともまあ辛そうな面持ちでこちらを見つめてくるものだ。まなじりに涙がうっすらとにじんでいるように見えるのは気のせいではない。

――あらあらまあまあ。

そんな苦しげなライオネルを捨て置けず、先日完成したばかりのハンカチを取り出して、ナターリヤは彼にそっと差し出した。

「旦那様、よろしければお使いくださいまし」

「い、いや、だ、大丈夫だ」

「あら、わたくしの刺した刺繍のハンカチではやはりご不満でいらっしゃって？」

「!!」

わざと意地悪く笑ってみせると、ライオネルの背後でピッシャアアアアン!!　と稲光が落ちたのが見えた気がした。続いて見る見るうちに、その白皙《はくせき》の美貌が、見事なまでに耳まで真っ赤に染まっていく。

想定外の反応にきょとんと瞳を瞬《また》かせると、「奥様、やるぅ」とジャクリーヌがヒュウッと口笛を吹いた。あらあら？　と首を傾《かし》げてみせると、ライオネルの手が恐る恐るナターリヤの手にあったハンカチを受け取ってくれた。

「これを、あなたが？」

じいと白地に薄青の糸で勿忘草《わすれなぐさ》を刺したハンカチを見つめるライオネルに、こっくりと頷《うなず》きを返す。ささやかな刺繍であるが、我ながら上出来であると満足のいく出来のハンカチだ。マグノリアナ達へ贈る前の練習だったはずが、まさかこんなところで出番があるとは。

「シグルズに教わって、手慰《てなぐさ》みに時折刺しておりますの」

まじまじとハンカチを見つめるライオネルの姿になんだか気恥ずかしくなって、ナターリヤはごまかすようにそっと言葉を添えた。脳裏に思い浮かぶのは、親しい使用人の一人であるシグルズという名の庭師の姿だ。

低くかすれた、だからこそより魅力的なしゃがれ声の彼は、この物置小屋では確実に手狭だろうと思われる大男である。低めの造りの天井に届きそうな長身に、鍛え抜かれた筋肉で固められた肉体。刈り上げられた金茶色の短髪に、いかめしい顔立ち。どう見てもカタギではないが、れっきとしたこのルウェリン侯爵家の庭師であり、ナターリヤにとっては裁縫の師でもある。小物の繕《つくろ》いや衣服の仕立て、先ほど言った通りの刺繍まで、三十二歳の彼はその太く立派な指で、驚くほど器用にこなしてしまう。

屈強な見た目をしているが、内面は驚くほど繊細で心優しく、実は愛らしいものを好む傾向にある彼からの手ほどきにより、ナターリヤも、この四年でそろそろそれなりに誇れる腕前になってきたという自負がある。とはいえ、ライオネルに差し出したハンカチは、王都の流行《はや》りからは程遠いだろう。

「あの、旦那様。素人《しろうと》の趣味程度のものですもの。無理に使っていただかなくても……」

「いいや」

ナターリヤが皆まで言うよりも先に、それこそ続きをかき消さんばかりの勢いで、ハンカチを両手で大切そうに持ち、食い気味にライオネルは続ける。

「大切に、させてもらう。これがいい。これが、いいんだ。あなたからの、初めての贈り物だ」

「……光栄にございますわ」

贈り物だなんてそんな、本当に大したものではないのに。そこまで言ってくれるのなら、もっとちゃんとした、彼のためのハンカチを刺せばよかった。

そう遅れて後悔するナターリヤの内心になど気付いていない様子で、先ほどまでの苦しげな表情から一変して、ライオネルは嬉しそうに笑う。

輝かしい笑顔に、なんとも居心地の悪い思いになる。申し訳なくて、それからなんだかこそばゆくて、ちょっぴりおもはゆい、不思議な感覚だ。

「旦那ずるーい。アタシらだって奥様の刺繍、楽しみにしてんのに。奥様の刺繍、修道院のバザーでも滅多《めった》に手に入らないってちまたじゃ有名なんだよ？　奥様に直接依頼したがる商人まで いるんだからね、そこんとこ忘れないでよ」

「そんなことになっているのか？」

「そうそう。もうシグルズと合作しなくてもかなりの高値が付くから、修道院のお姉様方からすごい感謝されてんの」

「ジャクリーヌ、褒《ほ》めてくれるのは嬉しいけれど、言いすぎよ？　わたくしの刺繍なんて、まだまだシグルズに及ばないわ」

「……まあ、そういうことにしといたげるわ」

――わたくし、何かおかしなことを言ったかしら？

そう首を傾げるナターリヤに、ライオネルはハンカチを片手に優しく、なぜか甘やかさすら感じるまなざしを向けてから、やがて何かに気付いたようにハッと息を飲んだ。

どうなさいまして？　と問いかけるよりも先に、彼はハンカチを胸ポケットに丁寧にしまい、開けっぱなしになっていた扉の向こうへと一旦消える。そして、数秒ののちに戻《もど》ってきた彼の腕の中には、大きな真紅の薔薇《ばら》の花束と、おそらくはケーキが収まっているのであろう四角い箱が抱えられていた。

「先に私がもらってしまったが、よければこれを受け取ってもらえ……」

ないだろうか、とでも、おそらくは続けられるはずだったのだろう。だがしかし、ライオネルの視線が、テーブルの上に鎮座《ちんざ》する花瓶《かびん》に生けられた、棘がきちんと処理された見事な紫の薔薇と、相変わらずサクサクサクサクとジャクリーヌが口に運ぶ山盛りのクッキーに向けられると、彼の台詞は最後まで紡がれることなく尻すぼみになってしまう。

「……あれは？」

静かな問いかけに、特に自分に非はないはずであるのに罪悪感を感じながら、ナターリヤは「ええと」と口を開いた。

「薔薇はシグルズが今朝《けさ》、咲き初《そ》めのものを用意してくださいまして。それからクッキーは、つい先ほどジャクリーヌと一緒に焼きましたの」

「そ、そうか。ならばこれは持ち帰るべきだな」

気落ちした声とともに、ライオネルは肩を落としてそっと花束とケーキの箱を背の後ろに隠そうとした。先日まで王都で〝剣聖〟と呼びそやされ、老若男女《ろうにゃくなんにょ》を問わない民草《たみくさ》の憧憬《しょうけい》を数多く集めていた誉れ高き元近衛騎士様とは到底思えない、なんとも情けな……失礼、心もとない様子である。

迷子になってしまった幼子のような彼をそのままにしておくこともできずに、ナターリヤは、にっこりと笑って、手袋に包まれた両手を差し伸べた。

「嬉しゅうございますわ。ジャクリーヌ、薔薇を任せられるかしら？　旦那様、お時間があるようならば、こちらのケーキと、わたくし達が焼いたクッキー、ご一緒に召し上がってくださいませんこと？」

「っああ！　もちろん！」

ぱあっとライオネルの凛々しい顔立ちが華やいで、同時にどちらかと言うと薄暗い造りの小屋の中が急に明るくなった気がした。

再会してからこの方、ナターリヤの一挙一動、台詞の一つ一つに一喜一憂する彼の姿をこういう風に見せつけられるたびに、つくづく不思議な気持ちになる。

〝日陰の女〟に対してもこんなにも心を砕いてくれるならば、〝本命〟にはたして彼はどこまで優しく甘くなれるのだろうか。既に自分はもうお腹《なか》いっぱいの気分なのに、その上でさらに、毎日その『お腹いっぱい』は更新され続けている。〝本命〟の女性はさぞかし大変な思いをしているに違いない。ライオネルの本気を見てみたくない、興味がないと言ったら嘘になるが、〝日陰の女〟には縁がない望みを抱くほどナターリヤは夢見がちではない。

相変わらず嬉しそうに、凛々しいかんばせをあどけなく破顔させているライオネルをようやく物置小屋へと招き入れ、ナターリヤは彼に椅子をすすめて、ジャクリーヌに控《ひか》えめに言っても一抱えはある大きな花束を任せる。「おっも‼　物理的にも精神的にも重すぎでしょ⁉」と彼女が悲鳴を上げるのを申し訳なく思いつつ、ナターリヤは新たに紅茶を淹れ始めた。

ライオネルが帰還して以来、彼は毎日とまではいかずとも、時間を見つけてはこうして、この物置小屋に顔を出してくれる。

改めて、彼がこのルウェリン領に定住するつもりであるといううわさの信ぴょう性が増す今日この頃だ。本宅に住まう〝女主人〟のテレジアは、その経緯や決定を知らされていなかったらしく、現在進行形で怒り狂っており、その勘気をこうむって、次々と本宅の使用人達は辞職に追いやられているのだとか。

ライオネル自身、テレジアに追従する使用人達にろくに相手にされていないらしい。しかし、思わず「大丈夫なのですか？」と訊《き》いてしまったナターリヤに対し、本人は「気軽で快適だ。あなたには申し訳ないが、あなたに心配してもらえるのだから、むしろ嬉しい」だなんて照れ臭そうに微笑《ほほえ》んでくれた。その笑顔に、ナターリヤは「このお方、実はだいぶ変わっていらっしゃるのでは？」と思ってしまったのだが、当人がそれを知ることはおそらく今後もないだろう。

「どうぞ、旦那様」

「ありがとう、ナターリヤ」

ソーサーなんてしゃれたものはないので、ティーカップをそのまま出すしかない。だがしかし、それでもライオネルは嬉しそうに笑ってくれる。彼はこうやっていつだって本当に嬉しそうにしてくれるから、ナターリヤもつられて笑顔になってしまう。

こちらのその笑顔を見たライオネルは、また真っ赤になって硬直したかと思うと、ばっと顔を背《そむ》けてしまう。

「かわいい……」

「旦那ぁ、そろそろ慣れなよ。いい加減やばいよ」

「無理だ。四年……そう、四年ぶりなんだぞ？　お前達は見慣れているかもしれないが……！」

「ハハン、うらやましいでしょ」

「いっそ恨めしい」

ぼそぼそと何事かをささやき合っているライオネルとジャクリーヌを「仲良しさんね」と微笑ましく思いつつ、ライオネルからのもう一つの贈り物であるケーキの箱を開ける。

現れたのは真っ赤な苺《いちご》がつやつやと輝くタルトだった。甘酸っぱい匂いにほうと感嘆の溜息《ためいき》を吐いて、早速箱から取り出して切り分ける。

「ありがとうございます、旦那様。ジャクリーヌ、あとでシグルズ達にも届けてあげてほしいのだけれど、お願いできる？」

「えー、アタシ達だけで食べちゃおうよ」

「そんなこと言わないで。おいしいものはみんなで食べるともっとおいしくなるものよ。旦那様、こちらもどうぞ」

「……ありがとう」

「いいえ、こちらこそ。わたくし、果物の中では苺が一番好ましく思っておりますの。とっても嬉しゅうございますわ」

林檎《りんご》が盛りのこの季節、わざわざこれだけふんだんに苺を使ったケーキを用意するのは骨が折れたことだろう。その心遣いに心から感謝しながら切り分けたタルトと一緒にクッキーも三枚ほど取り分けてライオネルの前に出すと、気付けばじっとこちらを見つめていた彼は、ほっとしたように切れ長のまなじりを緩め、「よかった」と呟《つぶや》いた。

「マグノリアナに聞いていたんだ。あなたが苺が好きだと」

「まあ、マギーがそんなことを？」

生家であるシルヴェスター家からついてきてくれた、自分にとってはもはや姉同然の存在である専属侍女が情報源だとは。あらまあ、と瞳を瞬かせると、ライオネルは深く頷いて笑みを深めた。

「ああ。あなたに喜んでもらえたことも、私の知らないあなたをまた知れたことも、どちらもとても嬉しい」

「……ありがとうございます」

とても恥ずかしいことを言われている気がするのは気のせいだろうか。後見人である御仁も似たようなことを、それはそれは愛情たっぷりにナターリヤにささやいてくれるが、彼のアレはあくまでも親愛の域を出ない、身内であるからこそのものだと知っている。しかしライオネルのコレは、たぶんおそらくきっと、違うような気がするのだ。

王都で人気の殿方は皆様こうなのかしら。だとしたら淑女の皆様はとっても大変ね。などと微笑みの下でひそかに慌ててしまい、ナターリヤは赤らみそうになる顔を見られないようにそっと顔を背けた。

そのままライオネルの隣の椅子に腰を落ち着けて、さっそくタルトの一番上に君臨する苺にフォークを突き刺した。口に運ぶと、蜜のようなナパージュと、甘酸っぱい苺の風味が絶妙な旋律を奏でて口いっぱいに広がり、気付けば肩に入っていた力が抜けていく。

そこでようやくライオネルの、期待と不安が入り混じる視線に気付く。ナターリヤは、ごくんと名残惜《なごりお》しくも苺を飲み込んでから、口に残る幸福そのままににっこりと笑う。

「とてもおいしゅうございますわ」

ジャクリーヌが時折作ってくれるケーキにも負けず劣らずのおいしさだ。わたくしもこれくらい上達したいものだわ、と舌の上に残る旋律を味わっていると、ライオネルは安堵《あんど》と歓喜に顔をほころばせた。

「ああ、よかった。だが私はあなたが作ってくれたクッキーの方がおいしいと思うんだが……」

「ちょっと旦那、アタシ、アタシは？　アタシも一緒にクッキー焼いたんですけど？」

「ええ、ジャクリーヌのおかげでクッキーもとってもおいしくできたと自負しておりますの。ありがとう、ジャクリーヌ」

「ほーら奥様もこうおっしゃってるんだから、アタシにも感謝してよね旦那」

「…………ナターリヤの前じゃなかったら……！」

「なぁに、奥様の前じゃなかったら？」

「…………………………なんでもない」

「あっはっはっ、ざまぁ」

へへーんと胸を張るジャクリーヌに、ライオネルは悔しげに歯噛みする。

ライオネルが帰還してから一か月、ナターリヤと親しくしてくれている使用人と、ライオネルのやりとりは、ほとんどがこんな風に遠慮も会釈も情けも容赦《ようしゃ》もない、気安く気軽なものだ。

彼らがぽんぽんと不敬罪に当たりそうな発言を飛ばしても、ライオネルは悔しがりこそすれ、ほぼほぼ反論せずに大人しく受け止めている。そして、その調子の気安さと気軽さなのか、この物置小屋にライオネルがやってくると、自然と親しい使用人達も集まって、こそこそぼそぼそと何事かを話し合っている。

本宅のほとんどがテレジアの支配下にあるのは周知の事実だ。一応執務室は守られているらしいが、ライオネルが改めて領主としての政務、その中でも機密とされるあれそれをまっとうしようとすると、この物置小屋の方が都合がいいのだと聞かされたのはつい先日の話ではある。

どうやらこのルウェリン邸におけるライオネルの味方は、ナターリヤによくしてくれる使用人達しかいないようだった。せっかく王都からご帰還されたのだから、旦那様を支えてさしあげてね、と、ナターリヤが彼らに改めて頼んだところ、全員が揃いも揃ってそれぞれの口振りで、「自分達は一応ライオネルの味方ではあるが、それ以前にナターリヤの味方なのだ」と頼もしい笑顔で言い放ってくれた。それは喜んでいいのかしら？　と首を捻《ひね》ったものだ。

それはそれとして、とにもかくにも、ライオネルはこの物置小屋で、多方面に優秀な使用人達の手を借りつつ、テレジアには知られてはならない計画を進めている様子である。ナターリヤの専属侍女であるマグノリアアナまで巻き込んで、いったい何を考えているのやら。

正直なところとても気になるけれど、あくまでもナターリヤは〝日陰の女〟だ。出しゃばってお仕事の邪魔をしてはいけないわよね、と、さびしい気持ちに蓋《ふた》をして、ライオネルが四人と話し合っている時はお茶を出すだけにとどめて、物置小屋のすぐ近くにシグルズが用意してくれたベンチで日向ぼっこをしているのが最近の常である。

ライオネルが頻繁《ひんぱん》にこの物置小屋に訪れるのは、ナターリヤに会いに来るというよりは、使用人達との集会所としてこの物置小屋がちょうどいいからという理由なのではないだろうか。ようやくそこまで思い至り、ナターリヤはあらまあ、と感動した。

——お仕事のついでにわたくしにまで心を砕いてくださるなんて。

——やっぱり旦那様は本当にお優しい素敵な殿方だこと。

だからこそ一刻も早く離縁の話を切り出させていただきたいところだが、王都から戻ってきたばかりで、テレジアとの確執《かくしつ》もあって余計に忙しく日々をすごしているライオネルに、これ以上負担をかけたくはない。彼が現在使用人達と進めているらしい計画が完遂《かんすい》されたら、その時こそ自分から離縁を切り出さなくては、と、ナターリヤは一人頷いた。

そしてやっぱりその後は修道院へ行くのが妥当《だとう》だろうと結論付けて、ティーカップを口に運ぶ。ジャクリーヌが本宅から失敬し、マグノリアナも「ババア様《テレジア》にはもったいないほどよい茶葉ですこと」と太鼓判を押してくれた紅茶は、何故だか味気なく感じられた。

理由も解らないまま込み上げてきた溜息を紅茶と一緒に飲み込むと、不意に、膝《ひざ》の上に置いていた片手に、手袋越しでも伝わる優しいぬくもりが重なった。ルウェリン家の紋章が刻まれた手袋に包まれた、ナターリヤの手よりも大きくて立派な手だ。

気付けばうつむいていた顔を持ち上げてそちらを見遣《みや》ると、こちらを心配そうに見つめる、金翠が宿る切れ長の瞳とばちりと目が合った。木漏れ日色、と内心で思わず呟くナターリヤを、その瞳がじいと見つめている。

「ナターリヤ？　どうした？」

「え？」

ナターリヤの手に自らの手を重ねて、気遣わしげにライオネルは凛々しい眉尻を下げた。彼はそうして、そっとこちらの顔を覗き込んでくる。

「何というか、その、悲しそうな……いいや、さびしそうな、顔を、しているから。私は今までさんざんあなたにさびしい思いをさせてきてしまったから、なんでも相談してほしいと言うのはわがままだろうか？」

「え、あ」

さびしい顔なんて、そんな表情を浮かべているつもりなんてちっともなかった。不意を突かれて、戸惑うことしかできない。それでもやはり心配そうに、おずおずと、それでいて確かな力強さも感じさせる声音とともにライオネルはこちらを見つめたままだ。

金色と翠色が入り混じる、結婚式の時から変わらない木漏れ日を閉じ込めたような瞳は相変わらずあまりにも美しくて、半ば呆然《ぼうぜん》としてナターリヤはその瞳に見惚れてしまった。

それをどう思ったのか、ライオネルはますます眉尻を下げて「ナターリヤ？」と首を傾げる。

何か言わなくてはと思った。大丈夫ですと、それだけでいいはずだ。でも、どうしてなのか、言葉が出てこない。先ほどまで感じていた、胸に空いた穴を通り抜けていく風の音が遠のいて、かわりに顔に熱が集まってくるのを感じる。

　助けを求めてジャクリーヌに視線を送ると、またしてもニヤニヤと笑ってこちらのやりとりを見つめていた彼女は、心得たりとばかりに頷いて、「旦那ぁ」と声を上げてくれた。

「別に奥様はアタシらがいるからさびしくなかったって。自分の願望押し付けちゃダメでしょ」

「……その通りなのがものすごく悔しい………」

「はいはい旦那、解ったら奥様の手ぇ離してよ。マギーちゃんに見られたら即……」

「――――私が、何ですか？」

「うわっ⁉」

冷淡な声音とともに、ナターリヤの片手の上にあったライオネルの手がつねり上げられた。かなり痛かったらしいライオネルは、慌ててその手を振り払う。

　そんな雇い主に大層冷ややかなまなざしを向けてから、新たに現れた彼女は、一転してやわらかな微笑みを、ぽかんとしているナターリヤへと向けた。

「ただいま帰りました、お嬢様。このマグノリアナ、見事勝利を収めてまいりました」

「ま、まあ、そうなの。おかえりなさい、マギー。戦果はいかが？」

「新鮮な川魚を破格で買い取り、あとは旬の根菜を。根菜は保存が利《き》きますから」

「嬉しいこと。さすがわたくしの自慢の侍女だわ」

「光栄の至りにございます」

粛々《しゅくしゅく》と頭を下げる涼やかな美女こそ、ナターリヤの専属侍女であるマグノリアナである。やわらかな乳白色の髪をきっちりとシニヨンに編み込んでメイドキャップの中に収め、ナターリヤの生家であるシルヴェスター男爵家に居を置いていた時から変わらないお仕着せのメイド服を一切の隙《すき》なく着こなしている姿はなんとも頼もしい。幼い頃から自分にとびきり甘い五歳年上の彼女は、いつも通りの無表情だが、鮮やかな金糸雀《カナリア》色の瞳に浮かぶ光は、月明かりのように心地よい。

そんな彼女が頑張って手に入れてくれた食材、ここは腕の振るいどころだろう。せっかくの旬の食材なのだから、マグノリアナばかりではなく、名目上は本宅の使用人であるジャクリーヌ達にもぜひ食べてもらいたいものである。

ジャクリーヌはこのまま誘えばいいだろうし、シグルズは薔薇の剪定《せんてい》に忙しいとはいえ陽《ひ》の落ちた暗い夜の中庭で作業はしないだろう。残るはおそらくもっとも忙しいと思われる最後の一人だが、忙しいからこそ夕食をしっかり食べてもらいたい。この物置小屋に来ることまでは叶《かな》わずとも、夜食として何かしら作ってジャクリーヌかシグルズに届けてもらえば……と、そこまで考えてから、ナターリヤはようやく自分に向けられる視線に気が付いた。

じっとこちらを見つめてくる金翠の瞳。あら？　と見つめ返すと、何やら緊張しきりの様子でごくりと息を飲んだライオネルが、「ナターリヤ」と口火を切った。

「その、ナターリヤ、あの」

「はい。何でございましょう、旦那様」

「もし、よければなんだが」

「はい」

「……私も、夕食に同伴して構わないだろうか？」

ぎゅっとナターリヤの右手を両手で包み込み、決死の覚悟を決めた様子で、ほとんど詰め寄るような勢いで、ライオネルはそう言い放った。

ただ夕食に参加したいだけとは思えないほどの鬼気迫る勢いに、さすがに戸惑わずにはいられない。それでもナターリヤは「ええと」と一拍置いてから、緊張に震えながらもナターリヤの手を離さないライオネルの手の上に、自らの手をそっと添えた。びくりと肩を震わせる仕草に思わず噴き出しそうになりながら、おっとりと頷く。

「お屋敷の食事とは比べるべくもない、ささやかな食事でございます。旦那様のお口に合うかは解りませんが、よければぜひに」

「……いいのか？」

「はい、もちろん」

再び頷きを返すと、ぱあっとライオネルのかんばせが輝いた。あまりに美しく、あまりにまぶしすぎて、思わず目を細めるナターリヤをどう思ったのか、ライオネルは感極まった様子でそのままナターリヤを抱き締めてきた。

あらあら？　と驚くこちらの反応など何のその。ライオネルの腕の力がますます強くなる。

「とても、とても嬉しい。楽しみにしている、ナターリヤァッ!?」

ナターリヤの耳元で甘くささやくライオネルの頭に、ドスッ!!　と、勢いよくテーブルの上に置かれていたはずのトレイの角が振り下ろされた。

声にならないうめき声とともにナターリヤから離れて上半身を折るライオネルの向こうには、てっきり今日はこの物置小屋には来られないだろうと思っていた青年が、ライオネルを襲った凶器であるトレイを片手に持って立っていた。

「ご当主、余裕のない男は嫌われますよ」

「～～メルヴィン!!」

「はいはいなんでしょご当主。あなたのために日夜身を粉にして働き、今もこうしてわざわざあなたを探しにきた俺に何か文句でも？」

メルヴィンと呼びかけられた青年は、洗練された仕草で見事な一礼を決めてくれる。気付けばこの小屋に入ってきていた彼は、ルウェリン家で従僕として働く、今年二十三歳を数える男盛りの美青年だ。

襟足を長めに揃えた見事な銀髪はきらびやかで、深く澄んだ海を思わせる群青の瞳の上に、おそらくは髪に合わせたのであろう銀縁の眼鏡がよく似合う細身の彼は、年頃の乙女であれば放っておくことなどできないに違いない素敵な好青年である。

軽薄とも受け取られるかもしれない彼の口振りは、彼の身の内からにじみでる気品のせいか、ナターリヤに自然と好感を抱かせてくれる。彼が従僕という身分に甘んじているのがもったいなく思えるくらいだ。

「メルヴィン、やるぅ！」

「もう二、三発重ねても構いませんのに」

やんややんやと冷やかすジャクリーヌとマグノリアナ、そしてぽかんとしているナターリヤ。それぞれにぱちんとウインクを寄越してきたメルヴィンは、トレイを持っていない方の手で、バッサバッサと分厚い書類の束をちらつかせてみせた。

痛みのあまり涙をにじませていたライオネルの瞳に、すぅっと冷たい光が宿る。

「――――早いな。それに量も多い。よくやってくれた」

「俺の頑張りよりも、ただ単に向こうさんが勝手に自爆してくれてるだけですよ。さすがに焦《あせ》っているんでしょうね。いやーやることが解りやすくて俺としても助かります。こちらはそのまとめですが、今ご覧になります？」

「ああ、貸してく……」

れ、と続けられるはずだったであろう台詞が、不自然に途切れた。

ライオネルの視線が、そっと席を外そうとしたナターリヤに向けられ、そんなライオネルを責めるように鋭く見つめていた使用人三人の瞳がようやく緩む。

「……今は、ナターリヤとの時間を優先させたい」

小さな声で、顔を真っ赤にしてぼそりとライオネルはそう続けた。あらまあ、と、ナターリヤが瞳を瞬かせると、使用人達はそれぞれうんうんと深く頷く。

「よくできました、ご当主」

「これで奥様を追い出されたら、アタシも旦那を殴って叩《たた》き出してたわ」

「私としましてはそれでもよかったのですが」

あらあらまあまあ、あなた達そんな、何の話を……？　と首を傾げるナターリヤに、使用人達は「奥様はお気になさらず」とにっこりと親愛がこもった優しい笑みを向けてくれる。ごまかされているような気もしたが、ここにはいないシグルズを含めた四人が自分のためにならないことを言うはずがないという確信があるので、「そうなの」と頷くにとどめる。

そんな風に大人しく頷くナターリヤに対し、ライオネルはふるふると身体《からだ》を震わせたかと思うと、心底悔しげに、ギッ！　と使用人達をにらみ付けた。

どんな猛獣も震え上がるに違いないと思えるようなまなざしだ。そんなお顔もなさるのね、と感心するナターリヤをかたわらに置いたまま、ライオネルはうなるように続けた。

「お前達はどっちの味方なんだ？」

「お嬢様です」

「もちろん奥様ですけど」

「奥様に決まっててんじゃん」

「……そうだな、ああ、そうだったな………」

マグノリアナ達の間髪《かんはつ》入れない即答に、がくりとライオネルのこうべが垂れる。その姿が先ほどまでとは打って変わってあまりにもかわいらし……ではなく、かわいそうだったので、ナターリヤは思わず手を伸ばして、彼の頭を撫《な》でた。

一つに結われて胸元に流された、透けるような琥珀色の髪は、さらさらと滑らかで触り心地がいい。ふふふ、とつい笑みをこぼしながらなでなでとそのまま撫で続けていたナターリヤは、そうしてようやく、真っ赤になってこちらを見つめてくるライオネルの視線に気が付いた。

——あらまあ、いけないわ。

自身がやらかしてしまった失態にようやく気付き、そっと手を彼の頭から離すと、その手を逃がさないと言わんばかりに、ライオネルに掴《つか》まれる。

そのまま黙りこくる彼を前にして、ナターリヤは「ええと」と口火を切った。

「申し訳ございません、旦那様。わたくしったら、なんて失礼な真似を……」

栄えある元近衛騎士様であり、現ルウェリン侯爵でもある立場ある殿方に、とんだ失礼な真似をしてしまった。ぎゅうと手を掴まれたままナターリヤが申し訳なさそうに眉尻を下げると、

ぶんぶんとライオネルは首を振る。そんなにも振ったら頭が取れてしまうのではないかしら、と、心配になるくらいの勢いだ。かぶりを振るたびにぴょこぴょこと一つ結びにされた彼の髪が跳ねて、なんだかそれが愛らしい。しっぽみたいだ。

殿方にかわいらしいだとか愛らしいだなんて、今まで感じたことがなくて、これが正しい感想なのかつくづく不思議になる。でも、これ以上ふさわしい言葉はないような気もするのだから重ねてつくづく不思議なものだ。

そんなナターリヤの内心を知ってか知らずか、相変わらずこちらの手を握ったまま、ライオネルは必死な様子でぱくぱくと口を開閉させたあと、やっと言葉らしい言葉をその薄い唇から発した。

「いいや、その、大丈夫だ。あなたになら、私はいくらでも触れられて構わないし、むしろ触れられたいし、私も、その…………あなたにもっと触れたい、から」

「……ありがとうございます？」

で、いいのだろうか。

とりあえず前触れなく頭を撫でたことで気分を害されたわけではないらしい。よかった、と胸を撫で下ろすナターリヤの耳には、背後で「さりげなく不埒《ふらち》な発言しましたねご当主」「奥様が奥様だから許されるセクハラだよねぇ」「お嬢様が純でいらっしゃるからって調子に乗って……！」などという使用人の呟きは幸か不幸か届かなかった。しかしライオネルの耳にはしっかり届いていたらしく、自身の発言がいかに意味深であったかに遅ればせながらにして気付いたらしい彼はますます顔を赤らめ、震えながらそっと、極めて名残惜しげにナターリヤの手を解放した。

彼のぬくもりが離れていくのが、なぜかさびしいとどこかで感じた。けれどその意味を深く考えるよりも先に、姿勢をぴんと正して気を取り直したらしいライオネルが、ごほん、と咳払《せきばら》いをする。そしてその金翠の瞳が、改めてナターリヤへと向けられた。

やはり意味も解らないままどぎまぎとするナターリヤに、ライオネルはいまだ赤らむ顔に照れ臭そうな笑みを浮かべた。「今晩の夕食についてなんだが」と、ようやく落ち着いた声音で、それでもなおおずおずとこちらを窺《うかが》ってくる。

「夕食に同伴させてもらう礼に、ナターリヤ、私にも何かあなたにさせてもらえないだろうか。なんでもいいんだ。ドレスや装飾品が欲しいなら用意するし、そ、その、よければついでに、デ、デートとか……」

「まあ、ありがとうございます。ですがわたくし、現状としてはなんら不自由しておりませんの。マギー達のおかげですわ」

「……そうか」

「はい」

「…………」

またしてもしょんぼりとライオネルの肩が落ちる。見るからに気落ちしている主人の姿とは裏腹に、使用人達はあきらかに誇らしげだ。

「そ、その、本当に、なんでもいいんだ。あなたが私を喜ばせてくれるように、私もあなたを喜ばせたい。夫婦とは、そういうものでありたいと思っているんだ。いや、もちろん私はあなたがいてくれるだけで、それだけで本当に嬉しく幸せだが、あなたにまでそれを求めるのは違うだろう。こんな風に頼むのはお門違《かどちが》いなのだろうが、どうか私に、あなたを喜ばさせてくれ」

いっそ切なげとすら言える声音で、懸命に言葉を紡いでくれるライオネルは、やっぱりとても優しくて誠実な男性だ。きっと彼に愛される〝本命〟は大層幸せなお方であるに違いない、と、何度目かも知れない感想が再び胸の内にじぃんと染みわたっていく。

なんて素敵なのかしら。絵物語みたいだわ。そうふんわりと微笑んでから、ナターリヤはライオネルに握られていた手をそっと自らに引き寄せて、両手を唇の前で合わせた。

ライオネルにここまで言わせて、それでもなお「何もございません」と言うのは、かえって彼に恥をかかせることになるだろう。

とはいえ彼の言う通りにドレスや装飾品を所望する気にはなれない。この物置小屋暮らしでは必要性を一切感じないのだから。この小屋の整備を改めてお願いしてもいいかもしれないが、シグルズが修繕から改築まですべてこなしてくれるのでその必要性もほとんどない。馴染みの施設に寄付をお願いするのはどうだろうか。一番建設的だし、ナターリヤも素直に嬉しいと思える案だ。けれど……。

「ナターリヤ、あなたの望みを、どうか叶えさせてほしい」

ライオネルだからこそ。そしてライオネルにしかできないことを。

彼はそれを、ナターリヤに求めている気がした。

どうしましょう、と手を合わせたまま使用人達に視線で助けを求めても、三人はここで口を出す気はないらしく、笑顔でかわされてしまう。

あらまあ、どうしましょう。旦那様にしてほしいこと。わたくしが嬉しいこと。わたくしの、望み。うんうんと首を捻り続けていると、だんだんライオネルのかんばせに影が差していく。不安に揺れる金翠の瞳に、かつてナターリヤは木漏れ日を見つけた。

その美しい瞳をじいと思わず見つめると、彼は気恥ずかしげにしながらも、それでも視線を逸《そ》らさず、こちらの答えを急《せ》かすこともなく、穏やかに待っていてくれる。

そうしてナターリヤは、ようやく、その瞳の中に、答えを見つけた。

「それでは、手合わせをお願いしてもよろしいでしょうか？」

その台詞を口にした瞬間、大きくライオネルの瞳が見開かれた。

「……手合わせ、というと、あの、武術における手合わせだろうか」

「はい、さようにございます」

こっくりと頷きを返すと、ぱちぱちと木漏れ日色の瞳が瞬いて、解りやすく戸惑いを示してくれる。はくりと彼の唇が音もなく開閉し、そしてやっと次の台詞が絞り出される。

「武術における手合わせとなると、その、誰と、誰が？」

「わたくしと、旦那様にございますが」

「……私が、あなたと手合わせ？」

「はい。最近はなかなか時間が取れませんが、わたくし、ジャクリーヌとメルヴィンに鍛えてもらっておりますの。近衛騎士様でいらした旦那様の前では児戯《じぎ》にも等しくございましょうが、わたくしも力試しがしたいのです」

このルウェリン邸にやってきてから四年。本来の〝女主人〟としての役目に手を伸ばすことは許されず、ただ日々を漫然とすごすばかりだったナターリヤに、ジャクリーヌは料理とともに体術と隠し武器の使い方を。そしてメルヴィンは、施政術とともに剣術を指南してくれた。

マグノリアナの「お嬢様のお望みのままに」という言葉に背を押され、ナターリヤは、料理人見習いであるはずのジャクリーヌと、従僕であるはずのメルヴィンから、さまざまな武術を習い、今日に至るわけである。

ナターリヤの台詞に、ライオネルの瞳が一転して鋭くなり、ともすれば怒りとすら思えるような苛烈《かれつ》な光を宿してメルヴィンとジャクリーヌをにらみ付けた。しかし二人はどこ吹く風で、むしろ強気にライオネルを笑顔ながらもにらみ返している。

一触即発の雰囲気に、ナターリヤはまた唇の前で両手を合わせた。

――余計なことを言ってしまったかしら。

――そうよね、淑女として、侯爵夫人として、はしたないわよね。

そう、そもそも、その〝侯爵夫人〟としての責務もまともに果たしていないのに。

申し訳ない、と思うことすらはばかられるほどに、ナターリヤはこの四年間、〝日陰の女〟としての暮らしを満喫していた。堅苦しい貴族のマナーに縛られず、ルウェリン侯爵夫人としての責務からも解放され、平民のように家事をしながら日々をすごすのは、決して悪くはない日常だ。だがそれは、本来のナターリヤの立場を思えば、許されてはならない職務放棄である。

だが、その職務を果たそうにも、テレジアが職務の集まる本宅に近寄らせてもくれないのだからどうしようもない、というのは……結局、言い訳だろう。

その手のことに何故か詳しいメルヴィンに日々さまざまな政情を教わり、あらゆる場合における対処や采配《さいはい》をともに楽しく考え学んではいるものの、はたしてそれが発揮できるのはいつになるのか、ナターリヤにはさっぱり解らない。もしかしたら生涯このままかしら、なんて思ってすらいる。そうしてそのまま修道院へ行く前に望むことが、侯爵夫人としての責務を果たすことではなく、まさかの手合わせだなんて、さすがにライオネルも呆《あき》れただろう。

これでも頑張ってジャクリーヌとメルヴィンに食らいついてきたのだけれど、それは褒められた行為ではなかったのだと今更《いまさら》になって思い知る。

無性に恥ずかしくなって、手を合わせたままうつむくと、ハッと息を飲んでライオネルがこちらへと再び視線を向けた。

「すまない。ただ少し驚いただけなんだ。手合わせくらいいくらでもお相手しよう。あなたが喜んでくれるならば、私こそ喜んで」

「ですが」

「いいんだ。あなたがいざという時に自らの身を守れるのならば、それ以上のことはない。あなたの場合は、自分よりも、マグノリアナ達を優先しそうなことが少し怖いのだが」

あなたが望んで学んだのだろう？　と問いかけられ、反射的に頷く。ならば、とライオネルはようやく穏やかに微笑んでくれた。

「私の妻がこの私に手合わせを申し込んでくれるほど勇ましいとは、予想外の喜びだ。あなたは本当に、私を喜ばせるのがお上手だな」

やわらかく笑いかけられて、ナターリヤは気恥ずかしさに再びうつむいた。

優しいお方だ。素敵なお方だ。初めて触れる感覚に戸惑わずにいられない、そんな自分がとても不思議でたまらない。ああ、どうしましょう、何を言ったらいいのか解らないわ。

そう途方に暮れるナターリヤを、そっと背後からマグノリアナが引き寄せてくれた。鼻腔《びこう》をくすぐる、彼女がいつもまとう薬草の香りに、ようやく詰めていた息を吐き出す。

そんなナターリヤの背を撫でてから、マグノリアナはライオネルをひとにらみして、「それでは」とジャクリーヌとメルヴィンに目配せを送る。心得たとばかりに二人は、左右からがしりとライオネルを捕らえ、そのままずるずると中庭へと繋《つな》がる扉へと引きずっていく。

「メルヴィン？　ジャクリーヌ？　な、何をするんだ!?」

「奥様と手合わせなさるんなら、準備が必要でしょうが」

「淑女には何かとご準備が必要なのよぉ。さっさと歩いてよ旦那」

「ナッ、ナターリヤ……！」

「少々お待ちください、ご当主様」

「ナターリヤぁぁぁぁ……っ」

手を伸ばしてもマグノリアナに跳ね退《の》けられ、名残を惜しむどころではない勢いでこちらの名前を呼びながら、ライオネルは物置小屋から連れ出されていった。それを半ば呆然と見送っていると、さっと心得たようにマグノリアナに着替えを用意される。

「さ、お嬢様。どうぞ。ご当主様に目にもの見せてさしあげましょう」

「マ、マギー、その台詞、使い方はそれでいいのかしら？」

「吠《ほ》え面《づら》をかかせてやりましょうの方がよろしかったですか？」

いやそれはもっとまずいと思うのだが、マグノリアナがどこまでも真剣な様子だったので、ナターリヤは肯定も否定もせずにあいまいに微笑むにとどめた。

そして促《うなが》されるままに、実家であるシルヴェスター家から持ってきた地味なドレスから着替え、ついでに邪魔にならないように長く伸ばしたくすんだ金髪をマグノリアナの手で一つにまとめてもらう。よし、これで手合わせの準備は完璧だ。

――せめて、一太刀《ひとたち》。

ささやかであるようでいて、その実とてつもなくおこがましいに違いない目標を定めて、うんと頷く。マグノリアナに深く頷かれて勇気をもらい、確かな高揚感を感じながらナターリヤは物置小屋から足を踏み出すのだった。

＊＊＊

ライオネル・ルウェリン、二十三歳。ようやく故郷であるエッカフェルダントがルウェリン領に帰還してからしばらく。自分でも信じられないほどに繰り返し続けている文言がある。

――ナターリヤが、かわいい。

これである。自分の妻であるナターリヤ・シルヴェスター……ではなく、同じくルウェリン姓となってくれた彼女が、驚くほどにかわいらしいのだ。そのかわいらしさは彼女の元に通うたびに日々更新され、とどまるところを知らない。彼女の姿を見るたびに、ライオネルは毎回、自分でもどうかしているのではないかと思うくらいに彼女のかわいらしさに感心してしまう。

くすみを帯びた長い金髪は緩く波打ち、まるで月影を紡いだがごとく。紅の強い葡萄色の瞳は愛らしくも深みを帯びた貴婦人のそれ。そう、かわいいだけではなく美しくもあるのだ。

彼女の前では、歴戦の騎士であったはずの自分は、まるで右も左も解らない幼子のようになってしまうようだった。どう言葉をかければいいのか解らなくて、どうしたら彼女が喜んでくれるのかが解らなくて、どうしようもなく歯がゆくてならない。この想いをどうしたら伝えられるだろう。あの手この手を弄《ろう》し、どれだけ言葉を尽くしても、いまいち伝わっていないような気がしてならない。

――ああ、ナターリヤ。

結婚から四年を経《へ》て、ようやく再会を果たしたのが一か月前の話だ。

四年もの間、会うことが叶わず、彼女にはどれだけ不甲斐《ふがい》ない夫だと罵《ののし》られても仕方がない。万全を期したつもりではあったけれど、それでも自分の知らないところで辛い思いをすることもあったのではないだろうか……と、そこまで考えてから、ライオネルは自嘲《じちょう》した。

――それこそ、まさか。

ナターリヤと自分の間には、彼女にそういう風に切なく思ってもらえるような思い出すら存在しない。結局どこまでも自分の独りよがりで、けれどそれでもナターリヤを手放すことができなかった。各方面からその件についてはチクチクチクチクチクチク、それはもうあまりにも露骨に嫌味や当て擦《こす》りを頂戴《ちょうだい》している。反論の余地もない。

だが、だからこそ、ライオネルは今までの四年間を埋めるために、ナターリヤになんでもしてあげたかった。望むものはなんでも叶えてあげたかった。たとえばもう一度竜種の討伐に行ってこいと言われても、喜んで剣を片手に飛び出していけるくらいには覚悟を決めていた。とにかくなんでもかんでも叶えてあげたくて仕方がなかったのだ。

だが、しかし。だからと言っても。

「私が、ナターリヤに剣を向けるだと……？」

メルヴィンとジャクリーヌの二人がかりで物置小屋から引きずり出され、いつの間にかこの中庭に整備されていた広場のようになっている一角にて、ライオネルはがっくりと膝をつき、頭を抱えていた。

なぜだ。なぜこうなった。確かに自分は、ナターリヤに望みを問いかけた。年頃の女性らしく、てっきりドレスや装飾品のたぐいをねだられるものだとばかり思っていた。それが何がどうしてどうなって手合わせをすることになっているのか。

彼女を守るために磨いた剣を、彼女自身に向ける？　どんな冗談だ。笑えないにもほどがある。けれどそれがナターリヤの望みであるのだというのだから、ライオネルには選択肢はない。

だが、しかし。繰り返すが、だからと言っても。

「旦那ぁ、奥様がご自分でお望みなんだからさ、ここは一つ男を見せる時だよ。ほらほらがんばれ！　がんばれ！」

「そうそう。ここでいっちょいいところを見せたら、奥様も惚れ直してくださらないこともないかもしれないぜ？」

「やぁだメルヴィン！　それは奥様が旦那に惚れてるのが前提でしょ？　ないない、奥様、旦那のこと今んとこなんとも思ってないもん」

「あ、それもそうだな。じゃあせめて目標は、無関心から格上げされましょう、ってとこか？」

「その辺が妥当だろうね。がぁんばってねぇ」

「…………」

　応援しているようでその実まったく応援していない声援をいい笑顔とともに向けてくるジャクリーヌとメルヴィンを前に、ゆらりとライオネルはようやく立ち上がった。「お前達……」と低くうなっても二人はどこ吹く風だ。にこにこ笑顔で揃ってガッツポーズを贈ってくれる。

　ジャクリーヌもメルヴィンも、経歴はどうあれ、今は自分の使用人であるはずだと思っていたのだが、それは思い違いだったのだろうか。ライオネルはしばし本気で悩んだ。

　というか。そもそも、こんな事態に陥《おちい》ったのは、と、そこまでようやく考えが至り、ギリリと奥歯を噛み締める。

「私は『ナターリヤを守れ』とは言ったが、武術を教えろとは言ってないぞ!?」

　つまりはそういうことである。

　料理人見習いであるジャクリーヌと、従僕であるメルヴィン。そのどちらも、本来の役目はナターリヤの護衛だ。王都から離れられない自分にかわって、彼らならば任せられると確信したのがジャクリーヌでありメルヴィンであり、ついでに今はここにはいないシグルズである。

シグルズの性格上、彼がナターリヤに武術を教えることをよしとするとは思えない。となればやらかしてくれたのは間違いなくこの二人だ。自分がいないところで何をしてくれているのだこいつらは。そのせいで、そのせいで自分は、ナターリヤに剣を向けなくてはならなくなってしまった。

恨みをたっぷり込めてライオネルがにらみ付けると、ジャクリーヌとメルヴィンは顔を見合わせてから、主人であるはずのこちらをどこからどう見ても主人と思っているとは思えない、馬鹿にしきった表情で笑った。大層憎たらしい笑顔である。

「……うっかりナターリヤに傷でも付けたら、私はこの腹を切る……」

「その前にアタシがそのお綺麗な顔をぶん殴ってあげるから安心しなよ」

「ついでに俺もあばらの二、三本もらってやっから安心して死んでこい」

非常に頼もしい使用人達のお言葉に、主人であるはずのライオネルはこうべをがっくりと垂れた。ナターリヤの前でだけではなく、彼女に関することに対しては、どんな時であろうともかっこいい自分でありたいのに。どうしてこんなにも何もかもうまくいかないのか常々不思議だ。それを悪くないと思っている自分がいるのも確かなのでますます不思議で仕方がない。

ナターリヤと出会ってから、世界がこんなにも広いものであることを知った。彼女が教えてくれる世界の、なんて面白いことだろう。やはりナターリヤは素晴らしい女性なのだと、うんうんと納得して頷くライオネルの耳朶《じだ》を、不意に、パンパンと手を打ち鳴らす音が震わせた。

は、と息を飲んでそちらを見遣る。手を打ち鳴らしたのはマグノリアナらしい。だが、そんなことよりも、ただマグノリアナの隣にたたずむナターリヤの姿に、ライオネルは呼吸するのを忘れた。

呆然と彼女の姿に見入っていると、ナターリヤはその視線を気恥ずかしそうに受け止めてくれた。そのまま、常と同じくドレスを着ている時と同じように一礼してくれようとして、あらいけない、とばかりに、彼女の一礼は騎士のそれへと変わる。

メルヴィン仕込みなのだろう。完璧な所作だった。

「お待たせいたしましたわ、旦那様」

「……ナターリヤ？」

「？　はい」

「ナターリヤ……？」

「はい。どうなさいまして？」

「その、姿は」

自分の声が、まるで、自分のものではないようだった。こちらの動揺は、幸いなことにナターリヤには届いていないらしい。彼女は自らの姿を見下ろして、にこりと微笑みを深めた。

「こちらはシグルズと一緒に、鍛錬《たんれん》のために縫った服ですの。さすがにドレスで体術や剣術は難しいものですから」

そう、今のナターリヤは、ドレスではなく、簡素なシャツにズボン、しっかりとした作りのブーツという、それこそ平民の男性の普段着のような服を身にまとっていた。飾り気などどこにもない、ただ〝動きやすさ〟という実用性一点だけを重視した服装だ。

なるほど、シグルズの手が加わっているだけあって、鍛錬するにはどこに出しても恥ずかしくない服装であると言えるだろう。しかし、世間一般的に求められる侯爵夫人の姿とはほど遠い姿である。それなのにライオネルは、ナターリヤから目を離せない。

「なんて、凛々しいんだ……」

正直に言おう。グッと来た。普段は流されているその金の髪が一つに結われているところもまたずるい。ナターリヤの無防備なうなじがあまりにも魅惑的でくらりとしたせいか、つい本音がぽろりと飛び出す。次の瞬間、メルヴィンにスパンと頭を叩かれ、ジャクリーヌにダンッと足を踏まれ、マグノリアナに氷のような視線を向けられた。一つずつとても重い一撃だったが、幸か不幸か、ナターリヤはライオネルではなく、新たにこちらに歩み寄ってくる参入者に意識を取られて、こちらのひと悶着《もんちゃく》には気付かなかった。

ライオネルもまた痛みに耐えつつそちらを見遣れば、いかにも一仕事終えたばかりといったところのシグルズが、こちらに歩み寄ってくるところだった。

「ごきげんよう、シグルズ。今朝は薔薇をありがとう。剪定はもういいのかしら？」

「ああ、とりあえずの目処《めど》はつけてきた。ご当主がこちらだと聞いてやってきたんだが……奥様、そのお姿は？」

「ふふ、聞いてちょうだい。旦那様がね、わたくしと手合わせをしてくださることになったのよ」

「……奥様と、ご当主が、手合わせ？」

「ええ。ね、マギー」

「はい。誠に遺憾《いかん》ながら、お嬢様たってのお望みでして」

白い頬を薄紅に上気させ、いたいけな少女のようにわくわくとした様子のナターリヤはやはりかわいい。普段の穏やかな表情も魅力的だけれど、これはこれでまたこちらの心を鷲掴《わしづか》みにしてくる。ずるい人だ、と、ライオネルは思わずまぶしげに瞳を細めた。

「お忙しい中、わたくしのわがままを聞いてくださり本当にありがとうございます、旦那様。わたくしなりにせいいっぱい手合わせに臨ませていただきますわ」

深く頭を下げるナターリヤの元に駆け寄って、「どうか顔を上げてくれ」とその手を取りたくなる衝動を押し殺し、ごくりと息を飲む。そして、努《つと》めて冷静な顔を取り繕って、騎士としての礼を返す。

これが、ライオネルの、騎士としての矜持《きょうじ》だ。この礼を取ったならば、自分は一人の騎士として、たとえ誰よりも何よりも愛する妻が相手であろうとも、必ず誠意を尽くして剣を振るわねばならない。

「私も、あなたに恥じない剣を振るうことを誓おう」

こちらのその言葉に、ナターリヤが嬉しそうに笑ってくれた、ただそれだけでいきなり誓いを撤回したくなったけれども、なんとか耐えた。

ナターリヤがマグノリアナから、刃を潰した模擬剣を受け取ったのをまずは見届ける。続いて自分もまたメルヴィンから同じように模擬剣を受け取った。ナターリヤもまたそれを見届けて、彼女はこちらからある程度の距離を取る。そのままライオネルとナターリヤは、改めて向かい合った。

心得たようにマグノリアナ、シグルズ、ジャクリーヌが離れていき、残ったメルヴィンがこほんと咳払いをする。

「んじゃ、僭越《せんえつ》ながら俺が審判を。模擬剣の使用の他、基本的にはなんでもありで。あ、でもご当主、さすがに魔術の使用は禁止ですよ。ありゃ手合わせで使うもんじゃない」

「当然だ」

メルヴィンの言葉に深く頷く。自慢ではないが〝剣聖〟の名前は伊達《だて》ではない。かの英雄、〝エッカフェルダントの盾〟たるオズマ・ゲクランにはいまだ及ばない名声だが、それでもこの呼び名はそれなりのものであるという自負がある。でなければこうしてルウェリン領に帰還することなど許されなかったのだから当然と言えば当然の話だが、だからと言って……いいや、だからこそ、この手合わせで魔術を使おうとするほど自分を見誤っているつもりはない。

いくらナターリヤにいいところを見せたいからと言っても、違うのだ。

魔術とは、そういうものではない。そういう風に使われていい代物《しろもの》ではないのだ。そも、エッカフェルダントは、かつて『魔族』と呼ばれた、さまざまな奇跡の御業《みわざ》を行使する、人ならざる種族と共存していたとは、広く知られた話である。やがて彼らの血と交わってこの国はさらに発展してきたが、年を経るごとに魔族は姿を消し、今はその血の流れだけが残されている。

そうして、魔族の血が色濃く表出した者、いわゆる先祖返りと呼ばれる者達こそが、魔術師と呼ばれるのである。

魔族の中でも能力ごとに種族が分かたれ、ライオネルはその中でも《剣》の魔族の血が色濃く出た者だ。その証として、この左手の手のひらには剣の形の《御印》がある。手袋に隠されたそれを目にしたことがある者は、今となっては目の前の妻、ナタ－リヤだけだ。

現状として手袋は、身分証ともなり、多くが自分の家の紋章、あるいは仕える家の紋章が刻まれた手袋をはめるのが慣例だ。だからこそナタ－リヤは四年前の婚礼以来、シルヴェスター家ではなくルウェリン家の紋章が刻まれた手袋をはめているし、ナタ－リヤについてルウェリン家にやってきたマグノリアナも、ナタ－リヤの輿入《こしい》れよりも少々早い時期にこのルウェリン家に雇ったジャクリ－ヌ、シグルズ、メルヴィンもまた同様にルウェリン家の紋章が刻まれた手袋でその手を包んでいる。

しかし本来の手袋をつける意図とは、あくまでも、誰が魔術師であるか、そしてその魔術師がどのような魔力を持ち、どのような魔術を行使するのか、ということを隠すためのそれだ。個人の魔術師としての在り様を知るのは本人と両親、本人の伴侶、生誕時に赤子の選定をする王立魔術院の上層部だけとなる。

とはいえ、成長するにつれて、魔術師は自身の才能を開花させ、派手に活躍することが多く、手袋をしているとはいえどんな魔術師であるかは暗黙の了解となることが常だ。自分はその典型であると言えるだろう。

〝剣聖〟、ライオネル・ルウェリン。自分で言うのも何だが、当代においては最高峰の魔術師であるという自負がある。

その自負があるからこそ、ナターリヤが「まあ、さようですか」と残念そうに眉尻を下げたとしても、決して、そう、決してここで使ってなるものか。いくら彼女を喜ばせたいからと言っても、手合わせでそんな真似がどうしてできようか。

「ご当主様、決して不埒な考えは抱《いだ》きませんように。いざという時は、私も動く所存でございますゆえ」

「ご当主、大人げない真似はしない方が身のためだぞ」

「……解っている。だから、当然だと言っているだろう」

一際冷静な年長者である、マグノリアナの冷ややかな声と、シグルズの苦笑を交えた声に、ライオネルはピンと姿勢を伸ばした。危なかった。一時の欲望に身を任せて、人生を棒に振るところだった。ナターリヤの前では、本当に何もかもうまくいかない。なんて罪作りな女性なのだろう。

そううっとりと溜息を吐くライオネルをどう思ったのか。ナターリヤが、ぎゅ、と模擬剣の柄《つか》を握り締めて構えるのが目に映った。確かに見覚えのある型だ。メルヴィンから剣術を指南されたというその言葉に偽りはないらしい。いや決して疑っているわけではなかったのだが、それでもいざこうしてそれを目の前にすると、なるほど確かに、と納得せざるを得ない。

潰されてもなおも鋭く光るナターリヤの剣を前にして、ライオネルは構えもせずに、模擬剣を持つ手を下げたままにすることを選んだ。先手は譲る。それが自分の定石だ。それだけ自信があるということかと揶揄《やゆ》されたこともあるが、まあその通りだ。〝剣聖〟を舐めないでいただきたい。

ごくりと緊張に息を飲んだ様子のナターリヤの、その喉の動きを合図にしたかのように、メルヴィンの片手が高く持ち上げられる。

「――――始め！」

メルヴィンの手が空気を切り裂くように振り下ろされ、同時にナターリヤが地を蹴《け》った。

――速い！

驚きに自らの目が瞠られるのを感じたが、ナターリヤは当然構うことなく上段から剣を振り下ろしてくる。ためらいのない、見事な太刀筋だ。だが、軽い。こう言っては何だが、女の細腕のこの程度の一撃など、竜種の吐息と比べればそよ風のようなものだ。いくら速くても、ライオネルにはそれらすべてを軽々と受け止めるだけの技量がある。

――メルヴィンの太刀筋をこれほど見事に……！

とはいえ、感動と感激はそれとはまた別にある。ぶつかり合う剣と剣が奏でる金属音とともに、軽やかにナターリヤは蝶《ちょう》のように舞う。その姿の美しさに見惚れそうになりながらも、ライオネルは防戦を選んだ。

どうしたら彼女を傷付けずに、その膝を折らせることができるか。繰り出される剣を一つ一つ確実に、けれども時折ヒヤリとさせられつつも受け止めて、考えを巡らせる。

――王都のやつらに見せてやりたいな。

これほどまでに自分の妻は凛々しく勇ましく、そしてしなやかに強くあるのだと。そう自慢してやりたくなって、すぐにその思いを撤回した。

駄目《だめ》だ。絶対に駄目だ。そんなもったいないことなんてできるはずがない。ナターリヤの魅力は自分だけが知っていればいいのだ。

そういう雑念が、ライオネルの太刀筋に出たらしい。ナターリヤはそれを見逃さなかった。キンッと高らかな剣戟《けんげき》とともにライオネルがナターリヤの剣を弾《はじ》くが、その勢いを利用して軽やかに彼女の足が宙を蹴る。彼女の硬いブーツのつま先がこちらの顔へと容赦なく迫ってきたが、ギリギリのところで、上体を最小限の動きで後方へと反《そ》らした。避《よ》け切ったつもりだったが、不覚にも鼻先をつま先がわずかながらも確かにかすっていった。

「あら、素敵なお鼻になりましてよ？」

トントトン、と地に足をつけて、ナターリヤはにっこりと笑う。ひりひりと痛む鼻先は、おそらく赤くなっていることだろう。それを見つめて放たれた台詞は、誰の耳にもそうと解る、非常にあからさまな挑発だ。ライオネルは、ぶるりと全身を震わせた。

――かっこいい、とはこういうことなのか。

じわりと胸を感動が満たしていく。自分の妻はかわいくて美しくて凛々しくて、さらに大層かっこいい。

――ジャクリーヌめ、やってくれたな。

まるで曲芸のような先ほどのナターリヤの動き、あれは間違いなくジャクリーヌの教えだろう。ついでにナターリヤらしからぬ挑発もまた、彼女の教えに他ならないに違いない。ああほら、早くも自分の発言に自信がなくなって、おずおずとナターリヤがこちらを見つめてくる。その瑞々《みずみず》しい葡萄色の瞳に映っているのが、今は自分だけなのだと思うと、どうにもこうにも胸が熱くなる。嬉しくてたまらない。

ああ、楽しい。そうだ、自分は楽しいのだ。

そう思ったらもう無理だった。顔がほころぶのをこらえられない。そんなこちらの表情に驚いたのだろう、虚を突かれたように固まるナターリヤに向かって、いよいよライオネルは模擬剣を構え、地を蹴った。

「っ!!」

――ほう、これを耐えるか。

声なき悲鳴を上げつつも確かにこちらの一撃を耐え抜いたナターリヤに、ライオネルは感心せざるを得ない。

たった一撃。されど一撃だ。この一撃で、ライオネルはこれまで、数えきれないほどの敵を屠《ほふ》ってきた。「〝剣聖〟の初撃は竜の吐息」とは誰が言ったか。そう、ライオネルの始まりの一手に耐えられる者などそうそういない。

――それが、我が妻とは!

ならば、だからこそ自分は全力を尽くそう。遠慮することこそが、ナターリヤという一人の戦士への侮辱《ぶじょく》となる。彼女への最大限の敬意を払って、最大限の攻撃を!

そしてそこからは、ライオネルの独壇場《どくだんじょう》となった。極めて一方的なライオネルからの剣に対して、ナターリヤは防戦一方になる。

見るからに苦しげになる彼女の姿に心が痛まないわけではなかったが、ここまで自分の攻撃に耐える者など、王都の騎士団にも数えるほどにもいなかった。だからこそいやが上にもライオネルは自身の熱が上がっていくのを感じる。

ナターリヤの剣は、強い、ではなく、巧《たく》み、と呼ぶべきものなのだろう。メルヴィンの教えをよく守っている彼女のそれは、ライオネルの一撃をそのまま受け止めるのではなく、丁寧に流すことで次へと繋げている。

よほどではない限り、女の力は男に劣る。だからこそ、それを利用すべきなのだ。受け止めるのではなく、流し、その流れを自分のものにすることこそが、この場におけるナターリヤの剣の最適解だ。

そういう流れを現状として見事に乗りこなしているナターリヤだが、そろそろ彼女の腕は限界を迎えようとしているのが、ライオネルには手に取るように解った。叶うならばもっとこの時間に浸《ひた》っていたかったが、それはいずれ、自分がメルヴィンにかわって彼女に剣の手ほどきをする中でまた重ねていけばいい。

そうライオネルが、今にも模擬剣を取りこぼしそうになっているナターリヤに向かって、横殴りのように彼女の剣に自らの刃を叩きつけた、その時だ。

カンッと模擬剣が、ナターリヤの手から跳ね飛ばされ、そのままこちらの模擬剣の切っ先が彼女の喉笛へと迫る。もちろん切り裂くつもりなどない。模擬剣なのだからそんな真似は叶わないし、そもそも頼まれたって誰がそんな真似をするものか。ただ勝敗を決定づけるために、確実な急所へと切っ先を突きつける、それだけのつもりだった。

「……まだです！」

「っ⁉」

ナターリヤの勇ましい、ともすれば負け惜しみとも聞こえそうな言葉に、不意を突かれる。

次の瞬間、ナターリヤが、その袖口から細身のナイフを手の内に落とし、ライオネルの模擬剣の切っ先を弾いた。

――ッジャクリーヌか！

騎士道に反する隠し武器だ。だが、ナターリヤには関係がない。騎士道に反しようが構わないのだ。なぜならばナターリヤはライオネルのような騎士ではない。指南役になったというジャクリーヌもメルヴィンも、鍛錬を見守り続けたであろうマグノリアナもシグルズも、ナターリヤにそんなものは求めてはいない。彼らが求めるのは、ナターリヤの勝利だ。どんな手を使おうとも、彼らは気にすることはない。そしてそれは、ライオネルにも当然言えた話なのだ。

ナイフに弾かれたことでブレた切っ先に、思わず一歩退く。ひゅっと息を飲んだこの喉を、そのままナターリヤのナイフが狙う。一歩、そして二歩――……！

「っ、あっ⁉」

だが、その次の三歩目に出した彼女の次の足が、地を踏み締めることはなかった。踏み出した瞬間にタンッと軽くライオネルが足払いをかけたことで、そのままナターリヤの身体は宙に浮く。

「ナターリヤ！」

「……あ」

彼女が倒れる寸前で、剣を放り出して彼女の身体を抱き留める。

――かる、い。

驚くほど軽く、華奢《きゃしゃ》な身体だった。四年ぶりの再会の際にも抱き締めた彼女の身体は、ライオネルの鍛え上げられた肉体とは程遠い、可憐《かれん》な乙女のそれだった。

鼻腔をくすぐるのは薔薇の香りだろうか。それとも菓子の匂いだろうか。ナターリヤがまとう甘やかさに、胸がいっぱいになってしまう。気付けばその身体をそのままぎゅうと抱き締めていた。

「だ、だんな、さま？」

状況が把握できずにぽかんとしているらしいナターリヤの声音に、やっとハッと息を飲む。

しまった。やらかした。とんでもないことをいきなりやらかしてしまった。さぁっと顔から一気に血の気が引くのを感じながら、抱き締めていたナターリヤをそっと地面に座らせて、それでもなおその身体に腕を回したまま、あっけにとられた様子のナターリヤの顔を覗き込む。

彼女は息を切らして汗だくになっている様子だけれど、とりあえず怪我《けが》はないと見ていいだろう。一気に安堵が押し寄せてきて、けれどそれでもそれ以上に大きな焦燥《しょうそう》が何もかもを飲み込んでいく。そうして気付けば、ナターリヤにライオネルは詰め寄っていた。

「ナターリヤ、大丈夫か!?　すまない、剣を落とさせるだけに努めるつもりだったんだが、その、あなたが予想以上に手強《てごわ》くて、あ、いや、舐めていたつもりはもちろんないんだ、だから誤解しないでほしい……いやそんなことよりも、怪我は!?　怪我はしていないか!?」

怒涛《どとう》の勢いで言葉を重ねると、言葉を挟む余地を見つけられなかったらしいナターリヤは、こくこくと戸惑いながらも頷きを返してくれた。

「はい、旦那様。ナターリヤはご覧の通り、傷一つございませんとも」

「そ、うか。よかった……」

腹を切る覚悟をこの一瞬で決めていたが、その覚悟が無駄《むだ》となったらしい。

ナターリヤに怪我をさせたら、自分で自分が赦《ゆる》せなくなる。使用人達からどれだけ折檻《せっかん》を受けようとも、それ以上の苦しみを自分に与えてやりたくなるに違いない。ナターリヤを守るための剣であり、〝剣聖〟の名なのだ。そうでなければ、何一つ意味がない。そう本人に告げたら、いったいどんな顔をしてくれるだろうか。「光栄でございますわ、旦那様」といつものように穏やかに肯定されるだけだったらもう立ち直れなくなるのが目に見えていたから、とりあえずはその問いかけは胸にしまって、かわりにそのままナターリヤをそっとかき抱いた。

あたたかく、甘く、やわらかい。女性とは皆こうなのだろうか。いいやそんなわけがない。こんな風に感じるのは、相手がナターリヤだからこそだ。

何やら腕の中でナターリヤは「え、あ、ええと？　わ、わたくし、今、とっても汗をかいておりましてその」となんとか身動《みじろ》ぎしようとしているようだけれど、申し訳ないが今のライオネルには彼女の望みを叶えてあげられそうにない。あれほど、どんな望みでも、と、こちらから願ったくせに、勝手なものだ。

「だ、旦那様……」

「……ナターリヤ？」

いよいよはっきりと震え始めたナターリヤの声音に、ライオネルはようやくその腕の力を緩めた。どうしたんだ、と続けて問いかけても、答えはない。ただ彼女の名前をもう一度呼びかけると、なぜかそれだけで不思議とナターリヤのかんばせが赤らんだようだった。

――わ、私はまた……？

またやらかしてしまったのか。何が悪かったのか。いや全部悪かった気がする。ああ、顔を背けられてしまった。しかもその両手が彼女の淡く色づく魅惑的な唇の前で合わせられる。その仕草を知っていた。さすがに覚えた。それは彼女が困った時にする仕草……！

「ナターリヤ」

「は、い」

「まさか、私のことを嫌いになって……？　わ、私があなたにその、色々と……」

「え、あ、そんな……」

ことはない、と、続けてくれる気持ちなのだろうことは伝わってくるが、ナターリヤは優しいからこちらに遠慮してくれているだけな気がしてならない。だからこそ、それこそ吐息すら触れ合わんばかりの距離になっていることにも気が付かないで、ライオネルは言葉を重ねようとした。

しかし、その前に、ナターリヤの窮地を見かねたらしい使用人達によって、彼女はこの胸から引き剥《は》がされ、そのまま彼女がもっとも信頼し安心できるに違いないであろうマグノリアナの腕の中へと引き寄せられてしまう。

「調子に乗るのも大概になさいませ、ご当主様」

「嫌いになるも何も、そもそも好かれてるかどうかも解んないのにその質問はずるいでしょ」

「奥様相手にも手を抜かなかったのは評価しますがね、その後が駄目ですよご当主。駄目駄目です。も一つおまけに駄目の駄目駄目の駄目ですね」

「すまないが、さすがにフォローできない」

四人がかりで一斉に責め立てられても、まったく反論できない。「だが」「しかし」「いやその」となんやかんやと言葉を探しても、何一つその後に意味のある言葉は続かず、結局口をつぐむしかないのだ。

我ながらあまりにも情けない姿は、なぜかナターリヤの琴線《きんせん》に触れたらしい。マグノリアナの腕の中から抜け出して、彼女はそっと「旦那様」と声をかけてくれる。喜んでいいのか悲しむべきなのか非常に悩ましくて、ライオネルはまともにナターリヤの顔が見られない。

それでも、「旦那様」と、そっと大切そうに彼女が重ねてこちらを呼んでくれたから、恐る恐るそちらを見遣る。葡萄色の瞳の中で、優しくあたたかな光が揺れていた。

「ご指導、誠にありがとうございました。さすが剣聖様、お見事にございます」

「……私を、嫌いになってしまったか？」

「まあ、そのようなことは」

どうしてライオネルの口から『嫌い』なんて言葉が出てきたのか、ナターリヤは心底不思議そうな様子だった。我ながら笑ってやりたくなるくらいに、現金にも顔が輝くのを感じる。これは、イケるのではなかろうか。

「で、では、その、す、すき、いや、その、好ましく、思ってくれるだろうか？」

「はい、旦那様。ナターリヤは、旦那様をお慕いしておりますわ」

ナターリヤはにっこりと笑ってくれた。そこにライオネルの求める熱はこれっっっっっぽっちもなかったけれど、それでも今のライオネルには十分だった。そのままばったりと、背後に向かって倒れ込む。

「旦那様!?」

――うれ、しい。

嬉しくて嬉しくてたまらない。思い切り後頭部から倒れたが、どうしてだろう。まったくぜんぜん少しも痛くない。胸を満たす多幸感がそのままあふれてクッションになってくれたようだった。ナターリヤが慌てた声を上げるが、そんなあたたかな彼女に対して、使用人達はライオネルには冷たかった。

　地面に仰向けに倒れ込んだまま、ごろんごろんと身もだえる自分のそばには、いつの間にかメルヴィンとジャクリーヌがいる。二人はそのまま、げしげしと遠慮なく上から蹴り付けてきた。昨今下町の小悪党でもこんな蹴り方はしないであろうというえげつない蹴り方である。

「奥様に甘えすぎ。ちょっとこれ以上は頂けないね」

「あーあーあーあー嫌ですね～～これだから初恋のはの字しか知らない男は～～」

「痛っ！　痛いんだが!?　っだが私は、私はもう今日が命日でも構わない……！」

「命日？　お嬢様の前で？　はい、減点ですね。落第点以下、更新にございます」

「ご当主……お前な……」

　げしげしげしげしっと、主人を主人とも思わぬ所業をやらかしているジャクリーヌとメルヴィンはとても楽しそうだ。いやだからものすごく痛いのだが。マグノリアナもシグルズも、呆れるばかりではなくてそろそろこの二人を止めてほしい。

　だが、それでも、ナターリヤからの言葉一つでそんな痛みの何もかもが帳消しになってしまうのだ。

「……ふふ、ふふふふっ」

「!!」

　ナターリヤだ。ナターリヤが、笑ってくれた。

蹴り付けてくる足を跳ね退けて飛び起きたライオネルが「もう一度その笑顔を見せてくれないか」とナターリヤの手を取ると、今度は大人しく見守ってくれていたはずのマグノリアナとシグルズに頭を叩かれる羽目になった。

——これはこれで、ありなのかもしれないのでは？

これはこれで幸せだと、ライオネルは、ナターリヤの笑顔に、確かにそう思わずにはいられなかった。

第2章　翻る赤旗

そうして、その手合わせを行った日以降も、ナターリヤの物置小屋暮らしは結局のところ変わらないままの穏やかなものであったが、それでも、とある変化にナターリヤ自身は気付いていた。

——旦那様のことが、待ち遠しいなんて。

ほうと溜息《ためいき》を吐いて、ナターリヤは刺繍《ししゅう》に勤《いそ》しんでいた手を休めて瞳を伏せた。

ライオネルとの手合わせから、今日でちょうど一週間だ。彼は相変わらず足繁《あししげ》くこの物置小屋に足を運んでくれるけれど、毎日であるというわけではない。今まではそんなことなんてまったく気にならなかった。彼が来るたびに「このあいだいらしたばかりなのに。本宅はそれほど居心地が悪くていらっしゃるのかしら」などと、完全に他人事のように思ってすらいた。

それなのに、今やどうしたことだろう。気付けば彼の来訪をこんなにも待ち焦《こ》がれていて、いつだって気持ちが落ち着かない。付き合いの長いマグノリアナにはすぐに気付かれてしまったし、そのあとでほどなくしてジャクリーヌ達にも伝わってしまったのがもう恥ずかしくてならない。そわそわと落ち着かない自分は、きっと使用人達の目にはさぞかし滑稽《こっけい》に見えているに違いない。それでも彼らは優しくナターリヤのことを見守ってくれるから、そのぬくもりについつい甘えてしまうのだ。

――旦那様には、〝本命〟がいらっしゃるのに。

ルウェリン領に帰還して以来忙しくしているのも、いずれその〝本命〟を迎え入れるためなのだと理解している。そしてその時こそが、ナターリヤにとってライオネルとの別れを意味する。

――わたくしは、〝日陰の女〟。勘違いしてはいけないわ。

ライオネルが優しいからといって、それに甘えてばかりではいられない。ちゃんと身のほどをわきまえなくては。

まあいざとなれば修道院に行くという算段もあるし、どうとでもなるだろう、とは思ってはいるのだ。別れはさびしく辛《つら》いものだが、それもいずれ時が解決してくれる。そんなことは解《わか》っている。胸が痛くなるくらいに、理解しているつもりだ。

……けれども、ああ、また溜息が込み上げてきた。

この溜息はどういう意味のものなのか、ナターリヤには理解できないし、理解してはいけないものであるような気がする。気付いてはいけない自分の感情がむくりとその首をもたげようとしているのがひしひしと感じられるから、ナターリヤは懸命にそれに蓋《ふた》をし続けている。

今日《きょう》の物置小屋は、使用人達がちょうど出払っており、ナターリヤ一人きりだ。だからこんな風に余計なことを考えてしまうのだろう。

シグルズからの課題の刺繍はこれでいち段落したし、そろそろ気分を変えるためにもメルヴィンからの課題に取りかかるべき頃合いか。ルウェリン領南部の治水工事に対する意見書と、その概算費用、その働き手の確保……と、メルヴィンが参考資料として置いていってくれた書類に目を通していたナターリヤは、不意にその書類をめくる手を止めた。

椅子から立ち上がって、ささっとドレスの裾を直し、壁にかけてある鏡を横目に髪を手櫛《てぐし》で整えて、ナターリヤははやる心のままに物置小屋の扉のノブに手をかける。

「旦那様、ごきげんよ……」

「――――すまないね、ナータ。残念ながら僕なんだ」

「まあ、オズおじいさま……！」

親しく見知った気配を感じて扉を開け放ってみれば、そこに立っていたのは予想通りのライオネル、ではなく、久方ぶりにお会いする自身の後見人である御仁《ごじん》だった。

――オズマ・ゲクラン。

御年《おんとし》六十四歳の彼の、年相応にしわが刻まれたそのかんばせには、苦笑が浮かんでいる。思わず、とばかりに彼が自分でぐしゃりとかき乱した白髪は、かつては今とはまた異なる威厳にあふれた墨色《すみいろ》だったのだと聞いているが、当然ナターリヤはその姿を見たことはない。年を重ねてもなお凛々《りり》しさを失わない、年嵩《としかさ》だからこその魅力をまとう彼の姿に、久々の再会を改めて嬉《うれ》しく思う。物心ついた時には既《すで》に、オズマはナターリヤにとって、〝オズおじいさま〟と呼び慕う、大切な家族の一人のような存在だった。

彼の黒檀《こくたん》の瞳に宿る複雑そうな光に、自分がとんでもなく恥ずかしい間違いを犯してしまったという自覚が遅れて追いついてきて、ナターリヤは顔を真っ赤にして慌《あわ》てて頭を下げる。

「も、申し訳ございません、オズおじいさま」

「いいや、構わないよ。僕が来るのも久々だしね、その間にやってきた若造と間違えられるのも致し方ないことさ」

「申し訳ございません……」

これ以上なく小さく縮こまると、くつくつとオズマは喉を鳴らして楽しそうに笑った。そしてそのまま、自身の立派な口髭《くちひげ》を撫《な》でつついつものように小屋の中に足を踏み入れ、ナターリヤが小さくなりながらもすすめた椅子にゆったりと腰を下ろす。その年齢を感じさせない洗練された仕草に、ほう、といつものようにナターリヤは感嘆の吐息をこぼした。

改めてオズマという人が、本来は〝おじいさま〟なんて気軽に呼べる立場の存在ではないことを思い知る。

老いも若きも、彼の前では敬意を抱《いだ》き膝《ひざ》をつくに違いない。

四十四年前の隣国との大戦において、獅子奮迅《ししふんじん》の戦いぶりを国内外に見せ付け、〝エッカフェルダントの盾〟と呼ばれた人物。それがオズマだ。

〝盾〟と呼ばれた経緯は、彼の生まれに起因する。オズマ・ゲクランは、その呼び名の通り、《盾》の魔術師なのである。

かつて平民であった彼は、戦功を評価されたことで伯爵位を授けられ、今なおエッカフェルダント中の人々から慕われている。

——どうしてわたくしの後見人になんてなってくださったのかしら？

ナターリヤの一番古い記憶の中に、既にオズマは存在している。五年前に事故で亡くなった両親と縁深かったから、とは聞いているが、自分の両親は一男爵家の当主とその夫人でしかなかったはずだ。

国の英雄と謳《うた》われる御仁とはたしていったいどんな縁があって……と今更《いまさら》ながら不思議に思っていると、その視線をどう思ったのか、オズマが「ああそうだ」と、一旦扉の向こうに再び消え、数拍ののちに両腕にいくつもの箱を抱えて戻《もど》ってきた。

どうやら扉の向こうに置きっぱなしにしておいたらしいそれらを、彼は誇らしげにナターリヤに渡してくる。色とりどりの包装紙で包まれ、蝶《ちょう》のようなリボンで飾られた、抱え切れない箱の山。まごつきながらもなんとかテーブルの上にそれらを下ろして、ナターリヤは苦笑した。

王都に住まうオズマの来訪は、月に二、三度と、なんとも頻繁《ひんぱん》なものだ。ライオネルが帰還して以来その足は遠のいて、今回の来訪は久々なものだが、それでも今回もまたしても、あれこれとお土産《みやげ》を用意してくれたらしい。彼の厚意が嬉しくもあり、申し訳なくもあり、ナターリヤはいつも複雑になる。

「オズおじいさま、お気遣いなど無用ですのに。ナータはオズおじいさまがいらしてくださるだけで十分嬉しゅうございますわ」

「おや、ナータは僕の数少ない楽しみを奪うつもりかい？」

「そのようなつもりはございませんが……」

「だったら黙って受け取っておくれ」

「……はい、オズおじいさま。ありがとうございます」

「よろしい」

気取ってドレスの裾を持ち上げて一礼してみせると、オズマは重々しく頷《うなず》き返してくる。そうして笑い合うと、久々の再会であることなんてすっかり忘れてしまうようだった。

相変わらず穏やかなオズマの様子に、ようやくライオネルを思って波立っていた心が凪《な》いでいくのを感じながら、ナターリヤはてきぱきと紅茶の準備をする。

——旦那様に見つめられると、落ち着かなくなってしまうのに。

脳裏に木漏れ日《こもれび》色のまなざしがありありとよみがえり、ナターリヤは思わず顔を朱に染めた。

その姿をやはり見つめていたオズマが、「はあああああああ」と、それはそれは盛大な溜息を吐いた。

彼らしくもない穏やからしからぬそれに、ナターリヤはきょとんと瞳を瞬《また》かせる。

「オズおじいさま？」

「いやなに。解っていたんだ。解っていたさ。いずれ、遅かれ早かれ、こうなるだろうとは解ってはいたとも。とはいえいざこの瞬間が来ると、こんなにも面白くないものとはね。いやはや、この歳《とし》になってもまだまだ学ぶことは多いものだ。こんなものは学びたくなかったんだが、仕方ない……そう、仕方ないとはいえ……ああああやっぱり面白くない！　つまらん！　いっそ腹立たしい！　僕は悔しいよナータ！」

「オ、オズおじいさま……？　どうなさったのですか？」

オズマは、誰もが憧れる英雄とは思えない、それこそがんぜない子供のように座ったまま地《じ》団駄《だんだ》を踏み、バッとテーブルに突っ伏した。

見たこともない後見人の姿に唖然《あぜん》と固まるナターリヤを、のろのろと顔を上げたオズマの瞳が捉《とら》える。ゆっくりと、頭のてっぺんから、足のつま先まで、ナターリヤを一瞥《いちべつ》した彼は、喜びと悔しさとさびしさが入り混じるなんとも複雑な笑みを浮かべた。

「ナータ。ナターリヤ。きみは美しくなったね」

「え？　あらまあ嫌ですわ、オズおじいさま。何をそんな、突然お世辞だなんて……」

「お世辞でなんてあるものか。僕のナータはいつだって誰よりもかわいらしい。けれどそういう意味ばかりではなく、ナターリヤ。きみはとても美しい。とても、本当にとても美しくなったね。そしてきっと、これからもどんどん美しくなっていくのだろう。それは喜ばしいことなのに、僕はやはり悔しくてさびしいな」

「は、はい……？」

いったい何の話をなさっているのだろう。その表情通りのことを言っているのに、ナターリヤにはオズマの言いたいことがさっぱり解らない。

褒《ほ》めてくれているらしいことは確かだ。けれど、綺麗《きれい》になったと言われてもさっぱり自覚なんてないし、毎日鏡で見る顔はかわり映えなんてしないはずなのである。オズマは本当に何が言いたいのやら。

困惑をあらわにして首を傾《かし》げてみせると、オズマはやはり喜びと悔しさとさびしさ、そしてそこに新たにちゃめっけを込めて片目をぱちんと閉じる。そして、そういえば着たきりになっていた外套《がいとう》から、一つの包みを取り出した。

「これはそろそろ、認めてやらざるを得ないようだ」

そう言って差し出された包みを反射的に受け取る。深い緑色のビロードのリボンで飾られた薄い上品な箱だ。

これは？　と視線で問いかけると、オズマは「最後のおまけだよ」と笑みを深めた。

おまけ、という単語に、いつもオズマが山ほど持ってきてくれる大量の土産の中で、いつだって最後の最後に渡されてきたささやかな『おまけ』の数々がナターリヤの脳裏を駆け巡っていった。

ナターリヤはオズマが大量の土産とともにやってくるたびに、彼が最後の最後にいかにも取って付けたように贈ってくれるこの『おまけ』を、楽しみにしていた。

オズマが土産だと言って持ってきてくれる甘いお菓子も、大きなぬいぐるみも、どれもこれもとても嬉しかったけれど、ナターリヤはそれらとは異なる風情の、毎年歳を重ねるナターリヤを理解して選ばれたに違いないと思える『おまけ』の数々もまたとても楽しみだったのだ。

子犬のオルゴール。見事なカッティングのペアのグラス。小ぶりだけれど華やかな金細工のバレッタ。少量で楽しむ貴腐ワイン。夏の日差しを避けるためのつば広の、折り畳むこともできるボンネット。つやつやとしたサテンのリボンで足首を飾るかかとの低い歩きやすい靴。

どれもこれもナターリヤの宝物だ。それらはいつだって、深い緑のリボンで飾られていた。

——……それが、最後？

恐る恐るリボンを解いて、箱を開ける。そこに収められていたものを見た瞬間、自身の瞳が見開かれていくのを、他人事のように感じた。

「ルウェリン家の、手袋？」

そう、そこにあったのは、ルウェリン家の紋章が精緻《せいち》に刺繍された、一目でこれ以上はない逸品《いっぴん》であると解る手袋だった。

エッカフェルダントにおいて、手袋を贈るという行為は、もっとも愛が込められた、神聖さすらともなう儀式だ。その行為は、家族間でというよりは、恋人同士、夫婦同士で行われるべきものであるとされる。

オズおじいさま、と呆然《ぼうぜん》と呟《つぶや》くと、彼はいたずらげににっこりと笑った。

「それを着けたところを、あの若造に見せてやりなさい。なに、あの若造のことだ、どうせもうすぐやってくるのだろう？　善は急げだ。ほら、私はあちらを向いているから、その間に付け替えなさい」

「は、はい」

言うだけ言ってそっぽを向くオズマに急《せ》かされて、ナターリヤは自身の手袋を外し、新たに手袋を付け替えた。それは驚くほどぴったりと手に馴染《なじ》み、心地よい感触だった。

きらめく刺繍に見惚《みほ》れていると、扉がいつものようにノックされる。当初ほどのためらいはなくなった、それでもまだ緊張を感じさせるノックをする相手なんて、たった一人だ。

あ、と思う間もなく、オズマがさっさと扉に歩み寄ってガチャリと開けてしまう。扉の向こうで、予想通りの相手……先ほどナターリヤが思い切り間違えてしまった、〝正解〟とでも呼ぶべきライオネルが、大きく息を飲む音が聞こえてきた。

「オズマ殿……!?　いらしていたのですか。あなたならば万一のことなどないでしょうが、ナターリヤにおかしな真似はしていないでしょうね？」

「おやおや手厳しい。ナータも聞いているぞ、若造」

「ついい加減、若造と呼ぶのはやめていただきたい！　私は……っ」

「ならばライオネル・ルウェリン。ナータを……ナターリヤを、任せたぞ」

その台詞《せりふ》に込められている、自身に対する深い愛情に、ナターリヤは気付いた。

オズおじいさま、と、声をかける隙《すき》もなく、彼はそのまま出ていってしまう。追いかけようかとも思ったのだが、扉の前にはナターリヤ以上に呆然と立ち竦《すく》むライオネルがいる。

彼もまた言葉もなくオズマの後ろ姿を見送っていて、ナターリヤはとりあえずおずおずと彼の元に歩み寄った。

「だ、旦那様？　大丈夫ですか？」

「あ、ああ。すまない、心配な……っ!?」

「え？」

「そ、の、手袋は、私が……！　オズマ殿!?」

ナターリヤの真新しい手袋を見た瞬間、ライオネルの金翠《きんすい》の瞳がカッと見開かれ、慌ててさっさと去っていってしまったオズマのあとを追おうと一歩足を踏み出した。けれど、彼の足はそのままぴたりと止まる。ライオネルがオズマの後を追うことは叶《かな》わなかった。ナターリヤがそうさせなかったからだ。真新しい手袋を着けた手で、彼の袖口をそっと引いて、「旦那様」と呼びかけたために、ライオネルはまったく身動きが取れなくなっている様子である。

見るからにびくりと身体《からだ》を震わせるライオネルに、ピンときた。気付かないはずがない。これが女の勘というものなのかしら。いいえ、そればかりではなく、これは、相手が旦那様だから。そういう確信を胸にして、ナターリヤはいよいよ口を開く。

「この手袋は、旦那様がご用意してくださったものなのですね」

「……」

「それから、今までオズおじいさまが持ってきてくださった『おまけ』も、旦那様、あなたがわたくしに贈ってくださったのではありませんか？」

「…………」

「旦那様」

「…………ああ、その通りだ。特にその手袋は、オズマ殿に、私がナターリヤ、あなたにふさわしい男になった時に、オズマ殿からあなたに、その、渡してほしいと……四年前に託した、もの、だ」

長い沈黙ののちに、もはや言い逃れはできないと覚悟を決めたのか、顔を真っ赤にしてとつとつとライオネルはそう言った。穴があったら入りたい、と、彼の背後にでかでかと書かれているのが見えるような気がした。

　あらあらまあ、と、ナターリヤは笑った。心からの喜びと嬉しさが、自然とナターリヤの笑顔を呼んでくれた。

「ありがとうございます、旦那様。わたくしは、ナターリヤは、どの贈り物も大変嬉しゅうございましたが、今日の贈り物が、一番嬉しくてなりませんわ」

　心からの言葉、心からの笑みだった。

　ライオネルと同じ家紋の手袋を、オズマを介してとはいえ、ライオネルから贈られて、身に着けることを許してもらえる。それがこんなにも嬉しくてならない。

　喜びに頬を紅潮させ、嬉しさのあまり涙すらにじませて微笑《ほほえ》むナターリヤに、ライオネルは言葉を失ったようだった。

　――あらいけない、〝日陰の女〟にこんな風に言われて、困ってしまわれたのかしら。

　ライオネルは優しく誠実な人だ。彼との関係はまだ始まったばかりだけれど、ナターリヤは彼の人柄を疑ったことはない。彼は優しくて誠実であるからこそ、この一夫一妻制のエッカフェルダントにおいて、ナターリヤのことも〝本命〟のことも、自身の母君のような〝妾〟扱いするような真似ができないのだろう。だから、ナターリヤがこの場に居座る限り、彼はいつまで経っても〝本命〟を迎えられないのだ。

　――喜んでいる場合ではないわ。

──旦那様のことを思うなら、早く、離縁して出ていく覚悟を決めなくては。

そう反省するナターリヤの両肩が、ライオネルによってがしりといきなり掴《つか》まれる。突然のことにびゃっと肩を跳ねさせると、彼は慌てて「すまない！」と頭を下げてきた。その手の力が緩み、そうして、自身の頭をためらいがちに持ち上げつつ、ナターリヤよりも低い位置から、上目遣いでこちらを見上げてきた。

「ならば、対価を望んでも、いいだろうか」

「まあ、わたくしにできることならば、喜んで」

こんな風にそんなにも綺麗な木漏れ日色の瞳に見つめられたら、否やなんて言えるはずがない。〝本命〟を差し置いて彼の妻の座に居座る自分にできることなら、なんだってするべきなのだ。にっこりと笑みを深めてためらうことなく頷きを返すと、ライオネルは顔を赤らめて、あぐあぐと口を開閉させた。

「そ、その……」

「はい、旦那様」

「それだ」

「え？」

それ、とは、どれだ。

首を傾げてみせると、ライオネルはようやく決心したらしく、ナターリヤの手を自らの手で包み込み、その薄い唇で続ける。

「私のことは、リオと呼んでもらえないだろうか。ライオネルの愛称の、リオと。そして私に、あなたのことをナータ……ではなく、そう、ターシャ、ターシャだ。あなたをターシャと呼ばせてほしい」

駄目《だめ》だろうか、と、恐る恐るライオネルは問いかけてくる。ナターリヤは思わずぱちりと一度大きく瞳を瞬かせる。何を言われるかと思ったら、そんなことでよろしいのかしら？　もっとわたくしは、あなた様に何かをしてさしあげたいのに。

けれどライオネルが求めるのが、確かに互いの呼称のみ、その呼称こそであるということが不思議とひしひしと伝わってきたから、ナターリヤは頬を薄紅に染めてさらに笑みを深めた。

「はい、リオ様。どうぞわたくしのことは、ターシャとお呼びくださいまし」

「っああ、タ、ターシャ」

「はい、リオ様」

「……ターシャ」

「リオ様」

「ターシャ」

「リオ様」

「ターシャ」

「リオ様」

飽きることなく繰り返し合うと、なんだかとても嬉しくて、そしてそれはきっとライオネルも同じ気持ちでいてくれて、そう考えるともっと嬉しくなって、ナターリヤはくすくすと笑わずにはいられない。

それでもなお愛称の呼び合いは続いて、やがてやってきた馴染みの使用人達に「玄関先で何やってんだあんたら（※意訳）」と呆《あき》れられることになるのだった。

かくして、それからというもの、ナターリヤは、ライオネルにとっては〝ダーシャ〟になった。そんな随分とあどけない愛称でナターリヤのことを呼ぶのは、ライオネルが初めてだった。

今は亡き両親とオズマもナターリヤのことを愛称で呼んでくれたけれど、彼らが口にする愛称は〝ダーシャ〟ではなく〝ナータ〟だ。付き合いの長い専属侍女であるマグノリアナは今も昔も〝お嬢様〟だし、ルウェリン領にやってきてから出会った自分によくしてくれる使用人達は〝奥様〟である。

――ターシャ。

ほのかな緊張とともに、どことなく遠慮がちに、けれど確かな甘やかさを込めて、ライオネルはナターリヤのことをそう呼んでくれる。耳朶《じだ》によみがえるやわらかな響きに、ナターリヤは自分以外には誰もいない物置小屋で、かあっと顔を赤らめさせた。

マグノリアナは所用で留守にすると今朝《けさ》出て行ったし、他の使用人達は三人とも今日は本来の仕事に従事すると言っていた。ライオネルもまた昨夜、いつしか同席するのが当たり前になっていたこの小屋における夕食の場にて「明日はさびしい思いをさせてしまうことになるが、もう少しだけ、その、我慢してくれ」と、本当に申し訳なさそうに謝ってくれた。

その時は、幼い子供でもあるまいし、と、笑って受け流したが、実際にこうして一人になってみると、なんだかやたらと静寂が耳にこびりつく。たった一人の物置小屋は、本来の狭さよりもよっぽど広く感じられてならなかった。

両手を唇の前でそっと合わせて、ほう、とその指先に吐息を吹きかける。この小屋が静まり返っているからこそ、またライオネルの「ターシャ」という呼び名がありありとよみがえって、思わず瞳を伏せた。

「……リオ様、なんて」

それは口にすると不思議と甘く感じられる響きだ。けれど本来その愛称を口にすべきは、自分ではない。〝日陰の女《ナターリヤ》〟ではなく、〝本命〟にこそ許された呼び名だ。だからこそ、ライオネルに離縁を申し渡されるその日まで、そう、彼がその〝本命〟を無事にルウェリン領に迎えられるその日までは、この「リオ様」という甘やかな響きを大切にしよう。今までライオネルから贈られた数々の宝物と一緒にその響きを抱いて、心晴れやかにこの屋敷を後にしてみせる。それが、ナターリヤにできる、ライオネルの誠意と真心に対するせいいっぱいの恩返しだ。

うんうんと頷いてはみたものの、なんとも苦い味が口の中に広がって、両手の手のひらのあざを意識してすり合わせる。

「わがままはだめよ、〝日陰の女《ターシャ》〟」

となれば、さて、気晴らしを兼ねて、鍛錬《たんれん》にでも励もうか。

ジャクリーヌやメルヴィンに付いていてもらわなくたって、一人でも体力作りくらいはできる。そう、一人でだって大丈夫なのだ。そうしてもっと強くなって、できたらライオネルにもう一度手合わせをお願いしたい。

前回は鼻先をかすめることしかできなかったけれど、そう、今度こそ一太刀《ひとたち》を目標にするのはどうだろう。それはとても素敵な考えのような気がした。だってそうしたら、きっと少しくらいは、ライオネルの心に残れるのではないだろうか。ほんの少しくらい、その心に住まわせてほしい。〝本命〟が彼の隣に立った時にできる陰の中、文字通りの〝日陰の女〟として。我ながら随分と大きく出たものだと思うけれど、叶うならそれくらい許してほしいのだ。ええ、そうだわ、そのためにも、まずは着替えを。

ぱん、と軽く手を打ち鳴らし、一つ大きく深く頷いたナターリヤが椅子から立ち上がった、その時だった。バタン！　と遠慮なく大きな音を立てて扉が開け放たれる。すっかり思考に没頭していて気配に気付かなかったナターリヤがぽかんと硬直したのをいいことに、招かれざる客人の皆様……もとい、このルウェリン邸本宅の使用人達が、何人もなだれ込んでくる。

「〝奥様〟がお呼びです。ご同行願いま……」

ぷつん、と。先頭に立っていた、老年の執事の台詞が、不自然に途切れた。

彼はぽかんと口を開けてこちらのことを凝視《ぎょうし》しており、よくよく見てみれば、彼の背後に控《ひか》える従僕達や侍女達まで、同様になぜか呆然とした様子だ。そのまなざしは遠慮も会釈もなしにこちらに釘付《くぎづ》けであり、こういう表現が正しいのかは解らないが、なんというかこう……見入っている、とでも表するのがふさわしい様子で立ち竦んでいる。

「あ、あの……？」

多数の不躾《ぶしつけ》な視線にさらされて、なんとも居心地の悪い気分を味わわされながらも問いかけると、彼らは一斉にハッと息を飲んだ。

「ナ、ナターリヤ様、でいらっしゃる？」

「は、はい、さようにございますが」

一応嫁《とつ》いできた時に彼らとは面識があるし、そのあとのこの四年だって致し方ない時には顔を合わせてきたはずだ。それなのに、どうしてこんな風に、確かめるように問いかけられなくてはならないのだろう。

ただただ純粋に不思議になって、いったん頷いてから首をことりと傾げる。さらりと自身のくすんだ金髪が肩から滑り落ちていき、そういえばこの髪も随分伸びたから、そのせいで自分のことが解らなかったのかも……いやでもそんなまさか……などと考えているこちらを、やはり使用人達は見つめてくるばかりだ。

老若男女《ろうにゃくなんにょ》が揃《そろ》っているが、なぜか一様に顔を赤らめているように見える。皆様揃ってお風邪を召していらっしゃる？　とナターリヤがもう一度「あの」と声をかけると、ぼぼっと彼らはさらに顔を赤くしたが、それでもなんとか気を取り直したらしく、代表して執事がごほんと咳《せき》払《ばら》いをする。

「ナ、ナターリヤ様、に、おかれましては、本宅の〝奥様〟……テレジア様がお呼びです。ご同行していただきます」

それは、丁寧語《ていねい》ではあったが、こちらに選択肢《し》を与えてくれない、使用人にあるまじき命令だった。

テレジア様がお呼び、と静かに瞠目《どうもく》すると、その反応をどう捉えたのか、執事が片手を挙げる。それを合図にして、素早く彼の背後の従僕と侍女達が動き、ザッと逃げ場なく周囲を取り囲んできた。

「参りましょう」

踵《きびす》を返す執事に続いて、周囲の使用人達も歩き出す。彼らに囲まれているナターリヤもまた、必然的に歩き出すより他はない。

周囲に無言で急かされながら、普段は決して使わない道を黙々と歩む。

――わたくしに何のご用なのかしら？

嫁いできてからこの方四年、自分を存在しないものとして扱ってきた彼女が、今になってどんな用事でこちらを呼びつけたというのだろうか。

馴染みの使用人四名にも、先達《せんだつ》て帰還したライオネルにも、「本宅には近付くな」とよくよく言い含められている。その言い付けを破ってしまうことになるのだが、これはさすがに不可抗力であると思ってほしいものだ。

せめて理由を、と、周囲の使用人達に声をかけようにも、彼らはこちらを決して見ようとはせず、やっと目が合ったと思っても、誰もが顔を赤くして顔を背《そむ》けてしまうからどうしようもない。おそらくはこういう状況を、『詰んだ』というに違いない。

どうしましょう、と、歩きながら唇の前で両手を合わせてひっそりと溜息を吐く。その手を包むのは、オズマから渡された、ライオネルがかねてから用意してくれていたのだという手袋だ。ルウェリン家の紋章を刻む刺繍糸がきらりときらめいて、わずかだけれども確かに緊張がほぐれていくのを感じた。

そうこうするうちに、いよいよ本宅へとたどり着く。ナターリヤが暮らす物置小屋とは比べるべくもない立派なお屋敷だ。大きな扉の前で圧倒されるナターリヤを、やはり顔を赤らめながらも執事もその他の使用人達も小馬鹿にするように見つめてくる。

――あら？

違和感があった。ざわりと肌が粟立《あわだ》った気がした。なんだろう、筆舌に尽くしがたい感覚が全身を襲う。何かがやたらとざわざわする。それは身体か、その内にある心か。焦燥《しょうそう》にも似た不安がじわじわと今更ながらに湧《わ》いてくるけれど、どうしたらいいのか解らない。

そしてそのまま、まるで罪人が連行されるように、ナターリヤは相変わらず逃げ場なく取り囲まれたまま、テレジアが待っているという、この屋敷の〝女主人〟の部屋へと案内される。

上品な彫刻がほどこされた扉をノックして、執事が「〝奥様〟」と声を上げた。

「ナターリヤ様をお連れしました」

「――そう。入りなさい」

扉の向こうから聞こえてきた声は、とても冷たかった。

――ざわり。

また何かがざわつく。けれど誰もそんなこちらに気付くことはなく、扉が開け放たれ、部屋の中へと追いやられる。

初めて足を踏み入れる〝女主人〟の部屋は、物置小屋よりも広く、置かれている調度品はどれも贅《ぜい》の限りを尽くした豪奢《ごうしゃ》かつ華美なものばかりで、目がチカチカする。

「遅くってよ。まったく、初めて会った時も思ったけれど、本当に鈍臭《どんくさ》い娘だ……」

こと、とでも、続けられるはずだったかもしれない台詞が途切れた。

きらびやかな部屋の中心に立っている、控えめに言ってふくよかな、正直にはっきり言ってしまえば日頃の不摂生《ふせっせい》が窺《うかが》い知れる肥満体型のご婦人が、何やら先ほどの使用人達のように、ぽかんとこちらを見つめている。

白髪を隠すためだろう、金の染め粉をたっぷりとまぶしたらしい派手にきつく波打つ髪を結い上げて、年甲斐《としがい》もなく胸元が大きく開いたとびきり上等な、けれど決して上品とは言いがたい、調度品同様に極めて豪奢なドレスに身を包んだ彼女こそが、テレジア・ルウェリン前侯爵夫人だ。

歳を重ねても、肥え太っても、それでもなお見る者を萎縮《いしゅく》させるきつい顔立ちの彼女に、そのままじいと見つめられ、居心地の悪さにこちらが身動《みじろ》ぐと、ようやく彼女はハッとしたように口元をこれまた派手な扇で隠して、その向こうでいかにも忌々《いまいま》しげに眉をひそめてみせた。

「……どんな手を使ったらその顔になるのかしら。あたくしの知らないところで男でも連れ込んでいたのかしらね」

「そ、そのような、ことは……」

「口を開くことを許した覚えはなくてよ、ナターリヤ・シルヴェスター」

なんだかよく解らないがとても下世話な嫌味を言われたことは理解できたので反論しようとしたのだが、皆まで言うことすら許されなかった。

ルウェリン領に嫁いできた時に、「ルウェリンと名乗れるとは思わないことね」と吐き捨てられたことを思い出す。ライオネルの妻として認めてもらえていないという事実を改めて突き付けられ、口をつぐんでうつむくしかない。

そんなナターリヤを睥睨《へいげい》するように見つめて、フンと鼻を鳴らしたテレジアは、やがて扇を下ろしてにっこりと笑った。お世辞でも好意的とは言いがたい、ありったけの悪意が込められた、恐ろしい笑みだ。

ざわり。ざわり。また何かがざわつく。どうしてだろう、まだ冬の気配は遠いはずなのに、肌寒さすら感じる。

——これは、なに、かしら。

自らの身体を抱き締めたくなったけれど、テレジアの前ではそんな真似もできずに、身を縮こませる。ふふ、と、テレジアは優越感たっぷりに、とても愉《たの》しそうにまた笑った。

「ナターリヤ・シルヴェスター。お前には、あの妾《めかけ》の子……ライオネルと、離縁してもらうわ」

「っ！」

離縁。幾度となく自分の中で繰り返してきたはずの言葉を真正面から突き付けられて、ナターリヤは息を飲んだ。なぜだろう。言葉が出てこない。日陰の女には反論する資格なんてないと解っているつもりなのに、どうして自分はこんなにも衝撃を受けているのか、自分のことなのに理解できない。

ほとんど条件反射で両手を唇の前で合わせるナターリヤのその仕草をやはり小馬鹿にするように見つめてきたテレジアは、にっこりと悪意たっぷりに笑みを深めた。

「お前に拒否権はなくてよ。急ぎ荷物をまとめて、あの小汚い小屋から出ておいき。ああ、その後の身の振り方に困ると言うのなら、そうねぇ、あたくしが手配してあげてもいいわ。今のお前の見目なら、それなりの値段が付けられそうだもの。あら！　我ながらいい考えだわ！　ねえ、お前達もそう思うでしょう？」

矢継ぎ早に言い連ねられ、反論も叶わず驚きに硬直するナターリヤのことを値踏みするように見つめて、テレジアは周囲に侍《はべ》る使用人達に同意を求める。彼らもまたおぞましい悪意に満ちた笑顔でニヤニヤとテレジアに同意を示してナターリヤを見つめてくる。

ざわり、ざわり、ざわり。得体の知れない感覚があまりにも気持ち悪く、もはや言葉一つ発することができない。そういうこちらをどう思ったのか、テレジアはぱんっと閉じた扇を片手に打ち付けた。

「あの妾の子がたかだか男爵家風情の娘と結婚したのは、てっきりあたくしに対する当てつけと女避《よ》けのためだとばかり思っていたけれど……。最近のあの小僧、お前にべったりなんだもの。礼を言うわ、ナターリヤ・シルヴェスター。お前をあの妾の子から奪ってやれば、きっとさぞかしあれは悔しがることでしょう。なんて素敵なのかしら！　ふふ、今日は地方の視察に出かけるとわざわざ報告しに来たけれど、帰ってきて誰もいない物置小屋を見たら……あっ！　その時の顔が見ものだわ！　あとはあれにはあたくしの縁故の娘を嫁がせて、そうしたらこのルウェリン家は晴れてあたくしのものに……！」

大仰《おおぎょう》な仕草とともに、テレジアは派手に濃く化粧がほどこされたかんばせをうっとりと紅潮させる。言葉だけならばうぶな乙女のようだが、実際の姿は、そして声音は、お世辞でも純なところなど何一つない、ただ悪意だけがあふれるものだった。

ざわり、ざわりと震える身体をなんとか奮い立たせて、ナターリヤはぎゅうと両の拳《こぶし》を握り締める。

「リ、リオ様には！」

「なぁに、口を開くなと言ったで……」

「いいえ、黙ってはいられません！」

わずらわしげに瞳をすがめるテレジアを、真正面からにらみ返し、ナターリヤは震えそうになる身体を今度こそ叱咤《しった》して口を開く。

「リオ様には……旦那様には、王都に本当に愛するお方がいらっしゃいます。わたくしがいなくなっても旦那様には傷一つ負わせることなど叶わないでしょう」

「……ふぅん？　さすが〝日陰の女〟と名高いだけあるわね。身のほどをわきまえている者は嫌いじゃなくてよ。それで？　続けてみなさい」

ナターリヤの無力さ、そして自身の優位性を確信しているテレジアに、きっとこれから続ける言葉は届かないだろう。けれどそれでも、こちらにだって意地と誇りがある。今の自分が、ナターリヤ・シルヴェスターではなく、ナターリヤ・ルウェリンであるという意地と誇りが。

たとえお飾りの〝日陰の女〟だとしても、ナターリヤはライオネルの妻として、彼のことを守りたいのだ。だからこそ、ここで負けるわけにはいかなかった。

　ぎゅうう、と拳にますます力が入る。きっと手袋の下の指先は血の気が引いて白くなっているることだろう。けれどその手は、他ならぬライオネルがくれた手袋が包んでくれている。今はここにはいない彼の手のぬくもりで包まれているようで、だからこそナターリヤはそのぬくもりに背を押してもらえる。

「わたくしは確かに〝日陰の女〟、いずれ旦那様が迎えられるであろうお方がいらっしゃるまでのお飾りでございます。ですが、だからこそ、わたくしはその日まで、この座を誰にも譲る気はございません」

　そうだとも。ライオネルが心置きなく本懐を遂げるその日まで、ナターリヤは彼の妻の座、ルウェリン侯爵夫人の座、ルウェリン家の女主人という座を守らなくてはならなかった。

　今更になってこの四年間、何一つしてこなかったことが悔やまれる。ライオネルのことを少しでも慮《おもんぱか》るのならば、自分は物置小屋暮らしを満喫するのではなく、ちゃんと〝ルウェリン侯爵夫人〟として動かなくてはならなかった。

　ようやくその答えにたどり着いたことに不思議と安堵《あんど》する。日陰の女であっても構わない。日陰の女だからこそ、できることがあったのだ。ナターリヤは妻として、ライオネルという夫を、支え、守りたい。いつしかそう思えるようになったことが素直に嬉しい。

　だからこそ、にっこりと笑ってみせる。

「テレジア様。いいえ、テレジア・ルウェリン前侯爵夫人。今はわたくしこそがこの屋敷の女主人にございます。出ていくべきは、わたくしではなく、前侯爵夫人たるあなた様でございましょう。どうぞお好きな荷物をいくらでもお持ちになって。何人でもおそば付きの方々を連れていっていただいて構いません。そのかわり、即刻この部屋を、屋敷を、わたくしに明け渡していただきます」

本当は怖くてたまらない。ざわりざわりと何かがざわついて収まらなくて、この場に倒れ込んでしまいそうなくらいに気持ち悪くて仕方がない。

けれど、そんな体調の悪さなんて、ライオネルの留守を守るためには何もかも些末《さまつ》だ。ルウェリン侯爵夫人と胸を張って名乗りたいならば、今こそが正念場。

さあ背筋を伸ばしなさい、『ターシャ』。わたくしは、負けない。

そう決意を込めてテレジアを見つめると、そのほとんど白塗りのような彼女の顔色がどす黒くなった。ぶるぶると贅肉を震わせたかと思うと、その手の扇を床に叩《たた》き付ける。

繊細な作りの扇が盛大な音を立てて弾《はじ》けるように壊れる。反射的にびくりと肩を跳ねさせるこちらを、ぎらぎらと憎悪に燃える菫色《すみれいろ》の瞳がにらみ付けてきた。

「黙って聞いていれば、日陰の女風情が調子に乗って……！　お前達！　この生意気な小娘に思い知らせておやり！」

憎しみにまみれた怒声を合図にして、それまでナターリヤが反論する姿を信じられないものを見るように見つめていた使用人達がハッと息を飲み、一斉にナターリヤの元へ詰め寄ってくる。

いくらナターリヤがジャクリーヌとメルヴィンに鍛えてもらっているとは言え、あまりにも多勢に無勢だ。そして何より、身体中を襲うざわつきがどんどんどんどん、際限なく大きくなっていき、とうとう目の前が真っ白になりつつある。

動悸《どうき》がうるさい。何もかもこんなにも遠いのに、何もかもこんなにもうるさい。すべてがゆっくりと動いているような気がした。

使用人達の手が迫る。とうとうナターリヤの身体がぐらりと傾《かし》いで、そして。

「――――ターシャ!!」

ナターリヤの身体が、力強い腕に引き寄せられる。あ、と唇をわななかせるこちらを覗《のぞ》き込んできたのは、金の混じる翠色《みどりいろ》。自分が幾度となく見惚れてきた、美しい木漏れ日色の瞳だ。

りおさま、と、ほとんど声なくその名を呼ぶと、ああ、と、震える声が返ってくる。

「ターシャ、ターシャ！　すまない、また私は遅くなってしまった……！」

後悔をにじませた声が懸命に言葉を紡ぎ、ナターリヤをぎゅうと抱き締めてくれる。

あ、あ、ああ。どうしてだろう、涙があふれそうだ。

恐ろしいほどこの身体を、ナターリヤの世界そのものを揺るがしていたざわつきが、一気に遠のいていく。かわりにあまりにも優しいぬくもりがこの身体を、世界を抱き締めてくれている。

甘やかな感覚にこのまま酔いしれてしまいたかったけれど、そういうわけにはいかないことは理解できていたから、ナターリヤは自らを何よりも大切そうに抱き締めてくれるライオネルの胸を、そっと押し返した。

「いいえ、いいえ、リオ様。ナターリヤは……ターシャは、大丈夫にございます。ありがとうございます、リオ様」

「ターシャ……」

心からの安堵と歓喜を込めて笑いかけると、ライオネルの凛々しく麗《うるわ》しいかんばせが今にも泣き出しそうにくしゃりと歪《ゆが》む。

「はい、リオ様」

あらあらまあまあ、どうかそんなお顔をなさらないで。わたくしは、ターシャは、大丈夫なのですから。

そんな気持ちを込めて笑みを深めて頷いてみせる。そうしてようやくライオネルの表情がやわらいで、もう一度彼はぎゅうとナターリヤのことを抱き締めてから、そのままそっと寄り添うようにこちらのことを支えてくれる。

何もかもから守ってくれようとしているかのように彼の腕はナターリヤの腰に回されていて、まるで世界に二人きりになったような気分になったけれど、その大層甘い世界は、聞き慣れた涼やかな声によってすぐにかき消されることになる。

「ご当主様、そこまでにしていただこうかと」

「……マギー？」

「はい、お嬢様。ご無事で何よりにございます。参上が遅れてしまい、申し訳ございません」

粛々《しゅくしゅく》と頭を下げてくるのは、間違いなくマグノリアナだ。そして気付けば、周囲にいた、ナターリヤに襲いかかろうとしていた使用人達が揃って、なぜかその場に凍りついたかのように立ったまま固まっている。

あらあら？　と瞳を瞬かせると、いつの間にか現れて、その手の果物ナイフでピタピタと一番近くにいる硬直している使用人の頬を叩いていたジャクリーヌが、「遅くなってごめんねぇ、奥様」とにっこり笑う。

そしてさらにそのそばで、やっぱりいつの間にか現れていたシグルズもまた「申し訳ない、奥様」と謝罪をくれた。彼は両手を使用人達に向けて、何かを……そう、とても細い糸を操っているらしい。その糸に縛られて、使用人達は誰一人動くことが叶わないようだ。

これはいったいどういうことなのかしらと戸惑《とまど》うナターリヤの背を、ライオネルがそっと撫でてくれる。そしてそのまなざしが、ナターリヤに向けられていた優しく甘いものとはほど遠い、鋭く険を帯びたものになって、呆然と立ち竦んでこちらを見つめているテレジアへと向けられた。

「私の留守中によくやってくれたものですね、義母上《ははうえ》？」

これ以上ないほど冷え切った声だった。

その腕の中にいるナターリヤですらぞっとするような怒りを秘めた声だったが、テレジアは顔を青ざめさせつつも憎々しげにギッとライオネルをにらみ返す。

「妾の子に母と呼ばれる筋合いはなくってよ！」

ぶるぶると震えながらもハリのある声に、なんて胆力のあるお方なのかしらといっそ感心してしまう。テレジアの虚勢に対し、くつくつとライオネルは喉を鳴らした。美しくも恐ろしい、冷酷な笑い方だった。

リオ様、と思わず呼びかけようにもためらわれ、ナターリヤは大人《おとな》しくしていることしかできない。

「それは重畳《ちょうじょう》。私もあなたを母と呼ぶなどごめんですのでちょうどいい。では、テレジア殿。あなたの悪行もこれまでです」

「あ、悪行ですって⁉　な、何を言って……」

「思い当たる節がない？　証拠が必要だと？　なるほど、ごもっともだ。ならば、メルヴィン」

「はいはいっと」

最後に遅れてこの〝女主人の部屋〟に入ってきたのは、ライオネルの言う通りメルヴィンだった。

さっぱり状況が掴めないナターリヤに一つウインクをくれた彼は、その手に山と抱えた書類を、テレジアに向かって投げつけた。遠慮も会釈も躊躇《ちゅうちょ》も容赦《ようしゃ》もない洗礼に、テレジアが「きゃあああっ！」と甲高く聞き苦しい悲鳴を上げた。

はらはらと、びっしりと文字が書き込まれた紙が宙を舞う。

「我がエッカフェルダントのおのおのの貴族の領地において、領主が不在の場合、妻である領主夫人にも領主としての義務と権利が許される。あなたはそれを悪用し、使用人と結託し、不正な税の取り立て、贔屓《ひいき》の豪商との間の贈収賄《ぞうしゅうわい》、本来の用途を無視した金子《きんす》の横領……ああ、高名な芸術家から作品を買い取って、その贋作《がんさく》を作らせて本物は懐《ふところ》に入れ、贋作を元値の数倍で売り払うなどというつまらない小遣い稼《かせ》ぎまでしていたようですね。他にもまだやらかしてくれたようですが、歳を重ねて忘れっぽくなられたらしいあなたのために、改めて私から説明させていただいた方がよろしいですか？」

口角こそつり上がっているものの、その金翠の瞳はまったく笑っていない。

ライオネルがあげつらった、テレジアが犯したのだという数々の悪行もさることながら、それを口にしているライオネルの怒りもまた恐ろしい。自然と身を硬くすると、そんなこちらに気付いたらしい彼は気遣わしげにナターリヤの顔を覗き込んでくる。

「すまない。少しだけ、あと少しだけ待ってほしい」

「……いいえ、リオ様。あなた様のお望みの通りに、よきようにお取り計らいくださいまし」

　きっとこれは、ライオネルにとっても、先ほどのナターリヤのように正念場なのだ。ならば邪魔はしたくない。自分のことなんて気にせずに、ライオネルの思うように動いてほしい。

　このタイミングでこの方は来てくれたのだ。間違いなく彼は、ナターリヤを助けに来てくれた。だから今度は、ナターリヤがライオネルを助ける番だ。

　こちらの腰に添えられた手が震えていることを知っているのは、きっと自分だけ。それを嬉しいと思ってしまうのはおそらくとても罪深いことだ。でもだからこそ、ナターリヤはライオネルの心に寄り添いたくて、そっともう一方のライオネルの手を両手で包み込む。

　彼の手に付けられているのが、お揃いの刺繍の手袋であることに気付いて、ふふふと笑う。その笑顔を間近で直視したライオネルの顔色が真っ赤になった。

「……ちょっとぉ、いつまでもいちゃついてないでよお二人さん！」

「ご当主、奥様。水を差してすみませんが、そういうのはあとで二人きりになった時にお願いしますよ」

「二人きりになんてさせるつもりは私はありませんが」

「そろそろ認めてやれ、マグノリアアナ……。ところで俺はいつまでこいつらを縛っていればいいんだ？　そろそろ輪切りにしてしまいそうなんだが」

　最後にさらりと付け足されたシグルズの台詞に、わけも解らず動けなくなり言葉を失っていた使用人達が一斉に「助けてください！」「全部〝奥様〟……テレジア様のご命令で……！」などとわめき始める。

　我が身かわいさに罪を押し付けあう彼らを見苦しそうにライオネルやマグノリアナ達が見つめる中で、ビリッと大きく紙が破かれる音が響き渡った。そちらへと視線を向ければ、メルヴィンが不正の証拠として用意したらしい書類をびりびりに破いて、テレジアがそれを地団駄を踏むようにして踏みにじっていた。

「こんなっ！　こんなもの……っ！　全部でたらめ、でっち上げよ！　あたくしが正しいのよ、あたくし、あたくしが……！」

　ダンダンダンダン！　と、床を踏み抜きそうな勢いだ。使用人達よりももっと見苦しい姿に、マグノリアナが氷のようなまなざしを向け、ジャクリーヌが「ババアのヒステリーやば」と口笛を吹き、シグルズがさもうるさそうに眉をひそめるものの糸を操っているために耳を塞《ふさ》ぐことはできず溜息を吐き、トドメのようにメルヴィンが「紙だってタダじゃないんですけどねぇ……まあ複製なんでいくらでも破いてもらっていいですけど」と肩を竦める。

　彼らの反応がよほど気に食わなかったらしく、ギリリッとすさまじく歯噛《はが》みしたテレジアは、射殺さんばかりの視線を、ライオネル、そしてその腕の中のナターリヤへと向ける。びくりと肩を震わせれば、当たり前のようにライオネルはナターリヤのことをテレジアの視線から隠そうとしてくれるが、ナターリヤはあえて憎しみに満ちた視線にさらされることを選んだ。ライオネルだけにすべてを背負わせるなんて真似はしたくなかった。

けれど、それがなおさらテレジアの気に障《さわ》ったらしい。彼女は唾飛沫《つばしぶき》を撒《ま》きちらしながらがなり立てる。

「そんな、そんなたかだか男爵家の、しかも既に断絶した家の、後ろ盾もない小娘に、ルウェリン侯爵家の女主人が務まるものですか！　どうせすぐにっ!?」

「はーい、そこまで。奥様に対する暴言、それ以上は許さないわよぉ？」

「ヒッ!?」

ほんの瞬きの間に音もなくテレジアの元まで移動したジャクリーヌが、いっそ優しげとすら見える所作で、テレジアの喉に果物ナイフを突き付ける。冷たい感触にテレジアがひゅっと息を飲む音がナターリヤの耳にまで聞こえてきた。

マグノリアアナが「大変見事ですね、ジャクリーヌ」とうんうん頷いている。シグルズが呆れたようにまた溜息を吐くのをよそに、メルヴィンが「そんじゃ俺が代表して」と挙手した。

「ババア様……失礼、〝大奥様〟。ご心配は無用ですよ。奥様――ナターリヤ様は、既にご立派にルウェリン侯爵夫人としての責務を果たしていらっしゃるんで」

「え？」

「なんですって⁉」

メルヴィンがしたり顔で言い放った台詞に対し、偶然にも、ナターリヤとテレジアの疑問の声が重なった。

どういうことかしら、とナターリヤは首を傾げる。侯爵夫人としての責務を果たしていると言われても、この四年間、繰り返すが物置小屋暮らしを満喫していただけで、それらしいことをした覚えなんてまったくないのに。

ぱちぱちと瞳を瞬かせると、そんなこちらを見たテレジアがそれ見たことかと言わんばかりに勝ち誇った笑みを浮かべるが、その笑顔は続くメルヴィンの台詞に凍り付くことになる。

「いや～、実は、俺やジャクリーヌが、ちょいちょいこの部屋に忍び込んで、特にヤバそうな案件についての書類や嘆願書は失敬させてもらってたんですよね。それをナターリヤ様にご裁量いただき、そのままルウェリン領の施政に採用してもらってまして。ええ、この四年間ずっとです。それだけじゃない。そこから出た収益は、ナターリヤ様は生活費以外のすべてを寄付と投資としてルウェリン領に還元なさっていた。テレジア様、あなたは知らないでしょうが、もうこのルウェリン領における重役は、誰もが皆ナターリヤ様の味方だ。あなたのそば近くの奴らはもう、そういう情報が届かないほどに、このルウェリン領から見放されてるんですよ」

それから、と、メルヴィンはちゃめっけたっぷりに、呆然としているテレジアにウインクを投げかけた。そこには親愛の情はなく、ただ哀れみと嘲《あざけ》りだけが存在しているようだった。

「ナターリヤ様のご実家は確かに断絶されていますが、ナターリヤ様の後見人は、あのオズマ・ゲクラン伯爵だ。これ以上はない後ろ盾でしょう？　ナターリヤ様にさっぱり興味をお持ちでなかったあなたは、知らなかったことでしょうがね」

「……っ!!」

がくり、と、テレジアがとうとうその場に膝をつく。口紅を塗っているはずなのに、その色が紫になっている唇をあぐあぐとわななかせ、なんとか言葉を探しているようではあるが、それらは何一つ音にならない。

いっそ哀れなまでに覇気《はき》が消えた彼女の様子にナターリヤもまた呆然としながら、そんなことになっていたの？　と自問する。

思い返してみれば、メルヴィンに政務について教わりながらも、その案件は随分と具体的なものばかりであった気がする。最近だと治水工事についての案件が挙げられるが、他にも医療施設の新設についてや、魔物の襲撃への対策案、教育施設の充実についてなど、例を挙げればキリがない。

すべてメルヴィンが課題として考えてくれたものだと思っていたのだが、もしかしてもしかしなくても、あれらはどれもが実際にこのルウェリン領で起きていた問題であったのか。

そういうことなの？　と視線でメルヴィンに問いかけると、彼は笑顔で親指を立ててくれた。

そう、つまりはそういうことらしい。

あらあらまああ、と驚きつつ、ただの従僕であるはずのメルヴィンも、ただの料理人見習いであるはずのジャクリーヌも、ただの庭師であるはずのシグルズも、この場においてその立場にあるまじき能力を発揮していることにも改めて驚く。マグノリアナがそれらを当然のことのように受け止めていることも気になった。

――わたくし、まだ知らないことがあるのかしら。

なんだか不安が込み上げてきて、相変わらず自分を支えてくれているライオネルを見上げると、彼はふわりと微笑んでくれた。それだけで安堵してしまう現金な自分を恥ずかしく思うナターリヤの背をもう一度撫でてから、ライオネルは「さて」と口火を切った。

「テレジア殿。これが最後になるでしょうから、せっかくなので、私の優秀な同志諸君に自己紹介していただこうと思います」

「……まだ、何かあるというの」

「ええ、とびきりの隠し球です。とはいえ、あなたが少しでもナターリヤに興味を持っていれば、すぐにばれていた隠し球ですがね」

憔悴《しょうすい》しきった様子で震えるテレジアに、ライオネルはにっこりと笑いかけた。その笑顔に応えるのはテレジアではなく、マグノリアナ、ジャクリーヌ、シグルズ、メルヴィンだ。

シグルズがその手の糸を解放すると、それまで縛り上げられていた使用人達が一斉にその場に倒れ込む。自分達にとって状況がいかにまずいものかを理解しているらしい使用人達はそれでもなお這《は》うようにして逃れようとする。だが、しかし。

「――《薬よ》」

冷淡な声音が、一言そう告げた。

ツンとした香りが突然鼻に付く。決して不快ではない、目が覚めるような爽《さわ》やかな香りであるそれは、いつもマグノリアアナがまとっている香りだ。そちらを見遣れば、予想に違《たが》わず彼女が左手を使用人達に向かってかざしており、使用人達は今度こそばったりと床に伏せる。意識こそ失っていないものの、まったく身体の自由が利《き》かない様子だ。

そんな彼らを一瞥し、マグノリアアナは手袋に包まれた左手……きっとその奥に《御印《みしるし》》と呼ばれる魔術師としての証《あかし》のあざがあるのであろう左手を下げ、長い侍女服の裾を持ち上げて一礼する。

「私は、マグノリアアナ・シエと申します」

誰かが息を飲んだ。ナターリヤもまた同様に。

シエ家の名を知らない者はこの場にはいないだろう。

「《薬》のシエの〝神童〟……!?」

「かつてはそう呼ばれておりました。今はナターリヤ様の専属侍女、ただのマグノリアアナにございます」

誰かが口走った言葉に律儀《りちぎ》にそう返すマグノリアナは、いつも通りの姿だ。けれどまるで知らない誰かのようにも見えた。

そう、シエ家は、エッカフェルダントにおいて、本来無作為《むさくい》に現れるはずの魔術師の中でも、《薬》の魔術師を数多く輩出してきた非常に珍しい一族だ。その中でも〝神童〟と呼ばれた少女がかつていたことを、風のうわさに聞いたことがある。

歳を重ねれば天才もただの人の子であると誰もがその存在を忘れようとしていたが、まさかマグノリアナが、幼い頃からそばにいてくれた大切な家族の一人である侍女が、その〝神童〟であるというのか。

けれどナターリヤの、そしてテレジア、使用人達の驚愕《きょうがく》はそれだけには留《とど》まらない。

「んじゃ、次アタシね。アタシはジャクリーヌ・デュプレ。〝血まみれジャッキー《ブラッディ》〟ってのが解りやすい？　ババア様、その件ではお世話になりましたぁ！」

「あ、暗殺一家デュプレ家の……！　あたくしが妾の子の暗殺を依頼してからまったく音沙汰《さた》がないと思っていたら、お前、寝返っていたの!?」

デュプレ家という名前に使用人達の中から悲鳴が上がり、テレジアがその謂《いわ》れから自身の罪状までしっかり説明してくれた。

デュプレ家。エッカフェルダント一の腕を誇る暗殺稼業を生業《なりわい》とする影の一族だ。その中でも〝血まみれジャッキー《ブラッディ》〟という呼び名は、デュプレ家一番の暗殺者に受け継がれる名前であるとは、有名な都市伝説である。それが、まさかジャクリーヌであるというのか。テレジアの悲鳴のような怒声に悪びれることもなく「ごめんなさーい」と舌を出している彼女がそんなすさまじい存在であるとはにわかには信じがたい。

ま、まさかシグルズも？　とそちらを見遣《みや》ると、彼は心底申し訳なさそうにこちらに向かって頭を下げてから、テレジア、それから使用人達によく聞こえるように低い声を響かせる。

「俺はシグルズ。シグルズ・フルンツベルグだ」

「――――〝裁《た》ち鋏《ばさみ》〟のフルンツベルグ!?」

「竜殺しのあの伝説の傭兵《ようへい》か!?」

今度こそ使用人達の間から悲鳴が上がる。

〝裁ち鋏〟。傭兵。うわさに疎《うと》いナターリヤでもその単語が何を意味するかを知っていた。

魔術師ではなく只人《ただびと》として生まれながらも、オリハルコンの巨大な鋏を時にそのまま、時に分解して二刀流として戦い、ミスリルの糸を縦横無尽に操り、あらゆる魔物を……それこそ竜の討伐すらも成し遂げたという伝説の傭兵。数年前から姿を消し、どこかで命を落としたとうわさされていたが、まさか、こんなところに。

ここまで来るともう、最後の一人であるメルヴィンが何者であってもおかしくはない。覚悟を決めて彼を見遣ると、眼鏡の奥の群青の瞳を少々気まずそうに逸《そ》らしてから、彼はふうと一息吐いて〝騎士として〟の、見事な一礼を決めてみせた。

「俺はメルヴィン・マーシャルと申します。以後お見知り置きを」

「マーシャルですって!? ま、まさか、マーシャル辺境伯の……」

マーシャル辺境伯、と、ナターリヤはその響きを口の中で転がした。国境沿いの深き森を内包するマーシャル領。常に隣国、そして森に住まう魔物からの脅威《きょうい》にさらされているのだというマーシャル領を治める領主一族は、誰もが極めて優秀であり、国王陛下からの信頼も厚いとは有名な話だ。メルヴィンが、そのご令息であるということか。なるほど道理で従僕にあるまじき気品を持っていたわけである。しみじみとそう頷くナターリヤの目の前で、そのメルヴィンはとうとうと続ける。

「ええ、そのマーシャル辺境伯のクソ親父どもに王都の近衛騎士団に入団させられて、そのまま出奔《しゅっぽん》してルウェリン家ご当主、もとい親友ライオネルたっての願いでこちらにやってきたのがこの俺です。以上四名、奥様が嫁いでいらっしゃる前にこのお屋敷に勤め……まあマグノリアナは奥様と一緒にですけど、とにかく、俺達は、奥様とライオネルの結婚にあわせて採用されたんですよ。当主であり侯爵となった男が、あなたの支配下にある屋敷にたった四人しか新たに人員を確保しなかった理由をもっと考えるべきでしたねぇ。なあそうだろライオネル」

流れるようにあげつらわれ、テレジアは今度こそ言葉を失ったらしい。テレジアに付き従う使用人達も同様のようで、中にはいよいよ意識を失った者もいる。

ナターリヤは一周回って落ち着いてきてしまった。あらまあわたくしはすごい方々に囲まれていたのね、と、むしろ納得する。

そういえば幼い頃からマグノリアナは薬学に詳《くわ》しくて色々教えてくれたし、ジャクリーヌの体術や暗器の使い方も暗殺者であれば当然のもの。シグルズの立派な身体付きや普段の所作はよく考えてみなくても一般人のそれではないし、メルヴィンが剣術に優れ政《まつりごと》に詳しいのもかの高名なるマーシャル辺境伯家出身の近衛騎士であったならば当然の話だ。

うんうん、と一人頷いているナターリヤとは裏腹に、テレジアは何もかもが信じられないらしくただ茫然《ぼうぜん》自失としてその場に座り込んでいる。

そんな彼女を、今度こそ哀れみとともに見下ろして、ライオネルは続けた。

「テレジア殿。あなたは私を甘く見すぎた。あなたにはこの屋敷を引き払ってもらいます。……北部に、ルウェリン家所有の小さな別荘があることはご存じでしょう。どうぞ余生はそこでおすごしを。これが私にできる温情です」

「…………あっあああああああっ!!」

テレジアがその場に倒れ込むようにして床に伏し、号泣する。

誰も彼女にかける言葉はない。ナターリヤの腰に回されたライオネルの手に力がこもって、より近くへと引き寄せられる。

ほとんど彼の胸に顔を押し付けるような形になって、やっと彼の鼓動がゆっくりと収まっていくのを耳で確かに聞き届ける。

かくしてナターリヤは、長らくライオネルが抱えてきた〝問題〟が解決したことを、ようやく肌で感じ取る。そっと彼の背に回した手が拒絶されることはなく、ライオネルはぎゅうと、そのままこちらを抱き締めてきたのだった。

＊＊＊

――長かった。

それが、ようやくテレジア一派をルウェリン邸から追い出した時の、ライオネルの素直な感想だった。

ライオネルが生まれた時には既にルウェリン邸を牛耳っていた彼女を、いくら手筈《てはず》を踏んだとはいえ、こういう形で完膚《かんぷ》なきまで叩き潰せたことが、今更ながら不思議だった。

そう、この自分と、そして主にメルヴィンを始めとした四人の使用人の働きにより、ルウェリン邸からテレジア・ルウェリン、ならびに彼女に追従していた使用人達は、ようやく、本当にようやく、全員一掃される運びとなったのだ。

彼女らが犯した不正行為については王城、裁判所へと届けられ、公のものとなり、テレジアはルウェリン領の最北の別荘行きだ。別荘と言っても、実際は娯楽も何もない、彼女にとっては牢獄《ろうごく》でしかない屋敷である。その〝牢獄〟に、彼女はほどなくして、数人の護衛という名の見張りとともに護送された。

　テレジアに加担していた使用人達もまた、誰もがその罪を暴かれることとなった。いくらテレジアに命じられたからとはいえ、それで自らも私腹を肥やし、なんならそれ以上にさらに罪を重ねていたことは既に露見している。彼らがどう言い訳をしたとしても、見逃すという選択肢はなかったのだ。

　テレジアを追い出したルウェリン邸本宅は、ライオネルの先導により、極めて優秀な四人の使用人達の手で改めて美しく整えられ、いよいよナターリヤが本来の〝女主人〟として迎え入れられた。

　その時、ライオネルはこれで今度こそ、彼女との新しい日々が始まるのだということを思い知らされた気がした。あまりにも感慨深くてじわりと涙がにじみ、ナターリヤにまたハンカチを渡されることとなった。情けない姿ばかりを見せていることが恥ずかしくて、けれどそれでも「リオ様」と自分のことを大切そうに呼んでくれるナターリヤの優しさに甘えてしまうのは、間違いなく自分の弱さでありずるさである。

　そうして、ナターリヤが本宅に引っ越してから、二週間。

　諸々《もろもろ》の事情により、新たに使用人を採用することはできず、ルウェリン邸は主人である自分とその妻であるナターリヤ、加えてわずか四人の使用人達の手によって今日も滞《とどこお》りなく回っている。

ライオネルは王都において身支度は当然すべて自分でこなしていたし、ナターリヤの身の回りの世話は、今まで通り彼女自身とマグノリアナで問題はないという。食事の準備はここぞとばかりにジャクリーヌが腕を振るい、ナターリヤもぜひにとその手伝いを買って出ている。掃除洗濯も、申し訳なくもありがたいことに、今まで通りナターリヤとマグノリアナが。メルヴィンは執事としてライオネルの補佐を務め、その他の雑用はほとんどシグルズが励んでくれる。

もちろん広大な屋敷なのでまかない切れない部分はあるものの、何分優秀な使用人達――本来はそんな立場に収まるべきではない彼らのおかげで、何一つ不自由は感じていない。ナターリヤも、そう思っていてくれるらしい。それがライオネルにとって、なによりの救いだった。

そうしてライオネルは今日も今日とて、従僕からいよいよ執事に進化した優秀極まりない元同僚兼親友に手伝われて、山積みの執務に追われているというわけである。

「……いや、おかしくないか？　ここは私とターシャの蜜月が始まるところだろう？」

ダァンッ！　とルウェリン領における新たな教育施設の設立に関する書類に、ライオネルは叩きつけるように承認の印鑑を押した。すかさずその書類を奪い、続けざまに新たな書類をさっとライオネルの前に出したメルヴィンは、「んなわけねえだろ」と容赦がない。

「ライオネル。お前の不在の間に、そりゃもうアホほど仕事は溜《た》まってんだよ。奥様が慣れない中で懸命に頑張ってくださったからこそこの程度ですんでんだからな。せいぜい奥様に感謝して、あの方に恥じない仕事をしやがりやがってくださいね」

「そ、それは解っているが、今日はもう四時間ぶっ続けだぞ？　そろそろナターリヤ達がお茶を始める時間だ。それくらい……」

「ああ、そのお茶には俺も参加するんで、その間、ご当主はせいぜい馬車馬のように働いててください」

「解っていたが、お前は本当に私に敬意を払う気がないな？」

「俺にそんなモンを求めてこの地に引っ張ってきたわけじゃないだろ。ん？　それとも何か？　今からいくらでも敬ってさしあげますが、どうなさいましょうか、我らがご当主様」

「やめろ気持ち悪い」

「ほら見ろ」

　呆れたように肩を竦めるメルヴィンに、がっくりとこうべを垂れる。王都でともに近衛騎士としての任務に従事していた時からそうだったが、この親友には口で勝てる気がしない。剣の腕だったら負けないつもりだが、それ以外については、何事も器用にこなすメルヴィンには敵《かな》わないだろう。だからこそ彼は実家では過度な期待を寄せられており、そういう実家にまつわるわずらわしさがライオネルの境遇とは重なる部分があって親しくなったのだが……それにしてもこれはないのではなかろうか。

　この執務室から覗ける中庭のテラスには、既にナターリヤ達が集まっているらしい。若き女性陣の花が咲くような笑い声が聞こえてくる。

——私だってターシャの隣で……！

再びダァンッと、今度は否認の印鑑を書面に叩きつける。そんな自分が、そろそろ本当に限界であることに気付いたのだろう。メルヴィンは心底呆れはてたような溜息を吐いて、その手に持っていた分厚い書類の束をわきに避けた。

「まあ今日のノルマの目処《めど》はついたからな。奥様のお茶会、俺達も行くか」

「っ！　……ああ、そうしよう」

ライオネルは勢いよく立ち上がるが早いか、一目散に執務室から飛び出した。愛《いと》しの妻の手製の焼き菓子と紅茶で一息、その至福の時間を得るために頑張ったのだ。できたら褒めてもらいたい、なんていうのはわがままだろうか。

ナターリヤは呆れるかもしれないけれど、それでも彼女のその優しさがあまりにも甘くて、ライオネルはついつい彼女に甘えてばかりいる。そして同時に、彼女にも自分にもっともっと甘えてほしいと思ってしまうのだ。

甘やかしたい。どろどろに甘やかして、いっそライオネルがいなくては生きていけなくなってしまうくらいに、大切にしたいのだ。そのためにも、まずは今よりももっと心の距離を縮めなくては。愛称で呼び合うようになって随分その距離は縮まった気もしているが、まだだ。まだ足りない。

とにかく今はお茶会に、と、息せき切ってようやく中庭のテラスへとたどり着いた、その時聞こえてきた会話に、ライオネルはぴたりと足を止めた。

「でもさぁ、奥様、アタシらに対してホントに怒ってないの？」

「まあジャクリーヌ。またそのお話？」

「だぁってぇ」

日当たりのいいテラスに陣取っているのはナターリヤ、マグノリアナ、ジャクリーヌという女性陣だ。ジャクリーヌがクロテッドクリームをたっぷり乗せたスコーンを頬張りながら、なんとも複雑そうにその顔を曇らせている。ライオネルは近付くこともできずに、彼女の言葉を内心で反芻《はんすう》した。

――怒っていないのか。

そう。それが一番の問題だった。

何に、だなんて言うまでもない。ナターリヤに何一つ説明せずに、ライオネルが使用人達と結託して、テレジア一派を一掃した件についてだろう。その件について、ナターリヤに関して思うところがあるのは、ライオネルも、使用人達も同様だった。

常に余裕を保ち、人を茶化してばかりいるジャクリーヌが、いつになく深刻な表情で、溜息を吐いている。紅茶を淹《い》れ直しているマグノリアナの無表情も、いつになく沈痛なものだ。ただナターリヤだけが、不思議そうに微笑みながら首を傾げている。ライオネルは彼女達の元に、これ以上近付くことができない。

「アタシらさぁ、結局奥様のことだましてたようなもんなんだよ？　いくらあのババアを片付けるためとは言え、奥様になーんにも説明しないで、四年間も……。だよねぇ、マギーちゃん？」

「……はい。先達ての計画は、お嬢様には内密に進めること。その条件が、ご当主様が提示された条件と一致したからこそ、私は協力のご要請を受け入れました。元よりご当主様がいつ戻られるかもしれない、いつあのババア様を片付けられるかもしれない、非常に不確定要素の多い計画でしたから。いざという時に離縁なさることになっても、お嬢様がほんのわずかでもお心を痛めることのないように。とはいえ……それでも私どもは、私は、お嬢様に……」

そう、そういう契約であり、計画だった。自分が努めてナターリヤに心労をかけさせないようにあらゆる手を尽くしたからこそ、《薬》のシエの神童と呼ばれたマグノリアナは、元を正せば結局ただの騎士でしかなかった自分に協力してくれたのだ。そのおかげで助かった部分は大いにあり、彼女にはいくら感謝してもし足りない。そして同時に、だからこそ申し訳なくもある。自分の不甲斐なさのために、巻き込んでしまったことを。

「あの旦那もさ、暗殺に忍び込んだアタシをとっ捕まえて処刑台に送るかと思ったら、自分の懐にぶち込んで『協力してくれ』っつって頭下げてくるんだよ？　面白そうだし命が惜しいから引き受けたけど、奥様に黙ってろってのは正直さぁ……やめときゃよかったわ……」

罪悪感すごかったもん、と、ほとほと疲れはてた様子でジャクリーヌは溜息を吐いた。

そう、ジャクリーヌとはそういう出会いだった。その命を人質に、法外な依頼料を積み上げて、頭を下げた。そういう意味ではシグルズと同様だ。傭兵として最前線を走る彼にこれまた法外な依頼料を積み上げて、ナターリヤを守ってほしいとやはり頭を下げた。しかしシグルズは「そろそろ引退したかったからな」とその依頼料を受け取ってくれずに、大人しくこの屋敷の庭師に身をやつしてくれた。

ジャクリーヌも、シグルズも、メルヴィンも、もちろんマグノリアナも、今やナターリヤにとって欠かせない人物だ。ライオネルはいまだにそこまで至れていないような気がするのがどうしようもなく悔しいけれど、それでもこれでナターリヤが楽しく心安らかに暮らしてくれるのならば、それ以上のことはない。

その中に自分も、できたら一番近くに、というのは、これはもうライオネルのわがままでしかないのだ。

——本当に、すまなかった。

いよいよテレジアを本宅から送り出したあと、自分はそう言って、ナターリヤに深く頭を下げた。そして四人の使用人達もまた、同様に。

許されなくて当然だと思った。テレジアに関しては、いずれ遅かれ早かれこうしなくてはならなかったことは間違いないが、それにしても何も知らなったナタ―リヤを危険にさらしたことは万死に値する。何が守るだ、と、自分が赦《ゆる》せなかった。それなのに彼女は、あらあらまあ、と、おっとりと笑ってくれたのだ。その笑顔は、怒りが振り切れたゆえの、嵐の前の静けさかと最初は思った。けれど、違っていた。

ナタ―リヤは慈悲深く、善良な女性だった。ライオネルや使用人達が想定していたよりも、もっとずっと。

彼女はやわらかく微笑みながら言ってくれた。この四年間、とても楽しい日々をすごしたのだと。物置小屋暮らしを文字通り満喫し、ささやかな喜びに笑う日々はすばらしく楽しかったと。ライオネルやマグノリアナ達の気遣いは正解だったと彼女は断言した。もしこちらの計画を知ってしまっていたら、ナタ―リヤの性格上、ほぼ確実に挙動不審になってうっかり口を滑らせていたに違いないのだから、なんて、冗談めかして笑ってくれたのだ。

そしてだからこそ、計画が自分に内密にされていたことは、当然のことであり、互いにとって最良の選択であったのだと理解も納得もできると断じ、ゆえに何一つ怒ってなどいないのだと繰り返して。そうして、怒るどころか、むしろ、と彼女は深く頭を下げてきたのである。

――ありがとうございます、リオ様。

――ありがとう、マギー、ジャクリーヌ、シグルズ、メルヴィン。

にっこりと笑ってそう深く一礼してくれた彼女に、かける言葉が見つからなかった。ぽかんと大口を開けて、解りやすくまぬけ面をさらす自分達に対して微笑みを深め、ナターリヤは懸命に言葉を尽くしてくれた。

——リオ様もマギー達も、わたくしのためを思ってくださった。

——大義の前ではわたくしのことなど捨て置いてもよかったのに。

——それでも最後までわたくしを慮ってくださった。

——ちゃんと助けにきてくださった。

——わたくしは、とても、本当にとても嬉しゅうございます。

確かにテレジア一派に襲われそうになった時にはもう駄目かと思ったけれど、その寸前であったにしても、確かにライオネル達は来てくれたから、と。

それだけで十分であり、だから何一つ構わないのだと続けられてしまっては、もう何も言えるはずもなかった。ライオネルは安堵のあまり、がっくりとその場に座り込んでしまって、ナターリヤのことをむしろそれで慌てさせてしまった。

リオ様!?　とそのそばにナターリヤもまたひざまずいてくれて、その拍子にふわりと甘い香りが鼻腔《びこう》をくすぐって、そう思ったらもう駄目だった。気付いたら彼女を、ぎゅうと抱き締めていた。

——礼を言うのは私の方だ。

——ありがとう、ターシャ……！

こちらがあまりにも感極まった様子であったからだろう。ナターリヤはころころと笑い声を上げてくれた。いつもであれば邪魔をしてくる使用人達も、この時ばかりは自分の感情をもてあまして、何やらそわそわしている様子だったことを、ライオネルははっきりと覚えている。

マグノリアアナは「お嬢様……！」とらしくもなく両手で顔を覆《おお》ってうつむき、その涼やかな声を震わせていた。ジャクリーヌは「だからさぁ、そういう……そういうとこなんだよねぇ……」と顔を赤らめてそっぽを向いていた。シグルズは大きな片手を額《ひたい》にあてて無言のまま天を仰ぎ、メルヴィンは「こりゃあ俺達ともども尻に敷かれますねぇ」といつも通りに余裕たっぷり苦笑しているだけかと思いきや、その耳をほんのり赤く染めていた。

そういうナターリヤの寛大さに甘えて、くだんの計画についてはこれでおしまい。そういうことになった。

それでもいまだに、それでよかったのかという懸念はあって、いつかナターリヤとの絆《きずな》にほころびが生じてしまうのではないかと、ライオネルはいつだって気が気でない。

女性陣が花を咲かせる歓談に割り込むことすらためらわれて立ち竦んでいると、ナターリヤが先にこちらに気付いた。彼女の近頃ますます輝かしくなってきたかんばせが、嬉しそうにほころんだように見えるのは、そうあってほしいという自分の願望だろうか。

「まあ、リオ様」

「……ああ、ターシャ。すまない、まだお茶に間に合うだろうか？　メルヴィンが逃してくれなくて、その……」

「ちょっと、俺のせいにしないでくださいよご当主。ご自分がちょいちょい途中で逃げ出そうとなさるから余計に時間がかかったんですからね」

いつの間にか追いついていたメルヴィンがしっかり釘を刺してくる。ちょっと待った、聞き捨てならない。

「逃げ出してターシャに会って癒されたくなるくらいの量の仕事を一度に出してきたのはどこのどいつだ？」

「それは俺ですけど、その事態を招いたのはどなたでしょうねぇ」

ナターリヤのお茶の時間に参加するのは、マグノリアナやジャクリーヌばかりではない。ライオネルを始めとした男性陣も、忙しい中率先して参加しようと日々努力している。

執務に励む自分やメルヴィンは、こうして毎日仕事にいち段落つけたところでテラスまで走るし、今は買い出しに出かけて不在であるというシグルズも、そろそろ帰ってくることだろう。

今日もすばらしいお茶会に参加できることに感謝しながら、ライオネルがまずマグノリアナとは反対側のナターリヤの隣の椅子に座り、メルヴィンはジャクリーヌの隣に座る。

心得たようにナターリヤがマグノリアナとジャクリーヌに目配せを送ると、前者はてきぱきと紅茶を新たなティーカップに注ぎ、後者は自分用にと手を伸ばしていたスコーンをクリームと一緒に小皿に取り分けた。

「お疲れ様にございます、リオ様、メルヴィン」

「ありがとう、ターシャ」

「遅くなってすみません、奥様。ご当主が優秀すぎて逆に仕事が増えるんですよね、いやぁまいったまいった」

「……四年も経《た》てば丸くなるかと思ったら、お前は本当に昔とまったく変わらないな……。いっそこれは喜ぶべきなのか？」

「褒め言葉だよライオネル、じゃなくて恐悦《きょうえつ》至極《しごく》です、ご当主」

四年前から変わらない、気安いやりとりだ。言い返せずに悔しそうに歯噛みすると、ニヤニヤニコニコとメルヴィンが臆することなく笑う。本当に憎たらしい。

現状こそ自分達は主人と使用人という上下がはっきりした立場にあるが、本来は若き侯爵と辺境伯令息というそれなりに近い立場にある。もっと言ってしまえば、どちらもかつては王都で活躍し、憧憬《しょうけい》と衆目を集めた王太子殿下の近衛騎士だ。にも関わらず、その輝かしい将来を約束されていたメルヴィンは、わざわざライオネルからのくだんの計画への協力に頷いてくれた。「親友のたっての願いを断れるほど、俺は薄情になれなかったんですよ」とメルヴィンはどこか気恥ずかしげに、そんな自分をごまかすように茶化して笑っていたが、ライオネルは、彼が断るどころか『そんなことで頭を下げるな』と怒鳴ってすさまじい勢いで殴り飛ばしてくれたことを忘れてはいない。あの拳《こぶし》は重かった。思い出すだけで目が遠くなるものだ。

──やはり、長かったな……。

改めて感慨深くなっていると、ようやくそこで、ナターリヤの視線がこちらに向けられていることに気が付いた。なんだか嬉しそうな様子だ。そんなにも面白いことをしたつもりはないのだが、メルヴィンとのやりとりがお気に召したのだろうか。

──ターシャに、見つめてもらえる、だなんて。

奇跡のような幸福である。だが、こんな風に自分ばかりが浮かれている現状にそろそろ危機感を抱け、と、使用人達は言いたいに違いない。ごもっともである。少しずつ距離が縮まっているような気は、おそらくは気のせいではない。けれどもそれで満足できるかと問われればそんなはずはなく、むしろ焦燥感がふつふつと湧いてくる。

──私は、どうすれば。

ナターリヤがライオネルのことを赦してくれたのは、使用人達のついでではないか、と今更ながら気付いてしまった。ぞっとする考えだった。

何せ自分は四年も妻を放っておいたろくでなしの夫である、と頭を抱えたくなる衝動と戦っていると、ちょうどその時、さくり、と、わざとらしいくらいに大きな足音が一つ聞こえてきた。

ライオネルの知る限り、彼は「傭兵時代の名残《なごり》」で普段は足音を殺して生活しているはずだった。けれど今は、主にナターリヤのために足音をちゃんと立てるように修正してくれている最後の使用人が、その立派な体躯《たいく》を抜きにしてもかなり大きく量もある荷物の数々を抱えてこちらへと歩み寄ってくるところだった。

「楽しそうだな」

「まあシグルズ、お帰りなさい。すごいお荷物だこと」

「ああ、ただいま帰った、奥様。この荷物はちょっとな。ご当主、見ての通りだ。ようやくすべてできあがったぞ」

「……ああ、そうか。そうだったな……！」

シグルズが両腕に抱える大荷物を軽く上下させる。その動きに、ライオネルの口から、安堵と歓喜が入り混じる万感の溜息がこぼれた。

そしてライオネルはメルヴィン、ジャクリーヌ、マグノリアナをそれぞれ見遣った。三人は顔を見合わせて、いかにも仕方がないと言いたげに頷き合った。

「善は急げってことで。明日の予定は空けてさしあげますよ」

「アタシらに任せときなよ。旦那の度肝を抜いたげるから！」

「ようやく私とジャクリーヌの出番にございますれば、何よりもお嬢様のため、全力を尽くさせていただきます」

周囲の会話の意図が掴めず戸惑っている様子のナターリヤの手に、自らの手をそっと重ねる。

お揃いの手袋と、彼女のぬくもりに、改めてどきりと胸が高鳴る。口の中が緊張でからからに乾いている。その期待と、わずかな不安に胸を高鳴らせながら、ライオネルは続けた。

「ターシャ。よければ明日、私と町に出かけてくれないだろうか」

「まあ、何らかの視察ということでしょうか？　わたくしがお役に立てるでしょうか」

「そうでは、なくて。その、あなたの行きたいところへ行こう。どこへでも構わない。欲しいものがあったら何でも言ってほしい。だからその、視察などではなく、わ、私と、デ、デートを、してほしいんだ」

言った。言ってしまった。ぱちくりと、ナターリヤの葡萄色《ぶどういろ》の瞳が大きく瞬く。

「……デート？」

「ああ」

「わたくしと、リオ様が？」

「ああ。だ、駄目、だろうか」

呼吸すら忘れて彼女を見つめる。ナターリヤは、もう一度口の中で『デート』という言葉を転がし、噛み砕き、ごくんと飲み込んだようだった。

そう、デートである。すなわち逢引《あいびき》。

そのために今日まで、使用人達の手を借りて、計画を練り上げてきた。だがしかし、やはりというかなんというか、ナターリヤはきょとんどころではなくぽかんとするばかりで、反応はお世辞にも色好《よ》いものであるとは言えない。

「……いや、いいんだ。無理にとは……」

ナターリヤの手を包んでいた手を、諦《あきら》めと一緒に自らの元に引き寄せる。だがその手は、追いかけてきたナターリヤの手によって掴まれた。きゅっと握り込むにはこの自分の手はナターリヤのそれよりも随分と大きくて、それでも逃がすものかと言わんばかりに、ぎゅうっと力が込められる。

驚きに瞠《みは》るこちらの目をじぃと見つめて、ナターリヤはぽつりと呟《つぶや》いた。

「…………嬉しい」

「！」

今、なんと言われた？

すぐには理解できずに硬直するライオネルの耳に、ナターリヤの信じられない言葉が心地よく滑り込んでくる。薄紅に頬を紅潮させるナターリヤのかんばせが、大輪の花のようにほころんだ。

「嬉しゅうございます、リオ様。わたくしでよければ、あの、よ、喜んでおともさせていただきたく。本当に、本当にとても、嬉しいです」

――ああ、ああ……！

圧倒的な歓喜に包まれながら、ライオネルは頷いた。ナターリヤの手を両手で握り返し、何度も頷きを返す。

「そ、そうか。私も、とても、嬉しい」

「まあ、お揃いですね」

「ああそうだ。お、お揃いだ」

ナターリヤの手は、ただあたたかいばかりではなく、なぜだかいっそ熱いほどで、彼女のかんばせは安堵と歓喜、それから明日への期待に輝いているように見えた。

そうだ、世界が輝いている。ナターリヤという光のもとに、こんなにも美しく。

――明日が、こんなにも待ち遠しいとは。

その心地よいまばゆさにそっとライオネルは目を細める。まるで結婚式の前夜のようだった。

あの夜も、こんな風に期待に胸を膨《ふく》らませて寝付けなくて、そうして結婚式当日は酷《ひど》い顔になってしまったものだ。

だが、明日はそんな失態はもう犯さない。

――明日、ターシャとの距離を、もっと縮めてみせる。

そう固く決意する主人を、使用人達がくすくすくつくつと、小さく笑いながら見つめ、ナターリヤはいつものように、けれど確かにこそばゆそうに顔を赤らめて、優しく微笑んでいたのだった。

第3章　ひとり夢を歩む

そして、その夜。

早速明日にライオネルとの〝デート〟を控《ひか》えて、期待と不安でなかなか寝付けないナターリヤは、マグノリアナに幼かった頃のように「眠れるまでそばにいて」なんて頼み込むことになってしまった。

マグノリアナは嫌がるどころかむしろ嬉《うれ》しそうに、そしてほんの少し悔しそうに、ナターリヤの願いを受け入れてくれた。

「ねえマギー。どうしましょう。もう胸がどきどきしているの。全然眠れそうにないわ。あ、明日、起きられなかったらどうしましょう」

「その時は待たせるだけ待たせてさしあげればよろしいのです。お嬢様を四年も待たせたご当主様にはちょうどいい……どころか、甘すぎる罰でしょう」

「わたくしは待たされたとは思っていなくても？」

「……まあ、お嬢様がそう思われていらっしゃることこそが、あの方は一番こたえることかと思われますが……。よろしいのですよ、お嬢様。淑女は殿方を待たせてこそ。何もお気になさることなどございません」

「そういうものかしら？」

「はい」

「そう……」

無表情ながらもしたり顔で深く頷《うなず》くマグノリアナに、ナターリヤはベッドに横たわったまま頷きを返す。

ルウェリン邸本宅における、主人夫妻のための寝室だが、現状としてこの部屋を使っているのは自分だけだ。

彼が王都から帰還して、ナターリヤが本宅に迎え入れられてからも、一度たりともそれらしい、いわゆる〝夫婦の営み〟はない。それに安堵《あんど》と落胆を感じている自分に気付いたのはいつだっただろう。王都に残していらした〝本命〟がいるライオネルに、多くを望んではいけないことは誰に言われずとも理解しているつもりだ。けれどさびしくてならなくて、膝《ひざ》を抱えてうずくまる自分がどこかにいるのも感じている。

わがままなものだこと、と内省すると、ほうと溜息《ためいき》がこぼれ出た。その溜息を、眠れぬ夜に気を病んだからだと受け止めたらしいマグノリアナが、そっと左手を、ナターリヤの両目の上に置いてくれた。

鼻腔《びこう》をくすぐる心地よい香りに、肩の力が抜けていく。

「またおまじない？」

「不要ですか？」

「いいえ。とても嬉しいわ」

幼い頃からナターリヤが眠れない時にマグノリアナがしてくれたこの〝おまじない〟。両親を失って悲嘆に暮れる自分に、いつもこうして〝おまじない〟をしてくれた。

それが本来は魔術と呼ばれるべきものだと知ったのは、先達《せんだつ》てのテレジア一派との一件でマグノリアナの真実を知ったからだ。手袋に隠された彼女の左手の手のひらには《薬》の魔術師としての証《あかし》である《御印《みしるし》》があり、それが催眠作用のある《薬》の効果を招いてくれているのだろう。

心地よい眠りの波が徐々に押し寄せてくる。次に目覚めた時には明日になっているのだと思うと、どうにも嬉しくてこそばゆくて、期待に胸が膨《ふく》らんでいく。けれど同時に、そういう風に期待を抱《いだ》いてしまう罪悪感がひっそりと胸に翳《かげ》りを迫らせるのも事実だった。

――もう少しだけ。

そっと自分に言い聞かせるのを最後に、ナターリヤの意識は眠りの淵《ふち》に沈んだ。

そして一夜明け、いよいよ『明日』ではなく『今日《きょう》』がやってきた。

驚くほどすっきりと目覚めたナターリヤは、いつものようにライオネル、そして四人の使用人達とともに朝食をとったのだが、なんだか妙に気恥ずかしくてライオネルの顔が見られなかった。それはライオネルも同様らしく、お互いにちらり、ちらりと視線を向けては逸《そ》らし、向けては逸らしを繰り返し、時折バチンッ！　と大きな音を立ててぶつかり合う視線に、揃《そろ》ってビクッと肩を跳ねさせて勢いよくまた視線を逸らすのを繰り返す羽目になった。

なんてことだろう。こんなにも落ち着かない朝食なんて初めてだった。

「で、では、ターシャ。……その、また、あとで」

「は、はい、リオ様」

食事を終えたライオネルはそう言い残し、メルヴィン、シグルズに付き添われてそわっそわと浮き足だった足取りで食卓を後にした。部屋を出ていく寸前で自分で自分の足に引っかかって思い切りすっ転びかけたところを、左右の二人にさっとスマートに助けられて事なきを得た彼は、それでもやはりそわっそわとその姿を消す。

「アタシ、あんなんに取っ捕まったの……？　実家のヤツらにぶん殴られそう……」

「今更《いまさら》でしょう、ジャクリーヌ。後悔しているのですか？」

「まさか。なんなら感謝してるわよぉ。奥様かわいいもん」

「全面的に同意します。さ、私どももそろそろ」

「りょーかい。さあさあ奥様、旦那の度肝を抜いてやろ！」

「え、ええ……？」

昨日もそういえば同じことをジャクリーヌは言っていたけれど、ライオネルの度肝を抜くとはこれいかに。

首を傾《かし》げつつも急《せ》かされるままに椅子から立ち上がると、そのままジャクリーヌに背を押され、マグノリアナに導かれてナターリヤはこの本宅の女主人の部屋へと向かうこととなる。

「マギー？　ジャクリーヌ？」

「お嬢様、僭越《せんえつ》ながら私とジャクリーヌが、お嬢様のご準備に携わらせていただきます」

「任せといてよ奥様。完璧に仕立て上げたげる」

「まあ……」

なるほど、ライオネルとデートとあらば、彼に恥をかかせないように、それなりの準備が必要ということか。いつもは自分一人で準備を整えるものだが、もしマグノリアナとジャクリーヌが手を挙げてくれるのなら、とっておきの今日なのだから、ぜひとも二人に任せたい。

「お願いできるかしら」と嬉しそうに微笑《ほほえ》んだナターリヤだったが、その直後、微笑みを凍り付かせる。どうしよう。どうすれば。そう見るからにおろおろし始めるこちらに、マグノリアナとジャクリーヌが瞳を瞬《まただ》かせる。

「お嬢様？」

「どうしたの？」

「マギー、ジャクリーヌ、どうしましょう。わ、わたくし、いつものドレスで大丈夫かしら？

お化粧品だって、いくらあなた達がとってもお上手だとはいえ、その、最低限しか持っていないし……」

今まで気にしたこともなかったが、自分の持っているドレスは皆、最低限の飾り気しかない簡素な、言ってしまえば地味極まりないものばかり。化粧品も、成人した淑女として恥ずかしくない程度にすることは心がけていたけれど、だからと言って豊富に取り揃えているわけでもない。

そんな状態の手持ちで、あの麗《うるわ》しいライオネルの隣に立てるのか。答えは否だ。どれだけマグノリアナとジャクリーヌが手を尽くしてくれたとしても限界がある。ライオネルに「隣を歩くなんて恥ずかしくてできるものか」などと拒絶される自分の姿が容易に想像できる。

顔が青ざめ、まなじりにじわりと涙が浮かんでくるのを感じた。しかし、マグノリアナもジャクリーヌも、そんなナターリヤを馬鹿にすることなく、頼もしく笑いかけてきた。

「ご安心を、お嬢様」

「だから、アタシらに任せなって言ったでしょ？　ほらほら、まずはクローゼット開けてみなよ」

「え？　ええと……？」

さささっと二人は心得たようにナターリヤを、先日までぎっしりとテレジアの衣装が入っていた、今は空っぽのはずのクローゼットへと導いてくれる。

わけが解《わか》らないながらも促《うなが》されるままに、ナターリヤには大きすぎてとても使いこなせそうにない、立派なクローゼットの左右の扉にそれぞれ手をかける。

そして、なんだか怖いわ、と思いつつも、その扉を、いよいよ開け放った。


「…………！」


ナターリヤの葡萄《ぶどう》色《いろ》の瞳が大きく見開かれる。

クローゼットの中に、たった一着、圧倒的な存在感を放ちながらたたずむドレスがあった。

鮮やかでありながらも決して華美ではない、上品で楚々《そそ》とした可憐《かれん》な風情のそれは、ナターリヤの瞳の色をより深くした暗い葡萄色をしていた。そのあでやかな艶《つや》のある地の上に、赤みの強い橙《だいだい》色《いろ》で精緻《せいち》に金木犀《きんもくせい》の花が全面的に刺繍《ししゅう》されている。ひらりと広がり、歩くたびにきっと美しく揺れるであろう袖口は、地の色と同じ葡萄色のレースが幾重《いくえ》にも重なって飾り、一目で一級品と知れる地を惜しげもなくたっぷりと使ってドレープを形作る裾からも、同じくレースが豪奢《ごうしゃ》に、けれど清楚《せいそ》に覗《のぞ》く。

それはとても、本当にとても美しく素敵なドレスだった。

言葉を失ってただ見入るばかりでいると、マグノリアナは解りにくくとも確かに、ジャクリーヌははっきりとそうと解る笑みを浮かべて、それぞれ嬉しそうに顔を見合わせてから、まずは前者がその口を開いた。

「ご当主様のご意見をいただき、メルヴィンが手配し、裁縫を得手とするシグルズが指示して、ルウェリン領屈指の仕立て屋の手で作っていただいたドレスにございます」

「旦那の趣味はつくづく確かだね。絶対似合うよ、奥様」

マグノリアナに続いて、「ちゃんと帽子も靴もあるんだよ」と、まるで自分のことのように誇らしげに、クローゼットの足元に置かれている箱を示してくるジャクリーヌに、ナターリヤは呆然《ぼうぜん》としながらも、かろうじて「そうなの」と頷く。

けれどそんなこちらにさらに畳みかけるように、二人は左右からナターリヤの手を取って、部屋のドレッサーへと導いてくれた。

「見て見て！　アタシとマギーちゃん監修の化粧品！」

「変装と毒物に通じるジャクリーヌと、薬学に通じる私が、お嬢様にもっともふさわしい物をご用意させていただきました」

ドレッサーの上にところ狭しと並ぶ化粧品の数々は、どれもナターリヤが好むささやかながらもかわいらしい細工がほどこされている。ドレスだって、本当に素敵だった。まだ見てはいないけれど、用意してあるのだという帽子も靴も、きっと、いいや確実に、とても素敵であるに違いない。そのどれもこれもが、他ならぬこの自分のために用意されたものだという。

一朝一夕《いっちょういっせき》でできる準備ではなかっただろう。それなのに、ライオネルが、マグノリアナ達が、わざわざ忙しい合間を縫って、これらを用意してくれたのだ。

「それではお嬢様、まずはお化粧を……お嬢様？」

「奥様？　え、あ、あれ？　もしかして気に入らなかった……？」

先ほどまでの、向かうところ敵なしといった様子で自信に満ちあふれていた二人の声音が、だんだん不安そうに揺れ始める。ちがうの、と、ナターリヤもまた声を震わせた。

「ちが、う、違うのよ。わ、わたくし、嬉しくって……あんまりに嬉しすぎて……っ」

それ以上は言葉にできず、かわりにぽたりと涙があふれた。なんとかこらえようとしたけれど、それでも涙がとめどなくあふれてくる。マグノリアアナが心得たようにハンカチを差し出してくれて、ジャクリーヌが照れ臭そうに「もう」と唇を尖《とが》らせた。

「奥様ぁ、ダメだよ。泣いたら目が腫《は》れて、せっかくのドレスも化粧も台無しだよぉ？」

「そこはお任せを。氷は用意してあります」

「さっすがマギーちゃん、よく解ってんね」

「当然です」

「ハイハイ。そんじゃ奥様、とびっきり綺麗《きれい》にしたげるね」

「っええ、おねがい、するわ」

ずずっとはしたなくも鼻をすすって、ナターリヤは涙をぬぐって微笑んだ。なぜかマグノリアナとジャクリーヌの顔が赤くなる。二人はまた顔を見合わせてから、はあっと溜息を揃って吐き出した。

「これ、お化粧なんていらないんじゃない？　大丈夫？　むしろ邪魔にならない？」

「そこは私どもの腕の見せどころでしょう。遺憾《いかん》ですが、頼りにしていますよジャクリーヌ」

「お互い様だよ」

うんうんと頷き合った二人は、さて、と、こちらに向き直り、再び頼もしい笑みを浮かべてくれる。そのまなざしに、自然と背筋が伸びて、こっくりと頷きを返す。

――それから、しばらく。

長いようで短く、短いようで長い、とても不思議な、胸が躍《おど》る時間が続いた。

あれこれ互いに口を挟みながらも、マグノリアナとジャクリーヌの手が止まることはない。

ナターリヤは二人のぽんぽんと打てば響くような軽やかな会話の応酬を、唯一の観客として楽しんだ。

化粧をほどこされ、髪を結い上げられ、それからいよいよドレスに袖を通して、そっと頭に帽子を乗せられ、履き慣れないのにぴったり、そしてしっくりと来るヒールの高い靴にそっとつま先を入れる。

姿見の前に立たされて、ナターリヤはそこに映り込む自分の姿にぽかんとした。マグノリアナが満足げに頷き、ジャクリーヌがヒュウッと口笛を吹く。

「完璧でございますよ、お嬢様」

「アタシ達よくやったんじゃない？　どう？　奥様」

「……わたくしではないみたい……」

鏡の中からこちらを見つめてくる貴婦人が自分であるだなんて到底思えなかった。これは夢かしら、なんてつい呟《つぶや》くと、さっとマグノリアナがジャクリーヌの頬をつねり、「あいたっ!?」とジャクリーヌが不意打ちに悲鳴を上げる。

「ちょっとぉマギーちゃん!?」

「お嬢様、ご安心を。この通り、夢などではございません」

「……奥様に免じて今回だけは見逃したげる」

「それはどうも」

「腹立つなぁもお！」

二人の会話が、それでもなおどこか遠かった。夢見心地のまままただ鏡を見つめるばかりでいたら、そっとマグノリアナに手を取られ、ジャクリーヌが駆け足になって扉へと向かう。

「参りましょう、お嬢様」

「お待ちかねの旦那達に見せびらかしてやんなきゃね」

ジャクリーヌの先導で、マグノリアナに手を引かれて、男性陣が待っているのだという玄関先へと向かう。その道のりは、まるでふわふわと雲の上を歩いているかのようだった。けれど高いヒールなのにとても歩きやすい、自分のためにあつらえられたのだという靴は、ちゃんと地面をとらえて前へ前へと自分を運んでくれる。一歩一歩確かに、夢の中から現実へと自分を導いてくれる。

いよいよ玄関先だ。遠目に、そこに揃ってたたずむ男性陣がいる。メルヴィンがからからと笑っていて、シグルズがそんな彼をたしなめているようだ。

そして、それから。

「リオ様」

「……………ターシャ？」

ぽろりとこぼれ落ちた自分の声に反応して、こちらに背を向けていた彼の身体《からだ》がびくりと跳ねた。それからゆっくりと、彼は、ライオネルは、こちらを振り返ってくれる。

木漏《こも》れ日《び》色の瞳に確《しか》と捉《とら》えられ、思わず足を止める。けれどそのかわりに、メルヴィンに背を押され、シグルズに肩を叩《たた》かれたライオネルの方が、こちらへとダッと駆け寄ってきてくれた。その勢いに、そういうつもりはなかったのに不意に戸惑《とまど》ってしまって、一歩後退《あとずさ》りしそうになる。

――ちゃんと、この方の隣を歩いても、恥ずかしくないわたくしになれているかしら。

そんな疑問は、マグノリアナやジャクリーヌには筒抜けであったらしい。マグノリアナは深く頷き、ジャクリーヌはにっこりと笑う。それが答えだった。それでいいと、そう思えた。

だからこそ、ナターリヤは今度こそ姿勢を正して、ライオネルに向かい合い、そっとドレスの裾を持ち上げて一礼する。

「お待たせいたしました、リオ様。……その、いかがでしょうか？」

「……」

ライオネルは、正面に立ち、じいとこちらを見つめたまま微動だにしない。だからこそナターリヤもまた、彼の姿を存分に観察することができた。

ナターリヤと同じ葡萄色の地に、暗い緑色で蔦《つた》が刺繍された一揃えを身にまとう姿は、控えめに言ってもとても立派で凛々《りり》しく、麗しの侯爵様、という言葉がぴったりだった。高いヒールの靴を履いてもなお、ライオネルの方が背が高いことに感動してしまう。

ほう、と、感嘆の吐息を吐き出すと、ライオネルの背後からゆっくりと歩み寄ってくるメルヴィンとシグルズが、一様に顔を赤らめながらも、前者はニヤリと笑って親指を立て、後者はうんうんと深く頷いてみせてくれた。どうやらライオネルの出来は彼らにとって自信作らしく、そして今のナターリヤの姿も、お眼鏡にかなったということだろう。

ほっと安堵しながらも、それでもこんなにも綺麗なお方の隣に立てるほどになっているかしら、と、いまだにやはり微動だにしないライオネルの視線に居心地悪く身動《みじろ》ぎする。

ハッ!!　と、盛大に息を飲む音が耳朶《じだ》を打った。

ようやく、それこそ夢から覚めたのかとでも思われるくらいに解りやすく正気を取り戻《もど》した様子のライオネルは、ナターリヤのおずおずとした視線にやっと気付いたらしい。

顔を真っ赤にして、それでもなおきりりと凛々しく華やかなかんばせを引き締めて、そっとナターリヤの右手を持ち上げる。揃いの手袋越しに、彼はそのまま、その甲に唇を寄せた。

まあ、と、恥ずかしがるよりもただ驚くことしかできないこちらに、ライオネルは、それは美しく、嬉しそうに、幸せそうに、やわらかな笑みを浮かべてくれた。

「私の妻は、本当に美しい。ああ、綺麗だ、ターシャ」

「……っ」

あまりにも甘い声音だった。まるで、いいえ、本当に、睦言《むつごと》を言われているみたい。

一気に恥ずかしくなって、ぽぽぽぽぽっと顔を赤くすると、ライオネルはふわりと甘やかに笑みを深めてくれる。あまりにも美しい笑みに言葉が見つからない。

なんて綺麗なのかしら。いつかと同じ言葉がぽとんと胸に落ちてきて、そのままナターリヤをいっぱいにしてしまう。

自分の後ろで、マグノリアナとジャクリーヌが誇らしげに頷いているのがなんとなく気配で解った。ええ、そうね、あなた達のおかげ。わたくしは自信を持って、このお方の隣に立てる。

そう自然と思えたから、はくりと唇を震わせてから、頬を薔薇《ばら》色に紅潮させて、ナターリヤもまた微笑み返した。息を飲む周囲に気付かないまま、鮮やかな紅のはかれた唇を震わせる。

「リオ様こそ、とても、素敵でいらっしゃいますわ」

「あ、ありがとう」

「はい。わたくしこそ、ありがとうございます」

ふわふわ、ふわふわ。ああ、やっぱり、夢の中にいるみたい。そううっとりと吐息をもらすナターリヤに、ライオネルはまぶしげに瞳を細めた。ナターリヤにとっては、ライオネルの方がもっとずっとまぶしいお方なのに。

不思議な人、と、くすくすとつい笑うと、ライオネルは気恥ずかしそうに視線をさまよわせた。そんな彼の背を、シグルズがポンと叩く。続けてメルヴィンが、深い緑のビロード地に包まれたいかにも高級感あふれる小さめの箱を差し出してきた。

「ほら、ご当主。こちらも」

「あ、ああ。ターシャ、よければこれも受け取ってほしい」

「わたくし、もう十分すぎるほどいただいておりますのに」

「私が贈りたいんだ。その、よければ、だが」

そんな風におずおずとおっしゃらなくたって、喜んで受け取るのに。でも、いいのかしら。こんなにもたくさん……というこちらのためらいを汲《く》み取ってくれたらしく、その上周囲の使用人達に視線でせっつかれて、ライオネルの方から、こちらに向けて箱の蓋《ふた》が開かれた。

「…………綺麗」

上等な箱の中に収められていたのは、繊細な金の細工で飾られた、大粒のエメラルドのネックレスと、揃いのイヤリングだった。

深く鮮やかな緑色に、ちかちかと周囲の金色が反射して、まるで木漏れ日のよう……そう、まるで、ライオネルの瞳のようだ。

至高の逸品《いっぴん》と一目で解るそれらに見入っていると、ささっと背後からマグノリアナとジャクリーヌが出てきて、そっと丁寧《ていねい》にイヤリングを片方ずつ手に取り、そうするのが当たり前だと言わんばかりに、ナターリヤの左右の耳にそれぞれ着けてくれる。マグノリアナがまた満足げに頷いて、ジャクリーヌが口笛を吹く。

続いて、いよいよ主役であるネックレスを、ライオネルが手に取った。

「着けさせてもらっても、いいだろうか？」

「は、い」

こくりとぎこちなく頷くと、かちこちに緊張したご様子で、ライオネルが背後に回ってくれる。そうして背後から彼の腕が伸びて、そっと、それはそれは丁寧に、ナターリヤの首にネックレスがかけられ、やがてその留め具が噛《か》み合う音が小さく上がる。

ずしりと重く、ひんやりとしていて、けれど決して不快ではない感覚に呆然としていると、重大な任務を達成したとでも言いたげな、誇らしげな笑みとともに再びライオネルがナターリヤの前に立つ。

この胸元と耳元で燦然《さんぜん》と輝くエメラルドに、彼は深く頷いた。

「よかった。よく似合う」

自分のことのように、ナターリヤよりもよっぽど嬉しそうなご様子だ。

「……何から、何まで、ありがとうございます。マギー達も。本当に、ありがとう」

ありがとうの言葉以外に、自分に何が彼らに返せるだろう。自分ばかりが幸せすぎて、いっそ申し訳なくなってくる。

けれどライオネルは、マグノリアナ達は、たった一言の「ありがとう」に、こんなにも嬉しそうに笑い返してくれるのだ。

「んじゃま、奥様、旦那、いってらっしゃーい」

「お嬢様、お気をつけて。ご当主様、お嬢様を必ずお守りくださいませ」

「奥様、楽しんできてくださいね。ライオネル、下手《へた》なことやらかすなよ」

「今日がお二方にとって、よりすばらしい日となるように祈っているぞ」

「ああ、ありがとう。……では、行こうか、ターシャ」

使用人達が一斉に礼を取り、ライオネルは彼らに頷きを返すと、こちらに向かってその片腕を少し開けてくれる。これはもしかして、と、その腕と彼の顔を見比べて、少し考えてから、そっとライオネルの腕に手を添える。

自然と寄り添う合う形になり、これで正解なのか不意に不安になってライオネルを見上げると、彼は顔を赤くしながらも、ナターリヤに笑いかけてくれた。

よかった、正解らしい。そしてそのまま、屋敷を後にする。ルウェリン家の紋章が刻まれた専用の馬車ではなく、ルウェリン領の商業ギルドが手配してくれたお忍びの馬車に二人で乗り込んだ。

馬車の揺れが心地よくて、移り変わる窓の景色が新鮮で、ついその光景に見惚《みと》れていたら、ふとライオネルと隣り合っている右手にぬくもりが重なった。そちらを振り向くと、ライオネルは窓へと視線を向けていて、彼の表情は窺《うかが》い知れないけれど琥珀《こはく》色の長く結われた髪から覗く耳が真っ赤で、ぎゅっと彼の左手に力がこもる。その左手に包まれているのは、ナターリヤの右手だ。

——まあ、どうしましょう。

いつものように唇の前で手を合わせようにも、こんな風に手を掴《つか》まれていたら叶《かな》わない。でも、決して嫌ではなくて、ああでも困ってしまう、どうしましょう、顔が熱い。

何か話したいのに、胸が、全身が、自分でも理解できない熱でいっぱいで、あらゆる言葉を燃やし尽くしてしまっているようだ。

そのまま馬車はルウェリン侯爵邸から遠ざかり、ナターリヤも知る、豊かなルウェリン領においても特に栄えた町へとたどり着いた。

ライオネルの手を借りて馬車から降りる。にぎやかだった周囲が、ナターリヤ達が地に足をつけた次の瞬間からさらにざわめく。何やら衆目を集めているらしい。

——そうよね、リオ様はこんなにもご立派で素敵なんだもの。

——ほら、殿方もご婦人も、老いも若きも、誰もがリオ様に見惚れていらっしゃるわ。

——すばらしいお衣装を用意してくださったおかげで、わたくしはこの方の隣に立てる。

装いだけが立派だと言われればそれまでだが、それでもライオネルに恥ずかしく思われたらどうしようかとやっぱり不安が残っていただけに、ひとまず一つ目の関門は突破できたらしいことに安堵する。

ただそれでもこんなにも衆目にさらされるのは慣れない。注目されているのはライオネルだ。だからこそ余計にナターリヤもまた目立ってしまうのだろう。それは決して居心地がいいわけではないけれど、ライオネルの麗しさを少しでも演出できるというならば、なんだか嬉しい。

——リオ様は、こんなにも素敵なのよ。

そう声を大にして言いたくなる。ふふふ、と笑みをこぼすと、またざわめきが大きくなったようだったけれど、ナターリヤが反応するよりも先に、ライオネルがそっと、衆目から隠すように自らの方へと引き寄せてくれる。

思いのほか近い距離に、あら？　と首を傾げると、ライオネルはゴホン、と気を取り直すように一つ咳払《せきばら》いをして、「その」と口火を切った。

「この町ならば、ターシャの行きたいところはおそらくはどこでもあるだろうと、メルヴィンから聞いたんだ。私は恥ずかしながら、人生のほとんどは王都を拠点にしていて、領地について帰還してからやっと学び始めたところで……。だから、誘っておいて申し訳ないが、よければぜひ、あなたの行きたいところを教えてほしい」

「まあ、さようでございますか」

「いや、その、本来は男の方がリードすべきだとは、もちろん解っているんだ。だが、メルヴィン達に『下手な場所に連れていくより奥様に任せろ』と助言されて……。私は、あなたが楽しんでくれるのが一番嬉しいから、だから……」

だから、と、懸命に言葉を重ねて紡ぐ姿に、また思わず笑ってしまった。

あらまあそんなこと、どうかお気になさらないで。そんな気持ちを込めて、微笑みを深め、頷きを返す。

「でしたら、仕立て屋さんに行きたいです」

「……仕立て屋？」

「マギー達に、今日のお礼に、何か……ええ、大したものは作れませんが、そう、ハンカチなど用意して、わたくしが刺繍を入れたものを贈れたらと思いまして」

その材料を買いに、と続ける。それは口にしてみると改めて素敵な考えであるような気がした。このドレスや化粧品に対するお礼としてはあまりにもささやかだが、出来合いのものよりも、ナターリヤもまた世界に一つしかない手作りのものを彼女達に贈りたいと思ったのだ。

いつだったか、彼女達はナターリヤからの刺繍の贈り物を楽しみにしている、と言ってくれた。まだまだ未熟だからと先延ばしにしていたが、今こそがその時であるような気がする。

そうよ、ナターリヤ。せいいっぱいがんばりましょう。

「そ、それは私にも……いや、なんでもない。では、仕立て屋に」

「ありがとうございます。ついでにゆっくりと町を見てまいりましょう？　わたくしもこの町には孤児院と診療施設にしか来たことがございませんの。リオ様が今後も末永く見守られる地の一つですわ。せっかくなんですもの」

「あ、ああ。その通りだ。では、僭越ながら、あなたのエスコートを、改めてさせていただいても？」

「ありがとうございます。よろしくお願いしますわ、リオ様」

今度こそ自然と自分から、ライオネルの腕に手をかける。びくりと彼が身体を跳ねさせたから、はしたなかったかと不安になったけれど、ライオネルがナターリヤの手を振り払わず、むしろ放すまいとするかのように腕に力を込めてくれたから、安心して身を任せる。

ふんわりと笑いかけると、同じように照れ臭そうに笑い返してもらえる、それだけでこんなにも嬉しい。

そうしてナターリヤはライオネルとともに、馬車に乗るでもなく徒歩で、にぎやかな町を散策することとなった。

＊＊＊

ライオネルは、緊張していた。何せ、夢にまで見た、ナターリヤとの初デートだ。昨夜は今日が楽しみすぎてほとんど眠れず、朝一番に顔を合わせたメルヴィンに「とにかく顔を洗ってこい」と真顔で諭《さと》されるくらいだった。

こんな風に、ナターリヤと町を歩けるようになるなんて、四年前の自分に自慢してやりたい。お前の努力は決して無駄《むだ》にはならないのだと諭してやりたい。

ああ、この腕にそっとその手をかけて、楚々と隣を歩いてくれているナターリヤの、なんと美しいことか。衣装や小物は、使用人達とそれはもう凄絶《せいぜつ》なる言い争いにまで発展した挙句《あげく》に決定したものばかりなので文句なしのものだが、それを見事に着こなしているナターリヤの美しさこそ、まさに輝くばかりのものだった。

ほら見てみるがいい。老いも若きも男も女も、皆、ナターリヤに見惚れている。ナターリヤはどうやらこちらに向けられる視線は、ライオネルに向けられているものだと勘違いしているようだが、とんでもない。この羨望《せんぼう》と憧憬《しょうけい》、そして何よりの感嘆の視線は、すべてナターリヤに捧《ささ》げられているものなのだ。

愛《いと》しい妻を不埒《ふらち》な視線から守るため、そっと彼女を引き寄せて、いざ、ライオネルは一歩を踏み出した。

――少しでも、意識してもらえたら。

――私なりの、私の美点を、見せられたら。

そう自身に言い聞かせながら町を散策する中で、まず覗いたのは花屋だ。色とりどりのかぐわしい花々を前にして、これがナターリヤを飾ったらどれだけ美しいかと思ったら、もう目に付く花々を次から次へと指名して、とんでもない大きさの花束を作ってしまった。ナターリヤに渡そうにも、彼女は当然抱えきれず身体をよろめかせた。慌《あわ》てて謝ると、それでも彼女は気恥ずかしそうに「嬉しいです」と笑ってくれた。どんな花よりも美しく愛らしい笑顔だった。

そんなライオネルとナターリヤのやりとりを見守っていてくれた店主は、男性が女性に花を贈る時に買い込みすぎるのはよくあることだと笑い、彼の手配で屋敷に届けられることとなった。しかしその送り先がルウェリン邸だと知った店主は、必然的にライオネルがこのルウェリン領の領主たる侯爵であり、ついでにナターリヤがその妻だと知ると、驚きのあまりその場で腰を抜かしてしまい、ライオネル達もさすがに慌てずにはいられなかった。

いくら目立つとはいえあくまでもお忍びだということを二人で確認し合って、今度は書店を覗いて互いにおすすめの本を紹介し合った。

彼女のおすすめをそわそわと待っていたライオネルだったが、彼女が手に取ったのが、主にマグノリアナとメルヴィンにすすめられたという専門書や戦術書だったので、素直に驚かざるをえなかった。ここでも使用人達に一歩先を行かれているような気がしてならなくて、それが悔しかった。

だからライオネルは、ついつい対抗心を燃やして、ちまたで話題の恋愛小説をすすめた。ナターリヤにとっては思いもよらないおすすめだったらしく、彼女は声を上げて笑ってくれた。

しまった、とライオネルは一気に恥ずかしくなった。いい歳《とし》をした男が少女向けの恋愛小説だなんて……と後悔していたら、その勢いでつい「し、指南書としていいと聞いて……」と余計なことまで言ってしまった。

さいわいなことにナターリヤは「楽しみですわ」と本当に嬉しそうにその恋愛小説を抱き締めてくれた。そうやって教え合った本は、いずれ屋敷に取り寄せるとライオネルはナターリヤに固く誓った。ナターリヤが教えてくれた本を読むのも、彼女が知る自分の知らない世界を垣《かい》間見《まみ》られるのだと思うと、楽しみでならなかった。

それから街角でまどろむ近辺の主と言われているらしい大きな野良猫を撫《な》でさせてもらった。周辺住民から大層かわいがられているらしく、ふかふかの毛並みだった。「なんてかわいらしいのかしら」とうっとりと目を細めるナターリヤこそが何よりも誰よりもかわいくて美しくてすばらしくて素敵だった。猫には容赦《ようしゃ》なくひっかかれた。使用人達からの刺客《しかく》かと思ったとはさすがに言いすぎか。

そうして、気付けば、集めていたはずの衆目なんて、ちっとも気にならなくなっていた。

――夢の、ようだ。

信じられないくらいに楽しくて、幸せだった。ふわふわと雲を踏みしめているようだと言ったら、ナターリヤは笑ってくれるだろうか。同じ想いでいてくれるのならば、どれだけ、そう、どれだけ嬉しいことか。

そうして、やがてその足は、ようやく、目的地である仕立て屋へとたどり着く。

道中の人々に聞いた通りの、少々解りにくい場所に位置する、けれどその店主の目と腕は確かであるという仕立て屋だ。無事に到着できたことにほっとしてから、ナターリヤとともに店内に足を踏み入れる。

色も素材もさまざまな生地がところ狭しと並べられた店内に圧倒されてしまう。ライオネルもナターリヤも、もの珍しそうに周囲を見回す。

「いらっしゃいませ、お二方。どのようなお品をお求めでしょう？」

天井から垂れ下がる生地をかき分けて店の奥から出てきたのは、穏やかに齢《よわい》を重ねたことが窺い知れる深いしわが刻まれた顔に微笑を浮かべる、店主であり職人でもあるという年嵩《としかさ》の男性だ。

「突然失礼する。彼女が希望するものを用意してほしい」

ナターリヤをそっと引き寄せて、そう告げると、店主は微笑ましそうに心得たと頷いて、顔を赤くしながらも大人《おとな》しくライオネルの腕に寄り添ってくれている彼女へと視線を向ける。

きょろきょろと周囲を見回しながら、ナターリヤは「ええと」と口を開いた。

「わたくしの大切な方々に、贈り物をしたいと思っておりますの。ご本職の方の前で恐縮ですが、できたらわたくしが刺繍を刺せたらと」

「なるほど、それはすばらしい。どのようなお方に贈られるおつもりで？　イメージは？　お好みの素材や色などございましたら遠慮なくお申し付けを……ああ、いけませんな、せっかくですから奥の席でゆっくりと。さ、どうぞ、こちらへ」

深く頷いた店主に招き入れられて、店の奥の商談用の席に通される。

さまざまな生地の匂いが入り混じる、なんとも不思議な心地になる場所で、ライオネルはナターリヤと隣り合って座る。その向かいに腰かけた店主の優しいまなざしに促されるようにして、そっとナターリヤは口を開いた。

「あまり大仰《おおぎょう》なものにしたいわけでもございません。ただ喜んでもらえたらと。ハンカチ、なんて、ありきたりでしょうか？」

「ありきたり。確かにそうかもしれませんな。しかし、大変身近で使用頻度《ひんど》が高く、目に付きやすい。贈り物として選ばれる方は多くいらっしゃいますよ」

「さようでございますか。でしたらその……ハンカチとしてふさわしく、刺繍も入れられる生地を見せていただきたいのですが。それから、刺繍糸も」

「かしこまりました」

深く頷いた店主はまず、想定以上に多くの生地を並べてくれた。緊張と期待に胸を膨らませている様子だったナターリヤの花のかんばせが、ぱあっと華やぐ。

目の前に並べられた布は、色も素材もやはりさまざまだ。その用途によって素材は使い分けるべきだと言う店主の助言に一つ頷いたナターリヤは、でしたら、と頷く。

「マギーには綿のハンカチを。一番実用的で肌触りもよくて……手袋を外した時に、ほっと一息吐けたら素敵だわ。傷みやすくても彼女なら丁寧に扱ってくれるに決まっているもの。それからジャクリーヌには、そうね、麻なんてどうかしら。最近水仕事が一気に増えたって言っていたもの。乾きやすいハンカチがあったら便利よね。シグルズには……ハンカチとしてというよりはバンダナくらいの大きさにして、暖かいウールのものにしましょう。これから寒くなるから、首に巻いてもらえたら……。そう、そうね、メルヴィンにはやっぱり絹だわ。これからもリオ様の執事として活躍してくれるのならば、公の場でも使える上等なものがあったらきっと便利だもの。それから刺繍糸は、それぞれの瞳の色に合わせて………」

——私の心は、こんなにも狭かったのか。

こんなにも、ナターリヤに一生懸命に自身のことを考えてもらえる使用人達が、あまりにもうらやましくて、ライオネルはそっと唇を噛み締めた。解っている。子供じみた嫉妬だ。あとは彼女が挙げた名前の中に自分の名前がなかったことに、解っていたつもりでも想定以上に衝撃を受けている、それだけである。

——私だけ、だなど、叶わぬ願いだと解っているのに。

それでもなお、と願ってしまう自分の強欲さ、本当に始末に負えない。思わず溜息を吐くと、店主が相槌《あいづち》とともに手元の注文用紙の備考に書き込んでいくのに合わせながら注文を言い切ったナターリヤが、はた、と固まった。

その視線が隣に座っているこちらへと向けられる。ふにゃん、と彼女の柳眉《りゅうび》がいかにも申し訳なさそうに垂れた。

「リ、リオ様」

「え、あ、ああ。どうしたんだい、ターシャ」

「い、いえ、その、わたくしばかりが楽しくなってしまって……」

申し訳ございません、と、小さくなってナターリヤが続けると、ライオネルはまたしても自身の失態を悟った。気遣いばかりしてくれる彼女に、またしても気を遣わせてしまったことが申し訳ない。謝るのは自分の方だ。自分がつまらない様子に見えたのならば、大間違いであると訂正させていただきたい。確かにナターリヤが自分のことをすっかり忘れて使用人達のことばかり考えているのは、まあ、正直に言って面白くないが、だが、それでも。

そこまで考えて、ライオネルは努《つと》めてやわらかく微笑みを深める。ごくごく自然な仕草で手を伸ばし、ナターリヤの一筋こぼれた髪を耳にかけた。ナターリヤは、こそばゆさなのか、気恥ずかしさなのか、どちらなのか解らないままに顔を赤らめてくれた。その愛らしい表情だけで十分だ。じいとじっくりそのかんばせを見つめてから、ライオネルは、名残惜《なごりお》しくも手を下ろすと、「私もだ」と笑ってみせる。

「あなたが楽しくて嬉しいならば、私も楽しくて嬉しい。とても、そう、とてもだ。あなたをこんなにも間近で見つめていられる私は、今、とても楽しくて嬉しくて、それから何より幸せなんだ」

そう、それが当たり前のことだ。それなのに不満を覚えてしまうのは、ナターリヤの非ではない。完全にライオネル自身の問題である。言おうか言わまいか迷ったが、ナターリヤのまなざしが先を促してくるものだから、観念してライオネルは、照れ臭そうに顔をまた赤らめ、

「……だが」と、小さく拗《す》ねたように唇を尖らせる。

「メルヴィン達がうらやましい。私のことを考えてくれる時も、あなたがこんな顔をしていてくれるのならば、どれだけ嬉しいことか。過ぎた願いだとは解ってはいるが……とはいえ、マグノリアナはともかく、ジャクリーヌもシグルズもメルヴィンも……！　嫉妬せずにはいられない私の心が狭いだけなんだが、だが、それでもしかし、その……」

ぼそ、ぼそぼそぼそ。なんとか言葉を探しても答えは出ない。視線をさまよわせる自分の顔が、その台詞《せりふ》とともにますます赤くなっていって、自らの長身が徐々に縮こまっていくのを他人事のように感じる。しゅるしゅるしゅるしゅる、という音が聞こえてきそうな勢いだ。

「リオ様、そんな……」

思わずこぼれたらしいその呼び声に、気付けばうつむきつつあった顔を再び持ち上げる。

どこか途方に暮れたようなナターリヤのかんばせに、ああ、と、その美しさに見惚れながら、

左手を伸ばして、その頬にあてがう。

「私のことを思うだけで、あなたが笑ってくれればいいのに」

途方もない願いだ。それでも望まずにはいられない祈りだ。どうかどうかとこいねがう、この気持ちのひとかけらでも、どうかすくってくれないか。

ナターリヤは、まっすぐにこちらを見つめ返してくれている。やがて今は紅のはかれた唇が、はくりと音なく開閉し、それから彼女は、自分の頬にあてがわれているライオネルの手に、自身の右手を重ねてくれた。くすっと小さく笑って、ナターリヤはそのまま小首を傾げてみせる。

「……嫉妬？」

「……ああ」

「やきもち、ですの？」

「ああ、そうだとも。あの四人ばかりではなく、オズマ殿だって私はうらやましいしやきもちを焼いている。私の知らないあなたを知る彼らが、うらやましくてならない」

むすっと頬を膨らませる、子供のような仕草をしてしまうのが余計にオズマとの差を明確なものにする気がして悔しいが、どうしようもない。ナターリヤの前では、どうあっても取り繕《つくろ》えないし、余裕なんていつだってない。いつだって必死に、彼女の気を引こうとしている。

どうしたらナターリヤにかっこいいと思ってもらえるだろう。自分という存在に、胸をときめかせてくれるのだろう。

「……リオ様は罪なお方ですこと」

だからこそ、しみじみとそう呟かれた台詞に、ライオネルは心外だと言わんばかりに目を瞬かせた。罪なお方、だなんて、そんな台詞が似合うのは、自分ではなくて。

「それはターシャ、あなたのことだろう」

「まあ、わたくしが？」

「ああ。私の心をこんなにも乱し惑わせてくれるのはあなただけだ」

「あら……」

ナターリヤもまた、心外だと言いたげに瞳を瞬かせた。続けて思わずといった様子でくすくすと笑う彼女はあまりにもかわいらしく、けれどかわいいばかりではなく美しくもあり、本当に惑わされそうになる。

だがしかし、ここは引けない。罪作りなのは、ナターリヤの方なのだから。だからこそついつい
「信じていないな？」と半目になって問いかけると、だって、とナターリヤはくすくす笑いながら、頬にあるライオネルの手にすり寄ってきた。どきんとライオネルの胸が跳ねる。

「わたくしなどにこんなにも優しく触れてくださる殿方以上に罪を作ることなど、わたくしにはとても叶いませんわ」

「私はあなただからこそ触れるのに？」

「ほら、そういうところですよ、リオ様」

「ターシャ……」

　くすくすとあふれてくる笑いをそのままにナターリヤは指摘してくる。自分の表情が切なげに歪《ゆが》むのが手に取るように解った。

　どうしたら。どうしたら、信じてもらえるのだろう。この心のすべてはとうの昔にあなたに明け渡しているのに、彼女はその入り口に立ったまま、決して踏み込んでこようとはしないのだ。いっそ引きずり込んでしまいたくなるくらいなのに、それで嫌われてしまったらとためらう自分の滑稽《こっけい》さに、もう笑うこともできない。

　――恋とは、こういうものか。

　なんて厄介《やっかい》極まりないものなのだろう……と、一周回ってほとほと感心していると、そんな甘やかな空気に、ゴホン、と大きくわざとらしく吐き出された吐息が割り込んでくる。

　は、と息を飲んでナターリヤとともにそちらを見遣《みや》れば、言うまでもなくずっとそこにいた店主が、その深いしわの刻まれた顔を赤らめて苦笑している。

「申し訳ございませんが、そろそろよろしいですかな？」

　商談の続きを、と続けられ、ライオネルとナターリヤは揃って顔を真っ赤に染め上げた。慌てて手を下ろして姿勢を正すと、ナターリヤもまた赤らむ頬をそのまま改めて店主に向き直る。

「で、では、あとは刺繍糸をお願いできますか？」

「はい、承知いたしましたとも」

小さくなってそう続けるナターリヤをふふと微笑ましそうに見つめて、店主はすぐそばの引き出しを何段も取り出す。その中には、色の洪水《こうずい》のようなあまたの刺繍糸が並んでいた。

ナターリヤは、先ほどの発言通り、マグノリアナ達の瞳そのままの色の刺繍糸とともに、いくつか装飾をほどこすための刺繍糸を何色か選んだ。それを受けて、店主は「ご用意する間、店内をぜひご覧ください」と続ける。促されるままに椅子から立ち上がり、ライオネルはナターリヤとともに店内を移動することにした。

「こんなにも種類があるものなんだな」

「王都にも仕立て屋さんはございますでしょう？」

「私は支給品の騎士としての衣装ばかり着ていたから。普段着もわざわざ一から仕立てることはほとんどなかったし……そうだ、いずれ王都に行ったら、そこでもともに仕立て屋に向かってもらえないだろうか。その、今度はぜひ、あなたが私の衣装を見立てて……ターシャ？」

どうしたのだろうか。突然彼女はぴたりと足を止めて、とある一点をじぃと見つめている。その視線の先にあるものに遅れて気が付いて、「これか？」と、それをナターリヤの前に引き寄せると、うっとりと熱っぽいまなざしで、それを見つめるナターリヤはこくりと頷いてくれた。そのまなざしが自分に向けられたらどれだけ嬉しいか、なんて思いながら、ライオネルもまた、ナターリヤへと引き渡したそれを見下ろした。

それは、一巻きの生地だった。ひっそりと、まるで隠れるように他の生地の陰になるところに置かれていたその生地は、華美にも嫌味にもならない程度の上品な艶のある、深い緑色の生地だった。手袋越しでも解るなめらかさを誇るそれは、動かすたびにちらちらと金色が光る。どうやら贅沢《ぜいたく》にも金糸が生地そのものに惜しげもなく織り込まれているようだった。

──私の、瞳の色？

そう気付いた瞬間、ライオネルはぶわりと全身が熱に包まれるような感覚を覚えた。

まさか、本当に？　そう問い詰めたくなる衝動を無理矢理押し殺し、努めて涼しい顔を装って、ライオネルはナターリヤにそっと問いかける。

「これが気に入ったのか？」

「はい。まるでリオ様の瞳のように、とても美しくて……」

──やっぱり、私の……！

それ以上は言葉にできないらしくただうっとりと生地を撫でるばかりのナターリヤに、ライオネルは小さく息を飲む。

悔しい。どうしてくれよう。またナターリヤは、そうやって、この自分を喜ばせてくれる。喜びと悔しさで地団駄《じだんだ》すら踏みたくなるライオネルの葛藤に気付かない様子で、ただただナターリヤは生地に見入っている。そのまなざしの意味が、ライオネルには手に取るように解った。けれどナターリヤは自分からは決して言えないだろう。ならばここが、ライオネルの勝負所だ。

ナターリヤが両腕で抱えている生地をひょいと奪う。上等であるからこそ重量もそれなり以上だったものが腕から消えて一気に軽くなったことで、ナターリヤはぱちんと瞳を瞬かせた。

ライオネルはその生地を抱えて、ごくりと息を飲んでから、余裕たっぷりに見えるように笑みをたたえて、口を開く。

「これで揃いの衣装を作ったら、あなたは喜んでくれるだろうか？」

「……！」

ナターリヤの瞳が、今度こそ瞠《みは》られた。その瞳に一瞬映った喜びを、どうして見逃すことなどできるだろう。

よし、決まりだ。そうと決まれば話は早い。生地を抱え直し、ライオネルは気付けばうつむいてしまっているナターリヤを見下ろした。ターシャ、と呼べば、恐る恐るその顔が持ち上げられる。

——その唇に、口付けられたら。

今はまだ望むことも許されない思いに苛《さいな》まれながら、それでもライオネルは笑った。その心底嬉しそうな、幸せそうな表情に驚いているらしいナターリヤに向かって、笑みを深めて、ぎゅっと生地を抱き締める。

「これで注文しよう。せっかくだ、これから改めて商談を。デザインは改めてになるが……この生地はすべて買い取り、私とあなたの衣装を仕立ててもらおう」

「で、でも」

「驚いた。知らなかったんだ。衣装を仕立てるということは、こんなにも楽しいことなのだと。あなたのそのドレスについて動いている時も本当に楽しかったが……ああ、困ったな、楽しくて仕方ない。やはりあなたは私にいつだって、新しい世界を教えてくれる。ありがとう、ターシャ」

そうだとも。楽しくなってきたではないか。今ナターリヤが着ているドレスは使用人達との激戦の末に完成したドレスだが、今回はとにかく自分の意見を尊重してもらおう。いいや、その前にナターリヤだ。ナターリヤと一緒に、作っていきたい。ナターリヤはなんでも似合うから、どんなデザインにしようか、期待がどうしようもなく止まらない。

「……光栄にございますわ、リオ様」

ナターリヤが、瞳を潤《うる》ませながらも微笑んで一礼してくれた。いつも通りの言葉が、今は不思議と異なるそれのように思えた。だからライオネルも、気取った仕草で一礼を返してみせる。

そのまま二人で笑い合って、ハンカチ用の生地と刺繍糸をまとめて持ってきてくれた店主に、改めて注文したいことを告げると、彼は「お目が高くいらっしゃる。こちらをお見つけになるとは」と感心したように頷いて、快く了承してくれた。

手続きのために再び商談の席に戻り、ひとまずは最低限のやりとりを交わし、必ずまた来店することを約束しようとすると「ご領主様ご夫妻のご依頼とあれば、わたくしめの方からお屋敷に伺わせていただきたく」と深く頭を下げられた。気付かないうちに彼は、しっかりばっちり、こちらの手袋に刻まれた紋章を確認していたらしい。

さすが本職、と感心しつつ、とにもかくにもそういう運びとなり、ようやくライオネルとナターリヤは、仕立て屋を後にすることとなった。

「ターシャ、そろそろ疲れたのでは？　この近くに人気のカフェテラスがあると仕立て屋の店主殿が言っていただろう。そちらに行ってみるのはどうだろうか」

「まあ、素敵ですこと。ぜひご一緒に」

ほっとしたように笑いかけてくれるナターリヤに、そっと腕を開ける。その腕に当たり前のように手を絡《から》ませて身を寄せてくれる。

そのまま歩くことしばし、目的のカフェテラスは、ほどよく混み合う洒落《しゃれ》た店だった。店員たってのすすめで、特等席であろう大通りに面した見晴らしのいいとっておきのテラス席に通される。時折視線はやはり感じるものの、それでもようやく腰を落ち着けられて、無意識にほっと息を吐く。

いつも以上に着飾っているナターリヤであれば余計に気疲れしているだろう。ここでこそリードを、と意気込んで、ライオネルはメニューをさっとナターリヤの前に差し出した。

「飲み物はもちろん、なんでも食べたいものを。ケーキの種類が多いようだ。ああ、だがパンケーキが人気なのか？　そうだな、ケーキは持ち帰れるがパンケーキはそうはいかないというわけか。いや、だがそれを言ったらパフェもそうなるじゃないか。人気なだけはあるな、こんなにもメニューがあったら目移りしてしま……ターシャ？」

気付けばナターリヤが、メニューではなく、こちらの方をじっと見つめていた。ついきょとんと首を傾げると、彼女はどこか嬉しそうにふふと笑った。まるでとっておきの秘密を見つけた少女のような笑みだった。ああ、またどきりと胸が跳ねる。いい加減慣れたいものなのに、一生慣れられる気がしない。

「リオ様は、甘いものがお好きですのね」

「あ……」

改めての指摘に、かっと顔が赤くなるのを感じた。そう、甘いものは好きだ。自慢ではないが、屋敷でも、ナターリヤやジャクリーヌが作る焼き菓子を彼が残したことは一度もない。彼女達がたくさん作りすぎてしまったと笑っていた時だって、余った分のすべてをライオネルはいそいそと包んで持ち帰り、政務のおともにしているのが現状である。

――い、意地汚かっただろうか？

だってナターリヤが作ってくれたものは等しく皆宝物だから、つい独占したくて、それでつい……と視線をさまよわせると、ナターリヤはまたくすくすと笑ってくれた。その笑みにはかわいらしいものを愛《め》でるような光が宿っていて、「そうじゃない！」とライオネルは内心で頭を抱える。

いや、ナターリヤにかわいいと思われるのは嬉しいが、それよりも自分は彼女にかっこいいと思ってもらいたいのだ。頼れる夫だと思ってもらいたくて、それなのに。それなのに、こんなにも自分はかっこ悪い。

とはいえここで言い逃れなどもはやできるはずもなく、ライオネルは観念して口を開いた。

「酒よりも菓子のたぐいの方が好きだと知れると、大抵《たいてい》馬鹿にされるから、王都ではなるべく避けていたんだ。だがこちらに帰ってきて、あなたが作ってくれる菓子を食べていたら、つい際限がなくなってしまって……」

「まあ、そんなにも喜んでくださるのでしたらわたくしもとても嬉しゅうございますわ」

「そ、そうか。あなたが作ってくれる菓子を食べていると、いつも自然と笑みがこぼれるから……だから、また、作ってもらってもいいだろうか？」

「……こちらのお店ほどのものは出せませんし、到底ジャクリーヌには及びませんが、それでもよろしいのですか？　お取り寄せでもっとおいしいお菓子もご用意できますのに」

なるほど、確かにそういう考え方もある。だがしかし、それでもライオネルには不思議でならなくて、思わず首を傾げた。

「なぜわざわざ？　確かにこちらの店も逸品の菓子が出てくるだろうし、ジャクリーヌの腕も確かだが、それ以上に、あなたが私のために作ってくれるならば、それだけで黄金と等しい価値があるのに？」

ライオネルにとってナターリヤの菓子とはそういうものだ。そこにナターリヤの心が込められているのならば、どれほどの黄金よりも意味があり価値がある。一口頬張るだけで幸福になれるあの菓子以上のものなんて、これからも一生見つけることは叶わないに違いない。

そうライオネルは本当に本気で思っているのに、ナターリヤときたら、「あらまあ」ところころ笑うばかりなのだ。

「ありがとうございます、リオ様。そのお言葉に応えられるよう、腕によりをかけてまた作らせていただきますわ」

「……また信じていないな？　私は本気だぞ？」

「信じておりますとも」

――伝わって、いない。

――ああ、ターシャ。

そう呼ぶだけでは足らないのだということを、まざまざと見せつけられている気分だった。

それでも、諦《あきら》められない。一言二言で信じられないというならば、百でも二百でも言葉を重ね、何年かかっても信じさせてみせる。そうライオネルが誓いを新たにした、その時だった。

にわかに、何やら周囲がざわめき始める。慌《あわ》ただしく人々が逃げ惑い始め、遠くからは悲鳴が上がるのが聞こえてきた。

何事かしら、と、固まるナターリヤとは反対に、ライオネルは瞳を険しくして椅子から立ち上がり、逃げてきた町人の一人を捕まえた。

「何があった?」

「あ、あ、魔物が……! 魔物が、あっちの公園に急に現れて……! は、放してください、逃げねえと!」

そう叫ぶが早いか、町人はライオネルの手を振り払って逃げ出した。聞き耳を立てていた周囲の人々もまた、その言葉を理解すると一斉に、悲鳴を上げて逃げ出し始める。

——魔物がこんな町中に? しかもこのルウェリン領で、だと?

自然と眉がひそめられていく。いや、考えている暇《ひま》はない。ここでライオネルがすべき行動は一つだ。だが、しかし。

「どうぞ、行ってくださいまし、リオ様」

その一声は、ライオネルの迷いを一刀両断にする響きを宿していた。

騒然とする周囲とは裏腹に、ナターリヤは冷静な様子だった。彼女はライオネルのそばまで歩み寄ってきたかと思うと、この胸をそっと押してくれる。

そう、彼女の言う通りだ。自分であれば、この事態に対処できる。それだけの自信がある。でも、理性はそう確かに訴えかけてくるのに、心がそれを拒絶する。だって目の前には、ナターリヤが、ライオネルがもっとも守りたい存在が、いるのだから。

「あなたを、置いていくわけには……!」

「いいえ。今こそリオ様が必要とされている時にございます。竜種すら屠《ほふ》られたのだという、王太子殿下の近衛騎士様にして《剣》の魔術師様であるリオ様とあらば、必ずやこの事態を治めてくださると、ナターリヤは……ターシャは、存じ上げておりますわ。わたくしのことはどうかお気になさらず。ここでお待ちしておりますとも。どうか、どうかご無事で」

「っ！」

ずるいひとだ。そんな言い方をされたら、ライオネルはナターリヤに恥じない男として、この場を離れるより他はなくなってしまう。彼女が再び押してくれたこの胸に、彼女なりのありったけの想いが込められているのを確かに感じたから、もうライオネルは降参するしかない。

ぐ、と拳《こぶし》を握り締めてから、そのままぎゅうとナターリヤを抱き締める。

「すぐに片付けてみせる。そうしたら、あなたにたっぷり褒《ほ》めてもらおう」

「あらまあ、責任重大ですこと」

「ああ。私も頑張るから、あなたもそのあとで頑張ってもらわねば。夫婦とはそういうものだろう？」

「ええ、ええ。さようにございますとも。わたくし、いっぱい、いーっぱい、リオ様をお褒めできるよう、たくさん練習しておきますわ」

「それは楽しみだ。……ターシャ、私の勝利の女神。続きは、必ずあとで」

「はい、リオ様。どうかご武運を」

――そこまでだった。

悲鳴と喧騒《けんそう》が入り混じる中、そのすべての中心になっているであろう公園へと向けて、ライオネルは踵《きびす》を返して走り出したのだった。

＊＊＊

遠のいていく後ろ姿を最後まで見送って、ナターリヤは両手を唇の前で合わせた。

「大丈夫、大丈夫よ。リオ様は、大丈夫」

両の手のひらのあざを意識して、呼吸するかのようにそう何度も繰り返す。

逃げてくる人々の先導によって、カフェテラスからも人が消え、いっそ空恐ろしいほどの不思議な静寂が満ちる。しんと静まり返る中で、ナターリヤはただ手を合わせて祈る。

なぜ魔物がこんな町中に突然現れたのかは解らない。繁殖期か、それとも冬支度前の腹ごしらえか。

けれど今は理由なんて意味はない。なんだっていい。ただライオネルが無事に、ナターリヤの元に戻ってきてくれたら、それだけで――……。

「見つけたぞ、ナターリヤ・シルヴェスター！」

「っ⁉」

突然思考に割り込んでくる悪意に満ちた声音に、びくっと身体が跳ねた。もうこの近辺からは人が逃げ去っていたはずなのに、気付けば何人もの男や女、老いも若きも関係のない人々がこちらに向かってくる。

驚きに唖然《あぜん》とするナターリヤから距離を取りつつも、彼らは確実に逃げ場がないように取り囲んできた。

「あ、あの、どうかお逃げくださいまし。いくらリオ様が向かわれたとはいえ、魔物が……」

何が何だか解らないが、領主《ライオネル》の妻として、民である彼らには避難を促すべきだろう。ライオネルの武力を疑うわけではないが、魔物がどんな魔物であるか知らないままでは万全を期すに越したことはないのだから……って、あら？

そこまで考えてから、ナターリヤははたと気が付き、首を傾げた。

先ほど彼らは、ナターリヤのことを、〝ナターリヤ・シルヴェスター〟と呼んだのではなかったか。そして彼らの瞳に宿るのが圧倒的な悪意であることに、また気付く。

ざわりと身体の奥底が逆撫でされるような感覚に襲われる。この感覚を知っている。まだ、確かに覚えている。これは、先達て、テレジア・ルウェリンを前にした時にも感じた感覚だ。

そういえば、自分を取り囲む彼らの多くは見覚えがない面々だけれど、よくよく見てみれば、ナターリヤのことをテレジアのように先ほどシルヴェスター姓で呼んだ男性——彼は、つい先日までルウェリン家の従僕だった男性ではないか。

周囲を見回せば、数名知った顔が交じっている。あそこの彼はルウェリン邸に勤めていた料理人、あそこの彼女はテレジア付きだった侍女。

これはどういうことなのか。全身が粟立《あわだ》って動けないナターリヤを、彼らは憎しみの入り混じる嘲笑《ちょうしょう》を浮かべて、ぎらぎらとこちらをにらみ付けてくる。

「我々が避難する必要などあるものか。なにせ、魔物を用意したのは我々なのだから」

「ライオネル・ルウェリンを確実に狙うよう、薬漬けにして暗示をかけた魔物よ。まあ巻き込まれる奴らはいるかもしれないけど、知ったことじゃないわね！」

「よくも奥様……テレジア様を……！　お前らのせいで、俺達の人生はめちゃくちゃだ！」

「妾《めかけ》の子だと哀れんでやっていれば、調子に乗りおって！　ふん、我々が復讐《ふくしゅう》の機を狙ってその身辺を見張っていたことにも気付かず、のんきなものだな」

好き勝手なことをわめき散らす彼らのその言葉から、正しくナターリヤは情報を掴み取った。

彼らはテレジア一派の残党だ。テレジアに与《くみ》していた人間は屋敷を出入りしていた者ばかりではなく、ルウェリン領の各地に多く存在する。その多くは牢獄《ろうごく》へと送られたが、執行猶予《ゆうよ》を与えられた者もいるとわずかながら聞いている。

その温情を利用して、彼らはこうしてナターリヤとライオネルを狙ってきたらしい。

ざわり、ざわりと気持ちの悪い感覚に溺《おぼ》れてしまいそうだ。吐き気とめまいで世界がぐるぐると回る。自分が自分でなくなっていくような恐ろしさに身体を震わせるナターリヤをどう思ったのか、残党達から笑い声が上がった。

「どれだけ着飾っても、所詮《しょせん》〝日陰の女〟だな！」

「こんな緊急事態に、夫に捨て置かれるなんて、とんだ〝奥様〟ね」

「〝日陰の女〟は日陰の女らしくしていろということじゃないか？　ここで何か事故にでも遭えば、それを理由に晴れて〝本命〟を連れて来られると思ったんだろ」

「あーら、おかわいそうに！　ほら、あなた達全員で慰《なぐさ》めてさしあげたら？」

「そりゃあいい！　俺達で日陰から日向《ひなた》に連れ出してさしあげますよ、ナターリヤ・シルヴェスター嬢。今のあなたの見目なら、俺達で遊んでやったあとでも、十分娼館《しょうかん》で働けるでしょう。高級娼婦だなんて、断絶した男爵家のご令嬢には過ぎた待遇だ！」

ドッと一斉に笑い出す彼らが気持ち悪い。その言葉の一つ一つに、自分の根底が書き換えられ塗り潰されていくような、奇妙で不快極まりない感覚が全身を襲う。

けれど同時に、それ以上に、〝日陰の女〟という言葉が胸に突き刺さった。

――わたくしは、〝日陰の女〟。

――そんなこと、ずっと、解っていたのに。

ライオネルには王都に残してきた〝本命〟がいて、ナターリヤはそのお方を迎え入れるまでの穴埋めにすぎない。テレジア一派を片付けてしまえば、晴れて彼は〝本命〟をこのルウェリン領に迎えられる。

「そんな風に着飾ったとしても、シエの神童のおまけで得られた立場など、すぐに失われてしまうだろうよ！」

「そうよ、自分が本当に侯爵夫人になれただなんて思わないことね！　どれだけ贅沢したって〝日陰の女〟は日陰の女のままなのよ！」

──そう、解っているわ。

──わたくしは、〝日陰の女〟。

解っていたのに、どうしてこんなにも胸が痛いのだろう。ああ、ざわり、ざわりと、何かがざわめく。そのざわめきはそのまま何もかもナターリヤを飲み込んでしまいそうだ。

そうだ、周りの面々の言う通りだ。マグノリアアナは素性を隠していたけれど、同じく魔術師であるライオネルは、そのツテを使って彼女の正体を知り、その有能さを求めたのだ。けれどマグノリアアナはナターリヤのそばを離れようとしなかったから、だからライオネルはナターリヤを妻として迎え入れることで、マグノリアアナを協力者に加えた。

ナターリヤである必要性はなかった。ライオネルが想う相手は、自分ではない。

別れは近く、だからこそ今日が楽しければ楽しいほど辛《つら》くて仕方なくて、でも自分からは手放せなくて。

「お飾りの〝日陰の女〟は、余計なことなどせず、日陰に潜んでいるだけにすませておけばよかったものを」

嘲笑と侮蔑《ぶべつ》の視線が全身を逆撫でする。

ざわり、ざわり、ざわり。嵐の訪れのように何かがざわめく。

ああ、手のひらが、両手のあざが、なぜか熱い。熱くて熱くてたまらない。このやけどしそうな熱から逃れるためにはどうしたらいいのだろう。

――……ああ、そう、そうだわ、すべて、壊してしまえばいいのではないかしら？

普段ならば考えもつかないような、暴力的な衝動が沸き起こる。そうだ、こんな卑劣な面々に好き放題言われるままでいいわけがない。悪意ある言葉には、それ以上の恐ろしい報復を。

そうだとも。誰も彼も、何もかもを壊してしまえばいい。

――だめ、だめよ、ナターリヤ。だめなのよ、ターシャ！

自分でも信じられないような衝動だった。ぎゅうと全身を縮こまらせて、必死にその感覚を抑え込む。なんて恐ろしいことを考えているのだろう。壊したくなんかない、誰も傷付けたくはない。ライオネルが『ターシャ』と呼んでくれるナターリヤは、そんなことはしない。誰に許されたとしても、ナターリヤ自身が『ターシャ』にそれを許さない。

「覚悟しろ、ナターリヤ・シルヴェスター！」

自分達の優位を信じて疑わない号令を合図に、男達が動いた。

はく、と、ナターリヤの唇があえいで、そして。

「《剣よ》」

――――カカカカッ!!

凛《りん》とした命令が、不思議と大きく響き渡った。

ナターリヤに今にも襲いかからんとしていた残党達の足元に、突然宙に現れた数え切れないほどの剣が突き刺さる。足に突き刺さるか突き刺さらないか、そのギリギリのところを狙ったらしい剣の群れに悲鳴が上がった。

は、は、と、短い呼吸を繰り返していたナターリヤが、その命令の出所を振り返る。

「ターシャに近付くな、下郎ども。もし指一本でも触れてみるがいい。その首が胴体から落ち、地を転がるものと知れ」

そこにいた人は、涙で歪む世界の中でもなお、誰よりも凛々しく、誰よりも麗しかった。

「どんな魔物かと思ってみれば、ゴブリン程度で私を殺せると思ったか。舐《な》められたものだな」

憤怒《ふんぬ》に金翠《きんすい》の瞳をぎらつかせ、凄絶な美貌を冴《さ》え渡らせながら、その人は、今ナターリヤが一番来てほしかった人、ライオネル・ルウェリンは、低くうなるようにくつくつと笑う。

「テレジア殿に逆らえなかっただけの奴らかと思い、情けをかけてやったが……なるほど。つくづく、本当につくづく、無駄な温情だったようだ」

ライオネルがその左手を掲げる。四年前に見たその左手の手のひらには、《剣》の魔術師の証である《御印》があった。そして今もそこに存在していることを、ナターリヤは確信している。

ライオネルの左手の動きに合わせて、地面に突き刺さっていた剣の群れが一斉に地面から抜き放たれ、宙を滑り、半分はナターリヤ、そしてもう半分は主人の周囲に、従順かつ忠実な騎士のように侍《はべ》る。

——守って、くださるの？

半ば呆然としてその剣の群れを見つめるナターリヤの姿を瞳をやわらげて一瞥《いちべつ》してから、ライオネルは左手で指揮を取る。

剣の切っ先のすべては、残党達の喉笛を、確かにそれぞれ狙っていた。

「《剣》の魔術師にして、このルウェリン領が領主、〝剣聖〟、ライオネル・ルウェリンの剣の舞、ここでごらんに入れよう」

ライオネルが宙に浮いている剣の中から手近な一振りを右手に掴み取った。

それを合図に、破れかぶれになったらしい残党達が、言葉にならないわめき声を上げながら、腰に下げていたそれぞれの武器を手にライオネルへと襲いかかる。

だが、ライオネルは強かった。そう、誰よりも。

自らの右手の剣の太刀筋《たちすじ》は元より、左手が管弦楽団の指揮者のように動き、その動きに従って、剣の群れが一振りずつ、それぞれ歴戦の騎士に振るわれているかのごとく縦横無尽に残党達を相手取る。どの剣もそれぞれ、獅子奮迅《ししふんじん》の働きを見せていた。

これが、《剣》の魔術。その本領。

あまたの剣を生み出して、その剣を一振りずつ、自らと同等の力量の騎士のように振るう、圧倒的な武力。

残党達の中にはテレジアの護衛として働いていた騎士や衛兵の姿もあったが、ライオネルが操る剣の前に次々膝を折っていく。

一人、また一人と残党が倒れその数を減らし、そして、ライオネルを襲うこともできずに震えていた残党一派の女性陣だけが残されるかと思われた。だが。

「せめて、〝日陰の女〟だけでもっ！」

「え、あ……」

さすがテレジアのそば近くに仕《つか》えていただけはあるということか。諦め悪く、かつてテレジアの侍女だった女が、隠し持っていたらしいナイフを手にこちらに走り寄ってくる。

武器の使い方なんてまったく知らないに違いない、素人《しろうと》そのものの動きだ。そんな風にナターリヤを貫かんと駆け寄ってくる女など、本来は恐るるに足りないはずだった。普段からジャクリーヌとメルヴィンに鍛えられている自分の敵ではない。

けれど、なぜか動けなかった。周りにいまだナターリヤを守るように剣が侍っていてくれるからか。違う気がした。ただ。ただ、何もかもが遠くて。

ざわりとまた何かがざわついて。そして、それから。

「ターシャ!!」

「……リオ、さま」

最後の一人の相手を終えたライオネルが、ためらうことなく、ナターリヤの前へと割り込んでくる。そしてそのまま彼は、駆け寄ってきた女のナイフの刃を剣で弾《はじ》き、容赦なく女を蹴《け》り飛ばす。哀れな悲鳴を上げて地面に転がり昏倒《こんとう》する女の手から飛んだナイフが勢いのままにライオネルの美貌をかすめた。だが構うことなくライオネルはその流れでナターリヤの周りの剣を操り、逃げ出そうとしていた者達全員を峰打ちにする。

そうして、ようやく――――本当にようやく、再び穏やかな静寂がこの場に訪れる。

残党達は皆、見事に意識を失っていた。呆然と立ち竦《すく》むナターリヤの方を振り返ってきたライオネルは、左手をかざしてその手のひらにすべての剣を吸収し、こちらの顔を覗き込んでくる。

「怪我《けが》は……怪我は、ないだろうか？」

そっと、不安に揺れる声が問いかけてくる。震える手が、ナターリヤの顔にあてがわれ、確かめるように頬のラインをなぞっていく。

手袋越しでも伝わってくる確かな甘い熱に焦がされそうになりながらも、それでもナターリヤは、はい、と頷いた。

「わたくしは傷一つございません。……リオ様が、守ってくださいましたから。でも、リオ様の方が……お顔に、傷、を……」

ぽたん。ぽた。ぽたぽたぽた。ナターリヤの葡萄色の瞳から涙があふれ出す。その涙はそのままライオネルの手をぬらしたが、彼は不快に思うような素振りなど少しも見せずに、安堵にほうと溜息を吐いて、ふわりと笑った。

「名誉の勲章だ」

当たり前のように、そう言ってくれるのだ、このお方は。

ねえ、およしになって。わたくし、勘違いしてしまいますわ。そうすがりたくなるのをこらえて、ナターリヤはかぶりを振り、そっと両手で、ライオネルの顔を包み込む。

突然のこちらの行動にボンッと顔を茹《ゆ》でたタコのようにこれ以上なく赤くする彼に向かって、ナターリヤはそおっと小さく言葉を紡ぐ。

「――――《薬よ》」

鼻腔をくすぐるのは、ナターリヤの慣れ親しむ、マグノリアナがいつも身にまとっている優しい匂い。

驚きに目を瞠るライオネルのかんばせから手を下ろすと、彼の頬に確かにあったはずの傷は、綺麗さっぱり消え去っていた。頬の痛みが消えたことに気付いたのだろう。確かめるようにライオネルの手が自身の顔を撫で、その瞳がぱちりと瞬く。

「……ターシャ、これは」

「マギーの教えにございます。その、わたくしが怪我をした時に、いつもこうしてマギーが治してくれましたの。おまじないだと思って教わっておりましたが……よかった、リオ様にも効果があって」

マグノリアナは決して他人には使ってはならない、と、耳が痛くなるくらいに幾度となく繰り返していた。これはナターリヤ自身と両親、マグノリアナ、そしてオズマだけの間の秘密にしておかなくてはならないと。

けれど、このお方にならライオネルにならと、そう思ってしまったのだ。

「マギーにはどうかご内密に。叱《しか》られてしまいますもの。ふふ、わたくし、マギーに隠し事なんて初めてだわ」

しー、と、両手の人差し指をそれぞれ立てて、右手は自分の唇に、左手はライオネルの唇に寄せる。

ないしょ、ないしょ。やくそくしましょ。ひみつにしましょ。

幼い頃に口ずさんだ童謡が遠くから耳朶に響くのを感じながら、ナターリヤは微笑んだ。ライオネルはぱっと顔を真っ赤にしてから、こくこくこくこくっと何度も頷いてくれる。

「あ、あ。内緒だ。誰にも言わない。あなたと私だけの、秘密にする。約束しよう」

「ありがとうございます、リオ様。助けてくださいましたことも、改めてお礼申し上げますわ。そして何より、ご無事で、よかった」

「こちらこそ、ありがとう、ターシャ。私を、待っていてくれて」

ふふふ、と、二人で笑い合う。

そうして周囲のざわめきが、住人達が戻ってくる。ルウェリン領に所属する騎士団や自警ギルドにも、彼らは報告してくれたらしく、その騎士や傭兵《ようへい》達によって、テレジア一派の残党は引っ立てられていった。事情を問われることになったナターリヤと、ライオネルは、その身分が知れると、これまた騒ぎになったが、突然現れた魔物――ゴブリンと呼ばれる下等種に対して、領主であるライオネルが自ら直接動いたことは誰もに大いに好意的に受け取られ、早々に帰宅をすすめられることとなった。

さすがに疲れたらしく、帰りの馬車でうとうとと船を漕《こ》いではハッと覚醒を繰り返すライオネルに、自らの肩をすすめながら、ナターリヤは自分に言い聞かせる。

——これは夢。ひとときの夢。

——ああ、ほら、陽《ひ》が落ちて、空が葡萄色に染まっていく。

——なんて綺麗なのかしら。

揺れる馬車の窓の外を見て、そう自分に言い聞かせて、ためらっていたくせにいざとなったらすっかりこちらの肩に頭を預けて寝入ってしまったライオネルを見つめる。

そっとその結われた琥珀色の髪の毛先を指先で梳《す》いて、幸せな気持ちを抱えきれないほどいっぱいに抱えて、自分も同じく目を閉じる。

——わたくしは、夢を見ているのだわ。

そしてその夢がもうすぐ覚めることを、ナターリヤは知っていた。

第４章　華燭の誓い

ガタゴトと揺れる馬車に身を任せて、もう随分と時間が経過しているような気がした。

夜のとばりはすっかり落ちて、馬車の窓から覗《のぞ》くことができる夜空には、大きな月が輝き、あまたの星々が瞬《またた》いている。四年前までは当たり前のように見ていたこの夜空が、〝当たり前〟ではないことを知ったのは、ルウェリン領に嫁《とつ》いでからだった。

胸を満たす懐《なつ》かしさにナターリヤが目を細め溜息《ためいき》を吐き出すと、隣のライオネルが心配そうにこちらの顔を覗き込んでくる。

「ターシャ？　気分でも悪いのか？　いったん馬車を止めようか」

気遣わしげな声音がじんわりと心身に染み入っていく。顔色を窺《うかが》うためになのか、ライオネルの手がそっとこちらの頬に伸ばされたけれど、その顔にいつもよりも丁寧《ていねい》かつ入念に化粧がほどこされていることを思い出したのだろう。触れる寸前で、彼はハッと息を飲んで慌《あわ》ててその手を下ろした。

リオ様にになら構わないのに。あなたのための装いですのに。そう残念に思ってしまう心に蓋《ふた》をして、ナターリヤは穏やかに微笑《ほほえ》んでかぶりを振った。

「いいえ、リオ様。ただこの空が懐かしくて。ルウェリン領とはやっぱり違うのだと思ったらなんだか不思議で……それから、その、お恥ずかしながら今更《いまさら》緊張してきてしまいましたの」

「そ、そうか。いや、当然だ。私のわがままに付き合わせてしまい、本当にすまない」

こちらの体調が万全であることは伝わったらしい。たったそれだけのことで心底安堵《あんど》したようにライオネルは肩を撫《な》で下ろして、深々と頭を下げてきた。ルウェリン侯爵ともあろうお方がそうやすやすと頭を下げるべきではないと、メルヴィンにいつも叱《しか》られているのに。それでも彼は何かあるたびにこうしてちゃんとナターリヤに謝ってくれるし、お礼の時だってこちらが申し訳なくなるくらいに言葉を尽くしてくれる。

どこまでも誠実な殿方なのだ。この、ライオネル・ルウェリンというお方は。

——デート、も。

——本当に、とても、楽しかったわ。

それなりに前の話となってしまったライオネルとのデートは、今でも甘い味わいを持ってナターリヤの胸にある。初めてのことばかりだった。テレジア一派の残党に襲われたことは怖かったけれど、それ以上にライオネルの雄姿はしかと脳裏に刻み込まれている。彼は、確かに〝日陰の女〟にすぎないナターリヤのことを救ってくれた。

だからこそ、彼のたっての願いに応えたいと思ったのだ。その結果が此度《こたび》の旅程であり、これからナターリヤがデビュタント以来の夜会に参加する理由だった。

ここは、ルウェリン領を遠く離れた、このエッカフェルダントにおける、輝かしき王都エスミラール。十六歳を数える年まで、自分がナターリヤ・シルヴェスター男爵令嬢として暮らした懐かしの故郷だ。

この地にライオネルと二人きりでやってきたのは、つい先日の話である。


――私と、王都に行ってもらえないだろうか。


大体一か月くらい前だろうか。ライオネルが、緊張に強張《こわば》る顔で自分にそう告げたのは。王都、と瞳を瞬かせるこちらに、彼は「王妃殿下主催の夜会に招かれたんだ」と、それはきらびやかな装飾がほどこされた、それだけで一つの美術品としても通用するに違いない、大層美しい招待状を手渡してきた。

ライオネルは、どうにも途方に暮れているようだった。手渡された招待状に、ライオネルの名前とともに、ナターリヤの名前もまた連ねられていたからだろうか。

あらまあ、わたくしも？　と、正直なところとても驚いた。だが、よく考えてみなくても、かつて王太子殿下付きの近衛騎士として名を馳《は》せ、この国において決して無視できない広大かつ豊かな領地を誇るルウェリン領を治める侯爵たるライオネルが、王妃殿下の夜会に招かれるのは当然の話である。となればそのパートナーとして妻であるナターリヤが招かれるのもこれまた当然の話なのだろう。

でもそれにしてもこのわたくしが王妃殿下の夜会になんてそんな、なんてもったいない……と、しげしげと渡された招待状を眺めていたら、ライオネルはその反応を逡巡《しゅんじゅん》と受け止めたらしい。「む、無理にとは言わない！」と慌てて逃げ道を作ってくれた。けれど、まさか王妃殿下からの直接のお招きを断れるはずがない。それでもなお自分のことを慮《おもんぱか》ってくれる彼だからこそ、気付けば頷《うなず》いていた。ライオネルのパートナーとして夜会の場に立つことを、自ら望んだ。

社交シーズンでもないというのにわざわざ開かれる夜会だ。きっと何かしら重要な意味があるのだろう。今後ライオネルがルウェリン侯爵として生きていくにあたって、その力添えに少しでもなれるのならば、慣れない夜会だって乗り越えてみせる。そうひっそりと誓った。

かくしてナターリヤは、ほどなくして王都へと旅立つこととなったのである。

ルウェリン邸の使用人達は、今回は留守番なのだという。専属侍女であるマグノリアナすら同行を許されないことに不安を覚えないわけがなかったが、ライオネルが「私が彼女の分まであなたを守るから」と懸命になってくれて、それだけで自分でも驚くほど安堵してしまったものだ。

ナターリヤがそうやって今回の件の必要性を理解し、納得したからこそ、最初は渋っていた使用人達も最後にはちゃんと送り出してくれた。

――お嬢様、決してご無理はなさらず。

――いざとなったら旦那を囮《おとり》にしてさっさと逃げるんだよ！

――奥様、あなたなら大丈夫だ。

――王都の奴らに目にもの見せてやってきてくださいね。

彼らの心強い言葉を胸に、数日をかけてナターリヤは、ライオネルとともに王都エスミラールへとやってきた。

王都に滞在する期間は、夜会が開かれる当日と、その前後一日、計三日。たった三日だ。久々の故郷を満喫する時間はないだろうことは計画の段階から既《すで》に覚悟してきた。

とはいえそれでもできたら、今はオズマの管理下にあるシルヴェスター邸を覗くくらいは……と実はこっそり思っていた。だがしかし、いざつい昨日到着してみると、長らくの旅路にくたくたになっていた身体《からだ》はすぐに睡眠を求め、この三日間滞在することになっているルウェリン家所有の王都の居宅で、すっかりぐっすりと眠ってしまった。その夜が明けた本日の昼間は、今宵《こよい》のための準備に目の回るような忙しい時間をすごした。

マグノリアアナがルウェリン領にいる間に手配してくれた日雇いの侍女達に手伝われて、ナターリヤは立派な貴婦人に仕立て上げられ、そのまま馬車でライオネルと王宮へと向かう運びとなり、今に至るというわけである。

「ターシャ、無理はしなくていいんだ。私は王妃殿下と、同じく出席なさっているという王太子殿下にご挨拶《あいさつ》したらすぐに席を辞すつもりで……」

「まあ、リオ様、どうかお気になさらず。わたくしはもちろん、リオ様にとっても感慨深い夜会でございましょう？　王太子殿下がいらっしゃるのならば、以前のリオ様のご同僚の方々もいらっしゃるのでは？　せっかくですもの。リオ様が楽しまれるのが一番にございます」

そうだとも。ライオネルにとって、幼い頃から暮らしてきたのだというこの王都は、もしかしたらルウェリン領以上に親しい土地だろう。その上で、先達《せんだつ》てまで仕えてきたのだという王太子殿下や、彼の護衛である元同僚の近衛騎士の皆様に会えるのは、きっとライオネルにとって素敵なことだ。

テレジア一派が一掃された件については既に王都に伝え届いていることだろうし、これは改めて、本当のルウェリン侯爵としてのライオネルの凱旋《がいせん》ということになるのではないか。だとしたら、ナターリヤはライオネルに少しでも花を添えられるよう、慣れない夜会もせいいっぱい頑張るつもりだ。たとえこれが妻としての最後の働きになろうとも……いいや、最後になるのならば、こそ。

――これが、最後。

きっと、『リオ様』と呼ぶことを許してもらえるのは、今夜が最後になるのだろう。だってこのエスミラールには、彼をずっと待ち続けている〝本命〟がいるのだ。きっとライオネルはその〝本命〟を迎えるために、今回の旅程を決めたに違いない。

――いざとなれば、わたくしはこのまま、かわりに王都に残らなくては。

マグノリアナを後日呼び寄せられるかは解《わか》らないし、ジャクリーヌ達にも最後の別れを告げてくることが叶《かな》わなかったのが今になって悔やまれるが、いずれ手紙をしたためることで赦《ゆる》してもらおう。

――『リオ様』にも……そう、『ターシャ』にも、さよならを言わなくちゃ。

そう内心で自分に言い聞かせながら、ナターリヤが微笑みを深めてみせると、ライオネルは「あなたがそう言ってくれるのならば」と、若干《じゃっかん》納得し切っていない様子ながらも、同じように微笑んで頷きを返してくれた。

そして、ようやく馬車は、夜会の会場となる王宮にたどり着く。

馬車から降りて案内されたのは、その王宮の一角、国内外に美しさを讃《たた》えられる中庭に通じるテラスだった。磨《みが》き抜かれたガラス張りの会場に、従僕の先導で、ライオネルと寄り添って一歩足を踏み入れる。

「ルウェリン侯爵、ならびにその奥方様がいらっしゃいました！」

大声による知らせに、既に会場に集まっていた人々の視線が一斉にこちらへと集まってきた。

ざわりと一際大きくなるざわめきに身を硬くすると、そっとライオネルがこちらを見下ろして、深く頷いてくれる。

——大丈夫だ、ターシャ。

——あなたは誰よりも美しい。

そう言われているような気がしたなんて言ったら、自意識過剰すぎると笑われるだろうか。

——はい、リオ様。

——あなた様も、誰よりも麗《うるわ》しくていらっしゃる。

心からの賞賛を込めて彼を見上げて微笑みを深めると、ライオネルはぱっと顔を赤らめながらも、それでもこちらから視線を外そうとはしない。

いつからだっただろう。彼がこんな風に、まっすぐこちらのことを見つめてくれるようになったのは。ルウェリン領に帰っていらしたばかりの頃は、目が合ってもすぐに逸《そ》らされてばかりいたのに。

ああ、どうしましょう。これだけのことが、こんなにも嬉《うれ》しい。

「……ふふ」

「ターシャ？　どうした？」

「皆様、リオ様に見惚《みほ》れていらっしゃるんですもの。リオ様はやっぱり罪作りなお方ですこと」

「……いや、それは、あなたに対するものだと思うんだが」

「まあ、わたくし？　ふふふ、そんなまさか」

確かに、自分の今の姿はそれなり以上に立派なものになっているという自負がある。なにせ、ライオネルと揃《そろ》いの生地を使った、とっておきのドレスなのだから。

そう、ナターリヤが身にまとっているのは、ライオネルと初めて〝デート〟をしたあの日、彼と一緒に選んだ生地で、仕立て屋に一から注文したドレスである。深い緑色に、丁寧かつ繊細に織り込まれた金糸が上品にきらつく生地を惜しげもなく使い、華やかな夜会の場においてもなんら遜色《そんしょく》ない、あでやかな、優美という言葉をそのまま映したかのようなドレスだ。

そしてその胸元と耳元を飾るのは、あのデートの日と同じ大粒のエメラルドのネックレスとイヤリングである。ナターリヤたっての願いでこれらは採用されたのだが、その装飾品すら新調しようとしたライオネルを止めるのには、大層骨が折れた。

その気持ちはとても嬉しかった。けれど、いくらなんでもこれ以上受け取るわけにはいかないと理性が冷静に訴えかけてきたので丁重にお断りした。非常に残念そうにいつまでも「いやだが」「せっかくなのだから」などとさんざん最後まで渋っていた彼は、最終的に使用人達にも叱られて、やっと諦《あきら》めてくれた。

だが、前日になって「実は……」と、大粒の琥珀《こはく》をあしらった、ネックレスと揃いの金の細工が美しい髪飾りを渡してきてくれたのである。ナターリヤは喜ぶよりも先に失礼ながらとうとう呆《あき》れてしまったものだ。ライオネルはナターリヤにさらなる装飾品を贈ることを、まったく諦めていなかったらしい。

その琥珀の髪飾りが、今、侍女達が苦心しながらも丁寧に美しく結い上げてくれたナターリヤのくすみを帯びた金の髪をそれはきらびやかに飾ってくれている。

夜会で帽子を被《かぶ》るわけにもいかないから、結果的にはライオネルの采配《さいはい》によるこの髪飾りは正解であったと言えるのかもしれない。あまりにも自分にはもったいなさすぎるけれども。

「リオ様こそ、その装い、とてもお似合いですわ。わたくしも鼻が高うございます」

「そ、そうか？　ありがとう、あなたにそう言ってもらえるのが何よりも嬉しい」

照れ臭そうに微笑むライオネルの衣装は、前述の通り、ナターリヤのドレスと同じ深い緑に金糸が織り込まれた生地を使った豪奢《ごうしゃ》な盛装だ。胸元のジャボを飾るのは、瑞々《みずみず》しい大粒のグレープガーネットのブローチであり、この実りの秋にまさにふさわしいと言えるだろう。

今宵何度もその姿を見てきたのに、改めて賞賛の吐息を吐き出すと、ライオネルは顔を赤らめながらキリリとかしこまって、ナターリヤのことを見つめてきた。

「いくら注目を集めても、私にとっては何の意味もないんだ。あなたのそのまなざし一つだけが、誰よりも何よりも私を一喜一憂させてくれる、たった一つ私が欲してやまないものなのだから」

「……！」

またそんな、ずるいことをおっしゃって。そう笑おうとして失敗してしまった。

こんなことを言われたら、また勘違いしてしまうのに。期待して、しまうのに。それともそれでも構わないとライオネルは思ってくれているのだろうか。〝本命〟がいらっしゃる彼のその優しさは、〝日陰の女《ナターリヤ》〟にとっては残酷でしかないということを、どうしたら理解してもらえるだろう。

ひどいおかた、と、そう自嘲《じちょう》を織り交ぜて微笑もうとした、その時だった。

ふいに、管弦楽団が奏でる曲調が変わる。ワルツの時間だ。

もうそんな時間なのね、と驚いていると、ライオネルがナターリヤからいったん離れ、正面に回り込んだかと思うと、両足を揃えて軽く一礼してきた。完璧に洗練された仕草に周囲がほうと溜息を吐き出していることになんてちっとも気付いていない様子だ。

そうして、まるでナターリヤ以外には誰も彼の世界にはいないとでも言いたげに、ライオネルはかしこまった表情で、その右手を差し出してきた。

「踊っていただけますか？」

――この手を、取るべきではないと、知っているのに。

それでも気付けばナターリヤは、頭を横に傾けるように頷いて、ライオネルの右手に、自分の左手を重ねていた。

優しく引き寄せられて、ダンスフロアへと導かれる。管弦楽団の調べが一際大きくなって、その音色に合わせてライオネルとともに、タン、と一歩踏み出す。

いち、に、さん。いち、に、さん。優雅な三拍子を完璧に自分のものにして、ライオネルがリードしてくれる。自分がワルツをまともに踊ったのは、確か五年前のデビュタントのあの日が最初で最後だった。今は亡き父のすすめで、わざわざナターリヤのことを心配して変装までして同席してくれたオズマをパートナーにして踊ったきり。

オズマも巧《たく》みにナターリヤのことをリードしてくれたけれど、ライオネルのリードは、そればかりではないような気がしてならない。

――そんな風に、見つめられたら。

甘くとろける、身体ごと心を燃やし尽くしてしまいそうな熱を宿して、ライオネルはナターリヤのことを、ナターリヤのこと〝だけ〟を見つめてくれている。重ねた手を放すまいとぎゅっと力を込めて、もう一方の手はこちらの背に回して、彼は見事なステップを踏む。

絵物語に出てきた灰かぶりの姫君は、きっとこんな気持ちで王子様と踊ったのだろう。この時間が永遠に続けばいいのにと、叶わない夢を抱《いだ》きながら、それでも幸せに酔いしれていたに違いない。

「……ターシャ」

「はい、リオ様」

「どうすればいいのかな」

「え？」

「ワルツなどわずらわしいものとばかり思っていたのに、今、私は楽しくて仕方がないんだ。ああ、しまったな、こんな機会が得られるのならば、もっと練習しておくのだった……！」

心底悔しげにそう肩を落としながらも、それでも彼のステップは完璧で、「これ以上お上手になられたらわたくしの方が困ってしまいますわ」とナターリヤは思わず笑ってしまった。

いち、に、さん。いち、に、さん。美しい調べが自然とステップを導いてくれる。ほらここで大きくターンを。たっぷりとドレープを寄せたドレスの裾から、幾重《いくえ》にも重ねられた贅《ぜい》を尽くした金糸のレースが覗き、誰もがうっとりとその姿に見惚れていることにも気付けない。

ナターリヤの世界には、今、ライオネルしかいなかった。そしてそれはきっと、ライオネルも同じだ。お互いにお互いしかいない世界の、なんと美しく、なんと甘やかなことか。

やがて管弦楽団の調べが終わりを迎え、ナターリヤとライオネルは手を取り合って一礼を交わす。わっと周囲から盛大な拍手が送られて、気付けばすっかりダンスフロアの中心に陣取っていた自分達に遅れて気が付いた。

あらあらまあまあ、と想定外の事態にぽかんとするナターリヤを引き寄せて、ライオネルが周囲に向かって誇らしげに一礼してみせる。

――わ、わたくしも！

リオ様はこんなにも素敵なお方なのよ、ほら、ご覧になったでしょう？

そんな気持ちを込めてドレスの裾を軽く持ち上げて一礼すれば、先ほどよりもさらに大きな万雷《ばんらい》の拍手が沸き起こる。祝福に満ちた拍手に、ライオネルと顔を見合わせて笑い合いながらダンスフロアを後にすると、その瞬間を見計らっていたかのように、こちらの元にそっと近寄ってくる存在がいた。

「ルウェリン侯爵。王太子殿下がお呼びです」

そう淡々と告げてきたのは、王太子付きの証《あかし》である紋章を手袋に刻んだ従僕だった。その招集は想定内だったのか、ライオネルは心得たように頷いて、「ターシャ」とナターリヤのことを引き寄せてくれる。

「では、妻を紹介に……」

「いいえ。殿下はルウェリン侯爵、あなただけで来るように、との仰《おお》せです。奥方様には申し訳ございませんが」

「……私に、ここにターシャを……妻を一人、残していけと？」

「さようにございます」

粛々《しゅくしゅく》とこうべを垂れる従僕に、ライオネルの瞳がすがめられた。

王太子殿下からの直接のお召しとあらば、断るわけにはいかないことは解り切っている。けれどライオネルはナターリヤを置き去りにすることをためらってくれている。その心遣いだけで十分だ。

そう思えたから、ナターリヤはにっこりと笑って、ライオネルの背を押した。

「どうぞ、いってらっしゃいまし。わたくし、ちゃんといい子で待てますわ。王太子殿下にお会いするのはリオ様もお久しぶりであると存じます。積もるお話もございましょう。どうぞリオ様も、羽を伸ばしてきてくださいまし」

「だ、だが」

「……ですから、戻《もど》っていらしたら、わたくしとまた、ワルツを踊ってくださいますか？」

「！」

ためらいがちにそっと口にしたわがままに、ライオネルの木漏《こも》れ日《び》色の瞳がぱっと見開かれた。きらきらと金色が差し込む翠色《みどりいろ》の瞳に頷きを返すと、彼もまた反射的に頷きを返してくれる。

「ああ。――――必ず」

「ふふ、楽しみにしておりますわ……あら？　リオ様？」

ライオネルの右手が、ナターリヤの右手を持ち上げる。そのまま彼は、こちらの手の甲にそっと唇を寄せた。どきん！　と大きく胸を跳ねさせるナターリヤに、ライオネルは真摯《しんし》な光を宿した瞳を向けて、名残惜《なごりお》しそうに手を放す。

「すぐに、戻る。そのあとで改めて、この夜会の参加者全員に、あなたの存在を見せびらかさせてもらおう」

そしてライオネルは、従僕に案内されて、この場から去っていった。

ぽつんと残されたのは、顔を真っ赤にして硬直するナターリヤだけだ。

「み、見せびらかす、なんて」

何をおっしゃっているのか、あのお方は。

ただでさえライオネルのパートナーとして参加しているだけでも緊張を強《し》いられているのに、この上さらに目立つような真似なんてとんでもない。

——でも。

この場にいる皆様に、ライオネルのパートナー、すなわち妻として認めて、もらえたら。

それはあまりにも身に余る光栄だ。ルウェリン侯爵夫人、だなんて。そんな、そんな呼び方。

「〜〜〜っ!!」

ああどうしましょう、顔が熱い。その称号がライオネルの妻であることを約束してくれるのだ。そう思うとなんとも気恥ずかしくて、嬉しくて、誇らしい。

照れ臭さのあまり、両手をいつものように唇の前で合わせて、ほうと息を吹きかける。落ち着きなさい、落ち着くのよナターリヤ。調子に乗ってはいけないわ。わたくしは、そう、灰かぶり姫のようなもの。〝日陰の女〟であることを、決して忘れてはいけないの。

そう自分に言い聞かせて、ライオネルが戻るまで壁の花になっていることを決め、そそくさと移動する。まとわりつく視線が最後まで追いかけてきて、ライオネルがいた時には感じなかった居心地の悪さをようやく思い出す。

やっとたどり着いたのは、ほとんど人目に付かない柱の陰だ。ちょうど垂れ幕の陰になる場所で、いまだ冷めやらぬ高揚感を収めようと、唇の前で合わせた両手、その手のひらのあざを意識して、すり、とこすり合わせる。

このままライオネルが帰ってきてくれるまで、誰の目にも触れないままでいたい。

だがしかし、そんなささやかな願いは、ほんの数秒後、打ち砕かれることになる。

「――ルウェリン侯爵夫人？」

「は、い？」

初めて聞く声だった。年若い女性の声だ。その刺々《とげとげ》しい響きに顔を上げてから、ナターリヤはぱちりと瞳を瞬かせた。

気付けば五、六人の女性陣に、すっかり囲まれていた。ナターリヤと同年代の、花の盛りの美しいご婦人達だ。いいや、少し年下のようだから、まだ未婚のご令嬢達と呼ぶべきか。

逃げ道を完全に塞《ふさ》がれて戸惑《とまど》うこちらが視線をさまよわせても、返ってくるのは嘲笑《ちょうしょう》と嫉妬が入り混じる、お世辞にも好意的とは言いがたい視線しかない。

「あ、あの……？」

恐る恐る口を開くと、そんなこちらをギラギラと悪意にぎらつく瞳で、令嬢の一人がにっこりと笑った。

「ほら、そんなところに隠れていらっしゃらないで？　恥ずかしがっていらっしゃるのかしら。ええ、ごもっともだわ。そうよね、所詮《しょせん》元を正せば男爵家風情のお生まれですものね」

──わたくし、もしかして、馬鹿にされているのかしら？

なぜそのような言い方をされるのかが解らず、きょとんと首を傾《かし》げると、令嬢達は一様に不快げに花のかんばせを歪《ゆが》めた。その表情に、自分がこの人目に付かない場所に移動してきたのは、もしかしなくても悪手《あくしゅ》であったのでは、と思い至る。

──あら、あらあらあら？

──何かしら、ええと、わたくしはどうしたら。

そう戸惑いながらも、ナターリヤはざわりと全身が逆撫でされるような感覚を感じていた。まただ。覚えのある感覚にぞっと全身を震わせるこちらの反応に、ようやく令嬢達は満足げに笑い合う。くすくすくす、と、嘲《あざけ》りをにじませて、さざなみのように彼女達は笑う。

「緊張されているのね、ええ、仕方のないことですとも。このような王妃殿下ご主催の夜会になんて、本来参加することなど許されないんですものね」

「ルウェリン侯爵……ライオネル様のご威光を笠《かさ》に着て、いい気なものだわ。ああ、ごめんなさいね、嫌味ではないのよ？　本当のことなのですもの、指摘されたくらいでご不快になんてならないでしょう？」

「この場に参加なさるということは、よほど自信をお持ちなのね」

「あら、〝日陰の女〟の分際で？」

最後のその一言に、ざわっと一気に全身が総毛立ち、肌が粟立《あわだ》つ。

ざわり、ざわり、ざわり。何かが身体の奥底でざわついて、とうとう暴れだそうとしているかのようだった。身体の震えが止まらない。

――……なんてうるさいさえずりだこと。

――お黙りになって、やかましくてよ。

そして不意に、ぽんっと、そんな感情が胸の内に投げ込まれた。え、と戸惑うこともできないままに、その感情は、衝動は、大きなあぎとを開いてナターリヤを飲み込もうとする。

――ああ、うるさい、うるさいの、うるさくてたまらないのよ。

――その喉笛をわたくしが切り裂いてさしあげたら、ほら、どんな顔をなさるかしら。

信じられないほど残酷で暴力的な、破壊衝動ともいえる感情だ。それは収まるどころかふつふつと胸の奥底からとどまることなく湧《わ》き上がり、ナターリヤは我知らず自分を抱き締める。

――だめ、だめよ、ナターリヤ！

――リオ様が〝ダーシャ〟と呼んでくださるわたくしは、そんなことはしないのに！

それでも収まらない衝動に、全身の震えが止まらない。一層令嬢達は楽しそうに笑い合い、値踏みするように頭のてっぺんから足のつま先までをじっとりと、不躾《ぶしつけ》にこちらを見つめてきた。

「ライオネル様には〝本命〟がいらっしゃるのに、随分とご立派な装いだこと……。まさかその〝本命〟の存在をご存じでいらっしゃらないのかしら」

ぎくりとした。〝本命〟。ずっとその存在を知っていたのに、目を逸らしたくて仕方がなかった、ナターリヤの知らない、ライオネルの〝本当の想い人〟。そう、その存在がいるからこそ、今夜が最後だと覚悟していた。覚悟した、つもりだった。

「あら！　有名なお話ですのに、知らないなんておかわいそうに」

ねっとりと瞳をすがめて笑う令嬢のその一言を皮切りに、次々に知りたくない話を彼女達はぺちゃくちゃと言い連ね始める。たとえお飾りであると自他ともに認めていようとも、ナターリヤは確かに〝ルウェリン侯爵夫人〟だ。にも関わらず、彼女達は自信たっぷりの様子でナターリヤを睥睨《へいげい》するのだ。

「でしたら私達が教えてさしあげてよ。ライオネル様にはね、もう随分と前から、真実お慕いなさっているご婦人がいらっしゃるのよ」

「そう！　近衛騎士様としてご活躍されている時からこのエスミラールではそのうわさで持ち切りでしたの。その〝本命〟のご婦人のために、あらゆる難題を乗り越えられたのだとか」

「わたくし達がいくらお声をかけても、ちっともこちらに振り返ってくださらなくて」

「ルウェリン前侯爵夫人も、ライオネル様の働きでとうとう辺境へ送られたと聞いているわ。いよいよその〝本命〟をお迎えになられるために、此度、エスミラールに凱旋なさったのでしょうね」

「まあ！　なんてロマンチックなのかしら。あらあら、でしたらルウェリン侯爵夫人のお役目ももうおしまいですわね。あたくし達が申し上げるのも何ですが、ルウェリン侯爵夫人……いいえ、ナターリヤ様。お疲れ様でございました」

たっぷりの悪意に満ちた声音が、ナターリヤの身体にまとわりつく。身体の震えが止まらない。彼女達のまなざしが、自分の無知を教えてくれる。そうだ、ナターリヤは何も知らない。知ろうとしなかった。できなかった。〝本命〟の存在についてただ目を逸らし続けた。それが今、露骨な悪意とともに目の前に投げ出されている。

ざわり、ざわり、ざわり。ざわ。ざわ。ざわわわわわわ。

嵐のように押し寄せてくる、これはいったい何なのだろう。何もかもが遠のいていく。

――あ、あ、ああ、わたくし、わたくしは。

震えを抑えるために自身の身体をより強く抱き締める。そんなこちらの反応は、令嬢達にとっては期待通り、もしくは期待以上のものであったらしい。バシャン！　と、ドレスの胸元に、ワインがぶちまけられる。

リオ様との、お揃いの、ドレスが。呆然《ぼうぜん》としてから、やっと、は、と、遅れて息を飲んでそちらを見遣《みや》れば、空のグラスをこちらへと向けて、先頭の令嬢が憎々しげに、歪んだ笑みを浮かべていた。〝侯爵夫人〟ではなくて、哀れな〝日陰の女〟をにらみ付けるその瞳。

「〝日陰の女〟は、〝日陰の女〟らしく、身のほどをわきまえていらしたらよろしくてよ？」

「――――ッ！」

限界、だった。

しつれいいたします、と、ちゃんと、言えただろうか。自分の周りを囲んでいた令嬢達を押しのけて、一目散に走り出す。

うふふふふ、くすくすくすくす。悪意に満ちた笑い声が追いかけてくる。そして同時に、その笑い声に導かれて、ざわりざわりと、何かが、どす黒くてどこまでも昏《くら》い何かもまた追いかけてきて、ナターリヤのすべてを覆《おお》いつくそうとする。

逃げなくては。逃げて、逃げて、逃げて、あの闇から逃れなくては。

怖くて怖くてたまらない。周囲の人々が驚いたようにこちらを振り向くけれど、それに構う余裕なんてまったくなかった。ただ何かが、闇が、恐怖が追いかけてきて、それから逃れるのにせいいっぱいだ。

――――ざわ、ざわ、ざわざわざわざわざわああああああああ!!

悲鳴があちこちから上がる。それは、ナターリヤが走れば走るほど大きくなる。

「うわあああああっ！　あれはなんだ⁉」

「きゃああああああっ‼　魔物、魔物よ‼」

「騎士や衛兵は何をしているんだ⁉」

「なんでもいい、早く逃げるぞ！」

「あんな、あんなおぞましい魔物なんて見たことがないわ……！」

そんな声が追いかけてくる。魔物。それはいったい何の――――いいえ、誰の、こと？

懸命に走りながらそう自問するナターリヤは、そうしてようやく、ガラスに映り込む自分の姿に気が付いた。ヒュッと喉が鳴る。

ガラスに映り込んでいるのは、恐ろしい何かだった。見たこともない、恐ろしい、おぞましい、醜いことこの上ない、人間の姿からはほど遠い『何か』。

それが自分であるのだと気付いた時、今度こそナターリヤは悲鳴を上げた。けれどその悲鳴すら、人間の耳にはまともな声として届かない耳障《みみざわ》りな叫び声にしかならない。

――――あ、あ、ああああああああ！

叫び声は招待客の悲鳴を呼び、ナターリヤは……ナターリヤだった『何か』は、開け放たれていたガラス扉から飛び出した。

そのまま中庭の奥へと駆け、なんとか見つけた茂《しげ》みへと身体を滑り込ませる。遠くでこちらのことを探す騎士や衛兵の鋭い声が聞こえてくる。彼らにとって、自分は、排除すべき存在なのだ。そう理解した時、改めてナターリヤは人のものではなくなった全身を震わせた。

――わた、くし……わたくしは、どうなって、しまったの……？

なぜだろう。寒くて寒くて仕方なくて、何もかもが怖くて仕方なくて、全身が気持ち悪くて、すべてが壊れていくような感覚に襲われる。

涙で歪む視界の中、茂みの中で懸命に身体を小さくする。見つかってしまったら、きっと自分は魔物として討伐されてしまうのだろう。それが怖いのはもちろんだったけれど、それ以上に、ただこんなおぞましい姿を、誰にも見られたくなかった。

――ああ、きっとこれが、わたくしの罪であり、罰なのね。

そう思った。罪を犯したならば次に与えられるべきは罰だ。この姿が、罰なのだ。ナターリヤは罪を犯した。過ぎた望みを抱くという、分不相応な罪を。だから神様が、こんな姿に自分を変えてしまったのだ。ああ、ああ、誰にもこんな姿を見せたくない。そう、誰にも。それが叶わないのならば、せめて、せめてどうか、ライオネルにだけは見られたくない。こんなにも醜い、自分の心そのままの姿を。

ああ、そうだわ、そう、そうなのよ。せめて、どうかせめて、あのお方に、ライオネルに、リオ様に、見つかる前に、どうか、どうかわたくしを――……！

何もかもを切り裂くような悲痛な叫びは、もう、誰にも届かないであろうことを、ナターリヤ自身が、一番よく理解していた。

＊＊＊

王太子との謁見《えっけん》をすませたライオネルは、その長い足を、駆け足にはならないギリギリの速度で急がせていた。

かつての上司であり、護衛対象でもあった王太子は、夜会会場ではなく、専用の休憩《きゅうけい》室でライオネルを待っていた。彼から呼び出された件については、仕方のないことだとは理解している。むしろ、こちらから馳せ参じるべきだったところを、彼の方から先に声をかけてくれたことに対して、申し訳ないとすら思う。

王都に拠点を置いていた間、長らく自分に目をかけてくれた大恩ある存在である。たとえ近衛騎士の座を返上したとしても、彼に対する忠誠心は失ったつもりはない。彼が自分を信頼してくれたからこそ、今の自分があるとすら言える。だからこそ、今回の夜会においては、きちんとした形で挨拶したいと思っていた。だが。

――ターシャを置いて、とは聞いていないぞ！

普段の大人《おとな》しいドレスとは異なり、華やかなドレスに身を包んだナターリヤは、誰よりも美しい。夫の欲目だと言われるかもしれないが、とんでもない。本当に、本当に、彼女は誰よりも美しかったのだ。

その可憐《かれん》な美貌通りに、その内に秘めたる心もまた美しい彼女を、いくら命令であるとはいえ夜会会場に一人で残すことになってしまった件については、いくら王太子相手であろうとも一言二言どころではなく物申したくなるものである。

しかも彼ときたら、夜会会場のにぎわいが遠い休憩室にライオネルが到着するが早いか、「久しぶりだ。顔を見られて嬉しい。もういいぞ」と、これだけ言い放ってひらりと手を振ってきたのである。今までさんざん無理難題を押し付け……いや、この自分を信頼して命じてきた彼が、こんなにもあっさりと自分を解放してくれるとは思ってもみなかった。

何のために呼んだのか。ナターリヤを残して一人で来るように、という命令の真意とは。

問いかけたいことはいくらでもあったが、それよりもライオネルにとって重要なのは、夜会会場に残してきてしまったナターリヤのことだ。長々と昔話や近況報告に花を咲かせるつもりはこれっぽっちもなかったので、粛々と頭を下げて、こうして懸命に足を急がせてナターリヤの元へと再び向かっている、というわけである。

――ターシャは、大丈夫だろうか。

ともにワルツを踊り、彼女のパートナーがライオネル・ルウェリンであることをこれでもかと見せ付けたとはいえ、それでも心配は尽きない。何せあんなにも彼女は魅力的なのだ。ナターリヤに自分という夫がいても、彼女に近付くよからぬ輩《やから》がいないとは限らない。自分がいない間に、他の男と踊ることになっているのでは、と思うと、気が気ではない。

——彼女と踊る権利は、私だけのものだ。

今までもこれからも、誰にも譲るつもりはない、ライオネルにとっては神を前にした誓いのような決意である。となればますます急がねばならない。心細い思いをさせているかもしれないと思えば思うほど胸が痛む。

どうか待っていてくれ、といよいよ夜会会場にたどり着いたライオネルは、そこでようやく気が付いた。明らかに様子がおかしい。警備として控《ひか》えていたはずの騎士や衛兵が忙しく動いており、先ほどまでのにぎやかさとはまったく異なる喧騒《けんそう》が場を満たしている。

いったい何が。いいや、それよりもナターリヤは。

忙しく視線をめぐらせるライオネルだったが、そんな彼の元に、歓声と悲鳴が入り混じる耳障りな声を上げながら、多数の令嬢達が駆け寄ってくる。

「ライオネル様ぁ！」

「ああ、恐ろしゅうございましたわ！　でも、ライオネル様がいらしたらもう安心ね！」

「どうか私を守ってくださいまし。剣聖と謳《うた》われるその腕で、どうか私を……！」

「ちょっと！　ライオネル様が守ってくださるのはあたくしよ！」

「あなたは引っ込んでなさい！　ああん、ライオネル様、ね、ほら、わたくし、こんなにも胸がどきどきしていて……本当に怖かったんですの！　でも、この胸の高鳴りは、恐ろしさではなく、あなた様を前にしているから……！」

「………失礼。いったい何の話をなさっているのだろうか？」

口々にかしましくわめき立てる令嬢達を前にして、思わず冷ややかに瞳をすがめてしまった。

だがそのお世辞にも好意的とは言いがたいまなざしには気付かず、ライオネルを前にして頬を紅潮させている令嬢達は、ここぞとばかりにこちらに身を寄せてくる。きつい香水の香りが入り混じり、ただ不快だった。ナターリヤのまとう香りは、いつだってあんなにもライオネルの心を癒してくれるのに。

そうだ、こんな女性達に構っている暇《ひま》はない。状況は解らないが、とにかく何かが起こったのだろう。今頃ナターリヤはどんな思いでいるのだろうか。一刻も早く彼女の元へ向かわなくては。

そう心が急《せ》くが、とにもかくにも現状を把握するために問いかけた質問に対し、令嬢達は顔を赤らめつつも、さも恐ろしげに身体を震わせるという器用な真似をした。

「聞いてくださいませ、ライオネル様！」

「魔物が突然、ここに現れましたの！」

「あんなおぞましい姿の魔物なんて、絵物語でも見たことがないわ……！」

「本当に突然のことで……！　扉から飛び出していったところを、騎士や衛兵の皆様が追いかけていらっしゃいますが、まだ見つかっていないのですって」

「でももう、剣聖様がいらしたんですもの！　もう安心だわ！」

「ライオネル様、どうかその剣を私のために……きゃあっ!?」

「――――申し訳ないが」

すがるように伸ばされる何本もの令嬢達の手を、パンッと腕の一振りでライオネルは跳ね退《の》けた。こちらの様子が明らかに一変したことに、彼女達は気付いたのだろう。先ほどまで赤らめていた顔を一斉にさっと真《ま》っ青《さお》にする。その変化を見ても、ライオネルの心は何一つ動かなかった。

そうだとも。いつだって、ライオネルの心を震わせ、身体を動かしてくれるのは、何もかもすべて、ナターリヤだけなのだから。

「私の剣は、ターシャの……ナターリヤ・ルウェリン、ただ一人のためのものだ」

そう言い切るが早いか、ライオネルに気圧《けお》されて後退《あとずさ》る令嬢達を捨て置いて、一目散に走り出す。

ターシャ。ターシャ。その名前を繰り返し内心で呼びかけながら、驚きに満ちた周囲の目など一切構わずに、ただ駆ける。

突然現れた魔物。その存在が何なのか。……誰、なのか。ライオネルには手に取るように解ってしまった。恐れていたことが、起きてしまったのだ。

――ああ、ターシャ！

今頃彼女は、どんな思いでいるのだろう。彼女を一人にしてしまったことが、改めて悔やまれる。一刻も早く彼女の元に駆け付けたくて仕方がなかった。

先ほどの令嬢達は、くだんの魔物は扉から飛び出していったと言っていた。警備の騎士や衛兵達の流れから察するに、なるほど、あそこか。夜会会場の片隅の、開け放たれたガラス扉から、ライオネルもまた飛び出した。自分の存在は、当然騎士や衛兵達にも知られている。その登場に、彼らが安堵の息を吐き出すのが見て取れたが、やはりそれどころではない。

──ターシャ、ターシャ。

ガラス扉の向こうは、広大な中庭だ。草木は美しく整然と整えられているが、自然の名残もまた大切に残されているそこから、一匹の魔物を見つけ出すのは骨が折れることだろう。

──……一匹の魔物？

──いいや、違う。

ライオネルはそう自身の言葉を否定して、どれだけ髪が乱れ、ナターリヤと揃いだと浮かれた大切な衣装が乱れても構うことなく、かすかに残る痕跡を頼りに中庭を駆ける。

ただ一つ、ただ一人の存在を見つける、そのためだけに、どれほど見苦しくなろうとも、息が切れて汗が流れようとも、ただ駆けて、駆けて、駆けて。

そうして、ようやく。ようやく、その存在を。彼女を、見つけた。

「―――ターシャ」

そこは、中庭の片隅の、ひっそりとした茂みだった。そこにうずくまっている存在を前にして、大きな安堵と歓喜をにじませながら、何よりも愛《いと》おしい名前を呼んだ。

びくり、と、彼女の―――ナターリヤの身体が震える。両手で顔を覆い、かたかたと全身を震わせながら、決してこちらを見ようとはしてくれないナターリヤに、もう一度「ターシャ」と呼びかける。

「ターシャ、よかった。やっと、見つけた」

「り、お、さま」

そのすぐそばまで歩み寄ってひざまずくと、すっかり茂みの中に隠れていた彼女は、それでもなお後退った。こちらの名前を呼び返してくれたその声は、すっかり涙にぬれていて、今にもかき消えてしまいそうなくらいに儚《はかな》かった。

思わず手を伸ばすけれど、その指先が触れる寸前で、ナターリヤは「だめ」と言葉を震わせた。明確な拒絶だ。ずきりとライオネルの胸が痛んだが、それ以上に、ただ、ナターリヤの胸の内を思うと、もっとずっと痛くてたまらなかった。

筆舌に尽くしがたい恐怖の中にいるかのように怯《おび》え切り、顔を覆う手の隙間《すきま》から大粒の涙をほとほとと落としながら、ナターリヤはふるふるとかぶりを振る。

「だめ、だめです、わた、くし、こんな、こんなすが、たに……」

みないで、と、ナターリヤは続けた。どうか見ないで。わたくしを、見ないでください。言葉を覚えたばかりの幼子のようにそう繰り返す彼女を前にして、ライオネルはそんな場合でもないというのに、ついきょとんと瞳を瞬かせてしまった。

こんな姿も何も、ナターリヤはいつも通り、誰よりもかわいくて美しくて可憐である。泣きぬれて震える姿には胸がぐぅと詰まるような思いがするし、その身体を抱き締めたくて仕方がないのだが、彼女はそれを許してくれそうにない。

どうやらナターリヤの目には、自身の姿が、ライオネルには見えない、何か別の姿に見えているらしい。そう、ようやく気付く。

――ああ、そうか。

――これが、そういう、ことなのか。

改めて納得しつつ、ライオネルは微笑んだ。ナターリヤは見ないでほしいと言うけれど、残念ながらその望みもまた叶えてあげられそうにない。だってたとえナターリヤが本当に、彼女自身の目に映る姿そのままであったとしても、ライオネルにとって彼女はやはり誰よりもかわいく、美しく、そして愛おしくてならないのだから。

「ターシャ、私は……」

「だめなんです！」

ライオネルの言葉を遮《さえぎ》るように、悲鳴のようにナターリヤは叫んだ。その手がようやく彼女の顔から離れて、夜闇の中でもなお瑞々《みずみず》しくつやめく葡萄色の瞳がライオネルを捉《とら》える。ぎゅうと両手を胸の前で握り締めた彼女は、そのまままた大粒の涙をこぼした。

「わたくしは、〝日陰の女〟ですのに……多くを、望んではいけないのに、それ、なのに」

「……日陰？」

聞き捨てならない言葉だった。思わず反芻《はんすう》すると、ナターリヤは何度も何度も、首が取れてしまうのではないかという勢いで頷きを返してくる。まるで自分自身に言い聞かせるような言葉を前にして、ライオネルはその言葉の意味をようやく、本当にようやく理解して、そうして愕然《がくぜん》とした。

ナターリヤは、自分のことを、そんな風に思っていたのか。いったい誰がそんなことを、とは、言えなかった。誰がも何もない。ライオネルだ。他ならないこの自分が、彼女に、そう思わせていたのだ。なんて……ああ、なんてことだ。

この自分の剣は、何のためのものだ。何が『守ってみせる』だ。他ならないナターリヤのための剣であり、その剣で彼女を何者からも守ってみせると誓ったのに、なんたるざまだろう。

誰よりも何よりもナターリヤを傷付けていたのは、ライオネル・ルウェリン自身だったのだ。とてつもない後悔が押し寄せてくる。いくら悔やんでも悔やみきれない。そのくせ、心のどこかで、ほんの少しだけ喜んでしまっている自分もまたいるのだから始末に負えない。自分はどこまで罪深いのだろう。この自分を想って、ナターリヤが傷付き、そして涙を流してくれる、それは甘美な誘惑だった。

ああ、でも、やはり違う。泣いてほしくなんてない。笑ってほしい。ナターリヤの笑顔は、誰よりも何よりも愛おしいものなのだから。

「ターシャ。たとえあなたが日陰にいるのだとしても、それでもなおあなたは輝かしい。この夜闇の中ですら、あなたはこんなにもまばゆいんだ。どうか笑ってくれ、私のターシャ」

その笑顔に、どれだけ自分が救われたことか。きっと彼女は気付いていないのだろうけれど、それでいいのだ。勝手に自分が救われて、そうしてこの今があるのだから。

だからこそライオネルは懸命に言葉を尽くすけれど、それでもなおナターリヤはかぶりを振る。

「わたくしが、このような、姿になったのは、当然のこと、なのです。わた、くし、は、こんなにも醜い……！　わたくし、わたくし、リオ様のおそばにいたいだなんて過ぎた欲を抱いたから、だから罰が当たったんです……っ！」

見ないで。見ないで。見ないで。そう何度も繰り返す彼女の言葉があまりにもじれったくて、そしてそれ以上にどうしようもなく、途方もないほどに愛おしくて、ライオネルはとうとう耐えかねて手を伸ばした。

泣きぬれた彼女の顔を、両手で包み込む。葡萄色の瞳が大きく瞠《みは》られて、その拍子にまたこぼれた大粒の涙がライオネルの手をぬらした。その涙の熱さにやけどしそうになりながらも、ライオネルは微笑んだ。全身全霊をかけて、涙をこらえて微笑んでみせた。

「ターシャ」

「よば、ないで。わたくし、もう、そう呼んでいただける姿では……」

「いいや、ターシャ。何度でも呼ぼう」

この声は、震えてはいないだろうか。ライオネルのそばにいたいのだと、それを過ぎた願いだとすら言ってくれた愛しい人を前にして、喜びの涙を流してしまいそうになっているこの自分の声は。

泣くものか。泣いて、たまるものか。泣いてしまったら、ナターリヤのことが涙で見えなくなってしまう。こんなにも愛おしい、ナターリヤのことが。冗談ではない。そんなもったいないことが、どうしてできるというのだろう。

ぎゅ、とひとたび唇を噛《か》み締めることで涙を耐えて、ライオネルは笑みを深めた。あふれる愛しさだけを込めた、甘い甘い微笑みだ。

「私の輝ける妻、私だけのターシャ。どんな姿だろうと、あなたは誰よりも何よりも美しい」

これが睦言《むつごと》であると、信じてくれるだろうか。ナターリヤに自分のことを〝日陰の女〟だなんて思わせていたライオネルの言葉は届くだろうか。

彼女の頬にあてがっていた両手を、そのままその背に回して、そっと丁寧に、慎重に、けれど何よりも力強くかき抱いて、ライオネルは続ける。

「どんな姿でも構うものか。私はどんなあなたであっても、どうしようもなく愛おしくてならないのだから」

信じてくれなくてもいい。届かなくてもいい。信じてくれるまで、その心に届くまで、ライオネルは生涯をかけて繰り返し続けてみせる。

――ああでもさすがに、少しばかり気恥ずかしいな。

愛の告白なんて初めてだった。ナターリヤにしか聞かせられない言葉だ。もちろんこれからも彼女以外に聞かせるつもりはないから、まあいいかと思い直す。そうして照れ臭そうに、何よりも幸せそうに笑いかけると、ナターリヤは呆然としたようにこちらを見つめ返してきた。

やがてだらりと落ちていた彼女の腕が、そっと持ち上げられて、こちらの背に回された。ささやかな力がくすぐったくて思わず笑ってしまう。愛しくて愛しくてたまらない。その衝動に突き動かされて、ナターリヤのぬれた頬に自身の頬をすり寄せる。ぶるりと、ナターリヤの身体が震えた。

「――リオ、様」

「ああ、ターシャ」

私の、私だけのターシャ。そう呼び直すと、ナターリヤの瞳から、また涙が流れ出す。けれどその涙はもう、先ほどまでの悲嘆に暮れるそれとは異なることが伝わってくる。確かな歓喜の熱を閉じ込めた涙をぼろぼろとこぼしながら、ナターリヤがぎゅうとその腕に力を込めて、ライオネルにしがみついてきた。

「リオ様……！　リオ様、リオ様ッ！」

「ああ、ああ。ターシャ、大丈夫だ。私はここにいる」

「リオ、様……」

泣きじゃくるナターリヤの力を上回る力で抱き締め返す。

ようやく本当の幸せを知った気がした。ルウェリン領に帰還して以来、ナターリヤがそこにいてくれるだけで幾度となくさんざんこれ以上ない幸せを噛み締めてきたつもりだった。けれど、きっと、そんな浮ついた独りよがりではなく、これこそが本物の幸せと呼ぶべきものなのだということを思い知らされる。一人では得られない幸せが、今、確かに、ここにある。

泣きじゃくるナターリヤに、何度もターシャとささやきかける。〝魔物〟を探す騎士や衛兵達の喧騒すらも遠い静寂の中で、その何よりも得がたい響きだけがすべてだった。

やがて、ぐすぐすとしゃくり上げていたナターリヤは、ようやく落ち着いてきたらしく、ほうと一つ吐息をこぼした。その頃合いを見計らって、ライオネルは改めて彼女の顔を覗き込む。丁寧にほどこされていたはずの彼女の化粧は、もう涙でぐちゃぐちゃになっていたけれど、それでもなお、そんな化粧なんて初めから意味がなかったように、ナターリヤは美しかった。そう、いまだかつてなく。

その花のかんばせに我知らず見惚れるこちらの視線をどう思ったのか、ナターリヤはぱっと顔を赤らめてそのまま背《そむ》けようとしてしまう。だが、その前に、つい。そう、つい、ライオネルは、彼女の額《ひたい》に、唇を寄せてしまった。

「!!」

「ははっ！　困ったな、あなたがこんなにも愛しくて、私はどうにかなってしまいそうだ！」

「リ、リオ様……っ！」

顔を真っ赤にしてなんとか反論しようとしてくるナターリヤはかわいい。本当にとてもかわいい。このままその唇を奪ってしまったら駄目《だめ》だろうか。さすがにやりすぎだと怒られるだろうか。いやでもしかし……と、真剣に悩み始めたライオネルの耳に、その時、ぱちぱちぱちぱちぱち、という拍手が聞こえてきた。

反射的にそちらを見遣ったライオネルは、大きく息を飲む。どうしてここに、と思いながらも、反射的にナターリヤを抱いたまま礼を取る。この腕の中で、ナターリヤが驚いたように目を丸くした。

「ぎりぎり及第点といったところか、ライオネル。なあゲクラン伯、お前もそう思うだろう？」

「及第点？　とんでもない。落第決定ですな」

ナターリヤを腕に抱いて固まるライオネルの視線の先に立っているのは、つい先ほど謁見をすませたばかりの王太子……レディウス・エッカフェルダントと、〝エッカフェルダントの盾〟にしてナターリヤの後見人であるオズマ・ゲクランだった。

――なぜ、お二人が……!?

レディウスは、その母親譲りのあでやかな美貌に悠然とした笑みを浮かべて両手を打ち鳴らしており、オズマはそんな彼の背後で渋面《じゅうめん》を浮かべている。

思わず自分が、殿下、と、小さく呟《つぶや》いたのを聞き拾ったのだろう。ナターリヤの瞳が、ますます大きく見開かれる。

「お、王太子殿下……？　それに、オズおじいさままで、どうなさいましたの……？」

「やあ、シルヴェスター男爵令嬢。いいや、ルウェリン侯爵夫人か。こうなってしまっては、あなたにはすべてを伝えなくてはならないね」

戸惑いを隠せないナターリヤににこりと笑いかけ、レディウスはそう続けた。無礼だと解っていながらも、ライオネルはさすがにここで黙ったままではいられなくなった。

「レディウス殿下！　それは！」

「過保護な夫は嫌われるぞ、ライオネル。結局ここまで彼女を追い詰めたお前に進言する権利はないと思え」

「っ！」

そう言われるとぐうの音も出ない。まったくもってその通りだ。ナターリヤを追い詰めたのはライオネルである。そう気付けたのは、確かに今回の件のおかげだが、それにしてもナターリヤへの負担を考えると自らの不甲斐《ふがい》なさが悔やまれてならない。

きっかけは、ライオネルがナターリヤを夜会会場に一人残したことで、彼女に誰かが何かしら……と、そこまで考えてから、まさか、とライオネルは改めてレディウスを見た。

まさか、こうなることを予見して、彼は自分だけを呼び出したのでは？

そう視線で問いかけると、レディウスはにっこりと笑みを深めた。それが答えだ。

――なんてふざけた真似を……！

場合によっては取り返しのつかないことになっていたのに、とまなざしを鋭くしても、レディウスはにこにこと笑ったままだ。彼はそうして、背後のオズマを振り返った。

「ゲクラン伯、言いたいことがあるならばついでに言ってやれ」

「ありがとうございます。それではさっそく」

レディウスに促《うなが》され、さくさくとこちらに歩み寄ってきたオズマは、ナターリヤに優しく微笑みかけてから、その黒檀《こくたん》の瞳にこれ以上なく冷たい光を宿した。

そして、その左手の手袋を外し、そのまま流れるように、ライオネルの顔に容赦《ようしゃ》なくびたーん!!　とそれを叩《たた》きつけてきた。

不意打ちに対して身構えることもできずに、ライオネルは無言で痛みに耐えた。「きゃあ!?」とナターリヤの悲鳴が上がったので、ライオネルは彼女に微笑みかけ、そして表情を引き締める。

エッカフェルダントにおいて、着用を義務付けられている手袋、その左手を、あえて外して叩きつけ、わざわざ手のひらを見せ付けるという行為。それが意味するのはすなわち、決闘の申し込みである。

「オズおじいさま!?」と慌てるナターリヤにオズマはやはり優しく微笑んで、彼はこちらを、それはそれは冷たく見下ろしてきた。

「決闘だ、若造。ナータ……ナターリヤをかけてのこの勝負、まさか逃げはしないだろうな?」

オズマ・ゲクランと言えば、その人柄の良さには定評のある人物だ。常に穏やかで人当たりのよい彼らしからぬ、地を這《は》うような声音は、それだけ彼が本気であることを示していた。

腕の中のナターリヤが、びくりと震える。そんなナターリヤを支えるように背を撫でて、ライオネルは凛《りん》とした顔立ちで、叩きつけられたオズマの手袋を拾い上げた。そして自らもまた、左手の手袋を外す。

「その決闘、お受けいたします」

その左手の手のひらの《剣》の《御印《みしるし》》をオズマに示して、ライオネルは宣誓した。

ナターリヤがかかっているというのならば、たとえ彼女自身が望まないにしても、拒絶する理由はどこにもない。まっすぐにオズマを見つめ返すと、ナターリヤは唖然《あぜん》とし、オズマは渋面のまま頷きを返してくる。

「よろしい。ならば場所を移動しよう。よろしいですかな、レディウス殿下」

「ああ、好きにするといい。その間に私はルウェリン侯爵夫人に説明させてもらおうかな。警備の騎士達には、くだんの〝魔物〟はライオネルの働きで逃げ出したということにしておこう」

うんうん、とレディウスは頷き、「今の時間ならば王宮騎士団の鍛錬《たんれん》場が空いているぞ」と、彼は遅れて近寄ってきた従僕に鍛錬場の使用を命じる。従僕は心得たように一礼して、他の者にも伝え、伝令を受けた者達はその準備へと駆け出した。

かくして、いまだ混乱冷めやらぬ夜会会場をそのままにして、ライオネルはナターリヤを抱き上げてその鍛錬場に、彼女とオズマ、そしてレディウスとともに向かう運びとなった。

＊＊＊

――ええと、これはいったい、どういうことなのかしら？

ライオネルに横抱きにされた状態で、すっかり現状に置いてきぼりにされたまま、ナターリヤは呆然と自問した。

王太子たるレディウスの登場もそうだけれど、何より、何がどうしてどういう理由で、ライオネルとオズマが決闘なんてすることになっているのだろう。いや、そもそもその前に、先ほどこの身に起こった変化——そう、あの恐ろしくおぞましい姿の自分は、なんだったのか。

どうやら今は元の姿に戻っているらしいけれど、いつまたあの姿に戻るか解らない。今、こうして、何よりも大切そうに自分のことをその腕に抱いてくれているライオネルのことを、傷付けてしまうかもしれないのだ。

そう思うとぞっとして、「リオ様」と彼に呼びかける。どうかしたのかとこちらを見下ろしてくる彼に、下ろしてほしいという気持ちを込めてそっとその胸を押すと、彼はなぜかさらにナターリヤのことを自らの方へと引き寄せる。ぴたりと顔を彼の胸に密着させる羽目になり、顔が熱くなる。

「リ、リオ、さま」

「うん？」

ライオネルはわざとらしく首を傾げてきた。その笑顔に「何か問題でも？」と大きく書かれていて、その圧力に負けて口をつぐむ。

これ以上言葉がかけられず、大人しくその腕に収まるより他はない。ライオネルが王太子殿下とオズマの後に続いて歩む、その一定のリズムとともに、彼に抱き上げられているナターリヤの身体も揺れる。

——まるで、ゆりかごの中にいるみたい。

そんな場合などではないというのに、うっとりと目を細めて、こうべをいよいよ自分からライオネルの胸に預ける。あれだけ全身を苛《さいな》んでいたざわめきなんて、もうはるか遠いどこかへ逃げ去ってしまったかのようだ。

そして、そのまま運ばれることしばし。一行は、とうとう王宮に属する騎士達が普段研鑽《けんさん》を重ねる鍛錬場へとたどり着いた。

この時間の鍛錬場には誰もいない。たった四人の貸し切りになった鍛錬場に、ナターリヤはライオネルの腕からそっと丁寧に下ろされた。

「ターシャ」

「は、い、リオ様」

「必ずや勝利をあなたに」

ライオネルの手が、ナターリヤの左手を持ち上げる。その手のひらにそっと唇を寄せて、誰よりも麗しく、優しく、甘く微笑んだ彼は、そうしてナターリヤに背を向けた。

彼の向こう、鍛錬場の中心に立っているのは、既に決闘のための剣をその手にしたオズマである。オズマは二振り持っていたうちの片方をライオネルに投げてよこしながら、「見せ付けてくれるものだな」と、それはそれはおかんむりな様子でチィッ!! と盛大な舌打ちをした。

──オ、オズおじいさま……!?

見たこともないオズマの姿に唖然とする。ナターリヤの知る彼はいつだって穏やかで、優しくて、余裕たっぷりで、時々おちゃめな、とても素敵な紳士だ。それなのに今の彼は、ナターリヤの知らない誰かのようだ。

こちらの動揺に気付いたのだろう、オズマはナターリヤの方へと視線を向けて、にっこりと笑った。

「すまないね、ナータ。少し待っていてくれるかな。この若造を叩きのめしたら、ゆっくり夜のお茶でも楽しもうじゃないか」

その台詞《せりふ》、その声音、その抑揚。何もかもナターリヤの知る、大好きなオズおじいさまのものでしかないのに、なぜだろう。ナターリヤには、彼が、怒っているように見えて仕方がなかった。それも、ただ怒っているのではない。怒髪《どはつ》天を衝《つ》く勢いの憤怒《ふんぬ》を彼は抱えているのではないだろうか。

──リオ様？　オズおじいさま？

ただ戸惑うばかりのナターリヤをやっぱり置いてきぼりにして、ライオネルとオズマが、それぞれ剣を片手に向かい合う。

王太子殿下が「さて」と笑った。

「魔術の使用は可、ということで双方異論はないかな？」

「当然です」

「やるからには全力で」

「よろしい。ならば――……始め！」

号令とともに、ライオネルの左手から、あまたの剣が飛び出した。そしてオズマの左手からは、やはりあまたの盾が飛び出し、襲い来る剣をすべて受け止める。同時にライオネルとオズマ自身もまた、その手の剣で打ち合いを始めた。

年若く、つい先日まで現役であった〝剣聖〟と謳われるライオネルが有利かと思われたが、かつて隣国からの戦火をほとんど一人で食い止めたのだという〝エッカフェルダントの盾〟たるオズマ・ゲクランの名は伊達《だて》ではない。二人は、互角だった。

ライオネルとオズマが直接剣をぶつかり合わせるその周囲で、あまたの剣と盾もまたぶつかり合い、互いに互いを喰《く》らい合うように次々消滅し、けれど消滅するたびに新たな剣と盾が生まれてまた同じことを繰り返す。

それは、すさまじい戦いだった。

――ええっと……？

わたくしは、いったい、何を見せられているのかしら。一周回って冷静になってきたナターリヤが、ことりと首を傾げると、そんなこちらを「ルウェリン侯爵夫人」と呼ぶ声がある。この場においては決闘の立会人となったレディウスだ。

そちらを振り返ると、どうやらナターリヤ達がこの鍛錬場にたどり着く前に事前に用意させていたらしいテーブルと椅子がそこにあり、さらにテーブルの上にはティーセットが鎮座《ちんざ》している。

「長くなりそうだし、お茶でもいかがかな、ルウェリン侯爵夫人……いいや、今はナターリヤ殿と呼ぼうか」

来なさい、と、促され、逆らうことなんて到底できずに着席すると、なんとレディウスは自ら茶を淹《い》れ始めた。ひえ、とおののくナターリヤに、「まあそう硬くならず」とからから王太子殿下は笑い、まじまじとこちらのことを見つめてくる。

「いや、しかし。本当にあなたは美しいな、ナターリヤ殿」

それはどこまでも純粋な賞賛だった。しみじみと感心しきりの様子で頷く王太子殿下に、ナターリヤは慌ててかぶりを振る。

「わたくしなど、そんな……」

王太子殿下やライオネルには及ぶべくもない、どこにでもいる地味な女でしかない自分のことを、誰よりもよく理解しているつもりだった。

お世辞であると理解しているし、お世辞であったとしても褒《ほ》められれば素直に嬉しいが、こんなにもあでやかな青年となると、そうもいかなくなってくる。女心とは複雑なのね、と、背景で繰り広げられるすさまじい剣戟《けんげき》から懸命に目と意識を逸らしてナターリヤが内心で呟くと、レディウスは「なるほど」と一つ頷いた。

「それが〝あなた〟の性質であるとは解ってはいるが……これはあなたの周りの者達は、さぞかし気を揉《も》んでいることだろう。同情するよ」

「……？」

それは、どういう意味なのだろう。嫌味や当て擦《こす》りではなく、ただ感心したような口振りだ。きょとんと瞳を瞬かせるこちらに、レディウスはくつくつと喉を鳴らし、「どこから話そうかな」と思案するように片手を口元に寄せた。

「そうだな……うん、そうだ。ナターリヤ殿。あなたは魔族をご存じだろうか」

不意打ちだった。魔族。その呼び名、その存在は、このエッカフェルダントにおいては確かな事実として国民に受け入れられている。当然ナターリヤもその例にもれない。その魔族の存在がどうしてここで出てくるのだろう。

内心で首を傾げながら頷きを返すと、「まあそれはそうだろうね」とあっさりとレディウスも頷き、続けて「ならば」と、彼はその人差し指を立てた。

「魔族が本来、『磨族《まぞく》』と呼ばれる種族であったことは？」

魔族とは、磨族。聞いたこともない単語を音にはせずに舌の上で転がすと、それはなんとも不思議な味わいがするようだった。

ナターリヤがその単語を受け止めたことを見て取ったらしいレディウスは、にこりと笑みを深めて、立てていた人差し指で、トン、とテーブルを叩いた。

「そう。磨族にも種族があることはご存じだろう。《剣》、《槍《やり》》、《弓》、《盾》、《薬》、《歌》、《書》――……有名どころはこんなところだろうか。例を挙げればキリがないな。それだけ磨族の中でも、多岐《たき》にわたる種族が存在する。そして、それぞれの種族の血を色濃く引いた者が、現代においてはそれぞれの魔術師として多くが大成するとは知っての通りだ。彼らは皆、自ら研鑽を重ね、同時に周囲に、〝磨《みが》かれる〟ことによって魔術師となる」

ここまではいいだろうか？　と問いかけられ、反射的に頷く。磨族、という単語は初めて触れるものだ。けれど、それ以外の説明は、一般常識として知っている。

その、つもりだったのだが。

「……磨かれる？」

そう、そこだ。そこが気にかかった。磨かれるとは、どういうことだろう。言葉の通り受け止めればいいのだろうけれど、なんとも言えない違和感が付きまとう。レディウスはニヤリと笑った。

「これ以上は、王家と魔術院上層部のみが知ることを許された国家機密だということを理解してくれ。ここで沈黙の誓いを立ててもらおう。なお、こうなってしまっては、あなたに拒否権はない」

「！」

恐ろしいことをさらりと言い放たれてしまった。王家と魔術院上層部だけ。そんなとんでもない機密を、なぜここで、この自分に明かそうというのか。

お、お待ちください……！　と慌ててナターリヤが口を挟む隙もなく、王太子殿下はさらに続ける。

「その名の通り、磨族は周囲に磨かれて輝く種族だ。知識、技能、そして感情。周囲の環境のあらゆる要素が磨族を磨き上げていく。魔術師もまたそのことわりに従い、周囲の環境が大きく影響すると言えるだろう。とはいえ、磨族の血が随分薄まってしまったこの時代においては、ほとんど意味のないことわりとなってしまったけれどね」

だが、と、そこでレディウスは言葉を切った。そのまなざしが意味ありげにじぃとナターリヤのことを見つめてくる。値踏みされているのとはまた異なる、言うなれば、〝観察〟されていると表するのがふさわしい視線に思わず身動《みじろ》ぐ。レディウスは、「本題だ」と告げた。

「磨族にも、王族と呼ばれる種族が存在する」

思ってもみない言葉に目を見開く。おうぞく、と唇を震わせると、深い頷きが返ってくる。

「そう、あらゆる奇跡を集めた磨族の頂点に立つ種族。それが、《鏡》の種族だ」

かがみ、と口の中で転がして、ナターリヤは首を傾げた。魔族……ではなく、磨族にも多くの種族が存在することは知っていたが、《鏡》と呼ばれる種族については初耳である。

そんなナターリヤの戸惑いはレディウスにとっては予想の範囲内なのだろう。構わずに彼は続ける。

「《鏡》の種族は極めて特殊な種族だ。彼らは《鏡》の名にふさわしく、自らに映し出される……与えられる、というべきか。とにかく、自身に投影される知識や技術をそのまま吸収してそれを駆使することができたそうだ。そう、それこそ、他種族の魔術すらもね」

「‼」

今度こそ驚きのあまりに口が塞がらない。にわかには信じがたい話だった。

知識や技能だけならばまだ理解できる。それは努力を重ねれば、誰しもに叶う能力だからだ。だが、魔術となればそうはいかない。魔術師が行使できるのは、自らの属性の魔術のみであるはずだ。しかし、その例外が存在するということなのか。

他種族の魔術すら行使することができたという《鏡》の種族。

それが真実であるというならば、なるほど。確かに《鏡》の種族こそ、王族と呼ぶにふさわしい種族なのだろう。

――でも、どうしてそのお話を、わたくしに？

確かに《鏡》の種族の異質さを考慮すれば、国家機密とされてもおかしくはない事案ではあるが、ここでナターリヤに、王太子自らそれを丁寧に解説してくれる理由にはならない。

こうして悠長に話している間もなお、背後ではすさまじい戦いが繰り広げられている。最高峰の《剣》の魔術師と、《盾》の魔術師の決闘が。しかもその原因はなぜか自分にあるらしい。

ならばその決闘の行方《ゆくえ》を、ナターリヤこそが見届けなくてはならないのに、目の前の王太子という立場にある青年は、くつくつと喉を鳴らして、ナターリヤの視線を逃がしてはくれない。

「まだ気付かないかな」

「……？」

何が、と瞳を瞬かせるナターリヤに対し、レディウスの美貌から笑みが消えた。その人差し指が、ひたり、と、こちらに突きつけられる。


「ナターリヤ・ルウェリン。あなたが、当代唯一の、《鏡》の魔術師だ」

「…………え？」


ぱちぱちと瞳を瞬かせ、レディウスの人差し指の先に、自分以外の誰かがいないか、きょろきょろと左右を見回す。当然、誰もいない。

「……わたくし？」

ぽかん、と、今度こそまぬけに口を開けると、さも面白そうにその一連のナターリヤの行動を見つめていたレディウスは、テーブルの上で固まっていたナターリヤの両手をそっとその手で包み込んできた。

驚くナターリヤが慌てて手を引こうにも、想定外に強い力で包まれていて、動かすことができない。

「殿下‼　ターシャに気安く触れないでいただきたい‼」

「よそ見とは余裕だな若造……と、言いたいところだが、今回は同意しよう。殿下、ナータがいくらかわいいからと言っても手を出したら僕も黙っていませんぞ‼」

「はははは、外野がうるさいな」

手も魔術も休めないままに怒鳴りつけてくるライオネルとオズマのとんでもない迫力も、レディウスには何一つ響いていないようだった。むしろ楽しそうに笑っている。我が国の王太子殿下は魔術師ではないと聞いているが、この場においては誰よりも強者であるような気がしてならない。

ええと、と戸惑うナターリヤに、レディウスは続ける。

「ナターリヤ殿。この両手の手のひらには、揃いのあざがあるだろう」

なぜそれを、と問い返す間もなく、反射的に頷いた。

「は、はい。その通りでございます」

生まれた時からこの両手の手のひらに存在する、まるで大輪の花のような、鏡合わせになったかのような揃いのあざ。心が乱れそうになるたびそれをすり合わせることで自分を落ち着かせてきた、長い付き合いのものだ。

それがどうかしたのかと視線で問いかけると、ようやくこちらの手を解放したレディウスは、にこりと笑みを深めた。

「それだ」

「え」

それとはどれだ。この、あざのことだろうか。まじまじと両手を見下ろすと、そう、と頷きが返ってくる。

「それこそが、《鏡》の魔術師であるという証だよ。我々は、《御印》の中でもさらに特殊な、鏡合わせの印……《鏡印《きょういん》》と呼んでいるがね」

「きょう、いん」

「そう。磨族における王族の証だ。お目にかかれて光栄だ、姫君」

冗談めかしてレディウスは片目をつむってみせる。その魅力的な表情に感心しつつ、それ以上の驚きとともに自らの両手、その手のひらを見下ろした。

この自分が、《鏡》の魔術師。そんなこと、考えてもみなかった。

知らなかっただけだと言えばそれまでの話だが、それでよかったのだろうかという疑問もまた生じる。もしも知っていたら、もっと周りの人々の役に立てたのではないか。両親の事故を防ぐことは叶わなくても、マグノリアナ達と一緒に、ライオネルの手伝いができたのでは。そう思うととても悔しく思えてならない。

そんなナターリヤの後悔を、レディウスは敏《さと》く汲《く》み取ってくれた。困ったように彼は苦笑を浮かべる。

「《鏡》の種族……今となっては魔術師か。とにかく《鏡》は、実に厄介《やっかい》極まりなくてね。あらゆる知識、技能、魔術をそのまま自らのものにするばかりならばともかく、自身に向けられる感情すらもその心身に投影してしまうんだ」

「……ええと、失礼ながら、つまりどういうことでしょうか？」

「ああ、悪いね、解りにくいだろう。たとえば……そうだな。愛情を向けられれば、それだけより愛情深く、そして容姿も同様に美しくなっていくんだよ。逆に悪意を向けられれば、その悪意通りに精神を病み、容姿もまたヒトからほど遠いものになっていくとされている。私もまさかそこまでと思っていたんだが……今夜、それをあなたが立証してくれた。ありがとう、ナターリヤ殿。そしてそれ以上に、すまなかった。あなたに無礼な真似を働いた令嬢達には、追って沙汰《さた》を下そう。そのドレスについては、私からライオネルを介してきちんとした謝罪の品を贈らせてもらいたい」

「…………こ、光栄に存じます」

で、いいのだろうか。ようやく、先ほど自分が恐ろしい姿になってしまったことがまぎれもない現実であったことを思い出して、ぞっとする。自分をあんな姿に変えてしまうような悪意を向けられていたことが怖くてたまらない。

けれど、その姿からこの姿に引き戻してくれた存在もまた、確かに存在するのだ。

そう思うとどこまでも自分は強くなれるような気がして、ナターリヤは首を傾げながらも王太子殿下直々《じきじき》のありがたいお礼に頭を下げる。

彼は「なるほど。これは周りも苦労するな」と再び小さく呟いて、そうしてその上等な手袋に包まれた両手をテーブルの上で組み合わせた。

「《鏡》の魔術師であるということは、だからこそ本人には教えられないことが多い。周りの環境に否が応でも左右されてしまうのだから、その心身をより隙なく守るためには知らない方が幸せだろう」

それは、そうなのかもしれない。自分が自分以外の誰かによって左右される存在だなんて知っていたら。それは薄ら寒くなるような考えだった。それでもなお、そばにいたいと思える存在に出会えたことが、どれだけ得がたい奇跡なのかを思い知る。

ナターリヤの顔に、緊張よりも喜びが強くにじんだことに気付いたのだろう。レディウスはわずかに表情をやわらげて、さらに続けた。

「……とはいえ、国としては放置しておくわけにはいかないから、あなたの場合は、《盾》の魔術師であるオズマ・ゲクラン伯爵が後見人となり、《薬》の魔術師であるマグノリアナ・シエを護衛とした。双方には事情を通してある。二人はよくやってくれた。ああそういえば、マグノリアナ・シエからは《薬》の魔術を教わり、既に自身のものとしているとゲクラン伯から報告を受けているよ。あのシエ家の神童の魔術をよくぞ、と、感心させてもらったものだ」

続けざまに明かされる真相に、これ以上何をどんな反応をすればいいのか。ただ驚きに硬直しながら、そういうことだったの、と、遅れて納得する。

物心ついた時には既にオズマが後見人としてそばにいてくれた。あの〝エッカフェルダントの盾〟たる英雄が、一介の男爵令嬢風情になぜ、と時折疑問に思いながら、それでも彼があまりにも自然に、当たり前のように自分のことをかわいがってくれるから、そういうものなのだと思い込んでいた。

そしてマグノリアナについてもそうだ。彼女について、その出自を知ったのは最近のことだけれど、時折かけてくれる〝おまじない〟にはいつもお世話になっていた。

ただのナターリヤには過ぎた二人が、そばにいてくれたのは、そういう理由だったのか。

――でも、義務だからだとか、命令だからだとか、そういう理由ばかりではないのだわ。

それくらいは理解できる。真実を隠されていたことについては少しさびしさを覚えるけれど、レディウスの説明の通りであるならばそれも当然のことであると納得だ。

オズマも、マグノリアナも、疑いようなくナターリヤのことを慮り、慈しみ、愛してくれている。今は亡き両親もまた、同様に。だからナターリヤはずっと幸せに生きてこられたのだ。

――ありがとうございます、オズおじいさま。

――ありがとう、マギー。

胸がじんとあたたかくなって瞳を伏せると、そんなこちらをまぶしげに見つめて瞳を細めたレディウスは、続けて「あなたにはそうして、何も知らないまま、平穏無事な生涯を送ってもらうはずだった」と告げた。その声音に宿る、どうにもこうにも笑いをこらえているようにしか聞こえない響きに首を傾げると、彼はとうとうブフッと噴き出した。

「いや、すまない。ふふ、ふ、いやあ、まさかあのライオネルがと思うと……いやはや恋とはおもしろ……いや恐ろしいな」

「あ、あの？」

「四年間、ナターリヤ殿にルウェリン領での不遇を強いたのは、何もかもあの色ボケ……失礼、ライオネル・ルウェリンの企《くわだ》てだ。理由はどうあれ、《鏡》の魔術師であるあなたに対して赦される所業ではない。そう、赦されてはならないんだが……ははっ！　駄目だ、面白い！　おかしい！　やあライオネル、やはりお前がいると退屈しないな！　今からでも遅くないから私の近衛騎士として復帰しないか？」

「それはいい。安心するがいい若造、ナータは責任をもって僕が引き受けよう」

「冗談じゃありません!!」

ガキンッ！　とオズマの重い一撃をかろうじて弾《はじ》いて、ライオネルは怒声を上げた。「残念だ、ならばやはり力づくか」とさらに剣を振るうオズマと、その剣を受け止めるライオネルの攻防は続く。

あわあわと改めて慌てだすナターリヤのこともさも面白げに見つめて、レディウスは意地の悪い笑みを浮かべた。

「ナターリヤ殿。あなたがなぜライオネルとの婚姻が許されたか、知りたくはないかな？」

「え……？」

「まさか何の理由もなく彼と結婚したと思っているわけではないだろう？　あなたが、あなたの素性を知った今であればなおさらだ。もちろん『知らないままでいる』という選択肢《し》もある。ライオネルはあなたに今後も伝えるつもりはないだろうしね。だが、それは公平ではないと思うんだ。さて、どうする？」

どちらでも構わないよ、とレディウスは微笑みを深めた。

日々為政者《いせいしゃ》として政《まつりごと》に臨む、数多くの責任を背負い、その立場に君臨する存在のその笑顔の意図を掴《つか》めるほど、ナターリヤはまだ人生経験を積んではいない。

だからこそ、素直になろうと思った。どんな言葉を尽くすよりも先に、ただ頷く。

「教えて、いただきたく。わたくしは、これからも、リオ様の……ライオネル様の、妻でありたい、のです」

ぐっと息を飲み、姿勢を正して、まっすぐにレディウスを見つめ返す。彼は瞳をすがめて、

「うん」と納得したように頷いた。

そうして始まったのは、ナターリヤの知らない、ライオネルの物語だった。

＊＊＊

ライオネル・ルウェリンは今でもまざまざと思い出せる。それはさかのぼること五年前の話だ。

十八歳を迎え、ルウェリン侯爵の座を継いだばかりだったライオネルは、恋に落ちた。『恋』という甘くも苦い、昏くも輝かしい奈落へと、本人が意図せずしてライオネルのことを突き落としてくれた存在の名は、ナターリヤ・シルヴェスター。当時十五歳の、デビュタントを迎えたばかりの少女だった。

初めての、恋だった。話には聞いていたけれど、恋とはこういうものなのかと、彼女を想うだけで切なく震えるこの心が教えてくれていた。同じように彼女もまた、自分のことを想ってその心を震わせてくれたならば、どれだけ幸せか。

控えめな、楚々《そそ》とした容姿であった彼女は、目立つ存在ではなかったけれど、自分のように彼女の心を得たいと願う男がいつ現れるかも解らない。ナターリヤが自分以外の誰かのものになって、その男に甘く微笑みかける、そんな想像だけでぞっとするような思いだった。

だからこそ、ライオネルは急いだ。本来であれば婚約の申し込みからすべきところを、一足飛びで婚姻の許しを、彼女の両親であったシルヴェスター男爵夫妻に申し込んだ。

正直に言おう。勝算は大いにあった。少なくとも自分はそう信じていた。

自慢ではないが、《剣》の魔術師にして、王太子の近衛騎士としても名を馳せる、自他ともに認める見目麗しさを誇る自分からの婚姻の申し込みを断る貴族がいるなどとは思えなかった。亡き父に無理矢理押し付けられた〝ルウェリン侯爵〟という立場だってそうだ。初めて父に感謝したものだ。どんな相手にとっても、自分に付属する立場や力や容姿は、大層魅力的な餌《えさ》としてその目に映るだろうという確信があったのだ。

そうだとも。どんな相手であろうとも、喜んでこの話に飛びついてくるに違いないと思っていた。たとえナターリヤ本人にその気がなかったにしても、彼女の両親がこの縁談を進めてくれるだろう。そんな打算があった。ナターリヤとの絆《きずな》は、婚姻を結んでから、少しずつ育《はぐく》んでいけばいいと思っていた。とにかく、ナターリヤを妻として迎え、自分は彼女の夫となるという、確固たる立場が欲しかったのである。

正式な婚姻の申し込みの書状をしたためて、シルヴェスター家に届けさせた夜は、期待で眠れなかった。

本当に、本当に、自信があったのだ。だが、しかし。

――誠に光栄なお話ではありますが、辞退させていただきます。

そんな返信がシルヴェスター男爵から届けられた時、ライオネルは人目もはばからずその場に崩れ落ちた。

信じられなかった。なぜだ、と考えても答えは出なかった。やはり性急すぎたせいか。まだデビュタントを迎えたばかりの十五の娘を、いくらライオネルが相手であるとはいえ、さっさと嫁がせてしまうことをためらったのか。

——諦めるものか。

そう、ライオネルは諦めなかった。諦められるはずがなかった。何せ初恋だ。そしてきっとこれは、生涯においてただ一度きりの恋なのだという確信があった。

というわけで、シルヴェスター男爵からの丁重なお断りの書状を見なかったことにして、再び婚姻を申し込んだ。そしてまた断られた。ならば、と、自分とナターリヤが婚姻を結べばどれだけ利があるか、そしてそれ以上に、自分がどれだけナターリヤを想っているかを我ながら恥ずかしくなるくらいに懸命に綴《つづ》って再び申し込んだ。初めての恋文がまさか本人ではなく、その父親が最初に目を通すことになるなど想像したこともなかったが、こればかりは致し方ない。

そして、これまた断られた。また申し込んだ。また断られた。また申し込み、そしてまた断られ。このやりとりを何度繰り返したことだろう。当然五度や六度ではない。途中からシルヴェスター男爵からの返信からは疲れがにじみ出し、「そろそろ本当に諦めてください……勘弁してください……」というような内容が文面の端々から感じられるようになったが、構っていられなかった。

おそらくあれで、ライオネルは一生分の恋文をしたためたように思う。そのすべてが、ナターリヤには届けられていなかったであろうことを思うと切なくなる。だが、あの恋文は我ながらあまりにも必死すぎたために、そんな余裕のない恋文が彼女に知られずにすんでいたであろうことはある意味では幸いであったと言えるのかもしれない。

途中で、ルウェリン侯爵としての権力で、シルヴェスター男爵に圧力をかけてしまおうか、と思ったことがないとは言えない。一時期本気でそれを思案するくらいには追い詰められたこともある。けれどそれをしてしまったら、本当の意味でナターリヤを得ることは、二度と叶わなくなるであろうことは解っていた。たとえ婚姻を結べたとしても、その心は決してライオネルのものにはならないだろうと思えてならなかったから、飽きることなく正攻法で攻め続けた。

そうして、シルヴェスター男爵からの返信には疲れがにじんでいたとは先にも述べたが、けれどいつしか、どこかでライオネルのことを認めつつあるような言葉も綴られ始めるようになり、いよいよこれはそろそろイケるのでは？　とライオネルは期待に胸を膨《ふく》らませた。

シルヴェスター男爵は、夫婦揃ってその善良さに定評があると伝え聞いていた。ナターリヤの両親であるならば当然だと納得し、ならばこのまま押して押して押し通せばイケるのでは、と、ライオネルはまた婚姻の申し込みの書状を送った。

それが、彼らに対する、最後の書状になるとは、想像もしていなかった。

シルヴェスター男爵は、妻であるナターリヤの母親とともに不慮の事故に見舞われ、この世を去った。ライオネルとナターリヤの婚姻を、最後まで許さないままに。

その報《しら》せを聞かされた時の衝撃は、ライオネルの胸に一生刻み込まれ続けることだろう。書状のやりとりを交わす中で、絶対に婚姻についてはは色好《よ》い返事をくれなかったシルヴェスター男爵だが、それでも時折、彼はこちらに対する気遣いの言葉を寄せてくれる方だった。娘を愛し、その娘を奪おうとする諦めが悪すぎる男の言葉を、常に無下《むげ》にすることなく生真面目《きまじめ》にいつも返信をくれる、本当にすばらしい方だったのだ。そしてそれは、彼の妻であるシルヴェスター男爵夫人もまた同様であったことだろう。縁もゆかりもない自分は彼らの葬儀に参列することもできず、ただその冥福《めいふく》を自室で祈ることしかできなかった。

そして、ライオネルは、ナターリヤのことを想った。愛する両親を亡くした彼女は、どれだけ悲しんでいるのか。想像するだけで胸が痛んだ。叶うならば彼女の元に駆けつけて、力の限り抱き締めて、いくらだって慰《なぐさ》めたかった。

両親であるシルヴェスター男爵夫妻が亡くなったことで、ナターリヤの立場は宙に浮くことになる、という事実にはすぐに気が付いた。ならば、この自分が立ち上がるべき時が来たのだ。そう思った。

しかし、そうはならなかった。オズマ・ゲクラン伯爵が、ナターリヤの身を保護したからである。かの英雄、〝エッカフェルダントの盾〟と謳われるオズマが、元よりナターリヤの後見人であったということを、その時初めて知らされた。

あのオズマが一介の男爵令嬢の後見人になんて、と大層驚かされたものだが、それでもライオネルのすべきことは変わらない。シルヴェスター男爵に対してと同じように、今度はオズマの元へとナターリヤとの婚姻を望む書状を送り始めた。

結果は言うまでもない。惨敗である。それどころか、ナターリヤはそのまま、オズマとの縁談が進んでいるというではないか。その時のライオネルの心境と言ったら、それはそれは筆舌に尽くしがたいものだった。

荒れた。それはもう荒れに荒れた。親友であるメルヴィンは当初は同情してくれていたが、途中からいい加減にしろと怒り出し、やがて怒りを通り越して呆れかえり、最終的にドン引きされる程度にはライオネルは荒れたのである。

いよいよナターリヤが、この手の届かないところへいってしまう。考えるだけで気が狂いそうだった。

諦めるのか。このライオネル・ルウェリンが。ナターリヤ・シルヴェスターを。

そう自問して、すぐに答えは出た。

――諦めるものか！

かつてシルヴェスター男爵にすげなく断られた時と同じ、いいやそれ以上に大きくかたくなな決意だった。

これで諦められる男だと見くびられてたまるものか。ナターリヤの隣は、自分のものだ。彼女の笑顔を再び得るために、ライオネルは、今度はオズマに、ナターリヤとの婚姻の申し込みの書状を送り続けた。ナターリヤとオズマの縁談が、まだ確定事項ではなく、少しずつ進められている状態である、という点が、ライオネルにとっては幸いだった。

オズマに対してしたためた書状の数は数え切れない。オズマは伯爵位であり、侯爵位にあるライオネルから見ればその地位だけは格下となるが、彼のその英雄としての名声を思えば、ライオネルが背負う肩書きに一切引けを取らない。いいや、むしろオズマの方が格上である、とすら言えただろう。だからこそオズマは、いつまで経《た》っても諦めず、しつこくナターリヤを求めるライオネルに、とうとう直接圧力をかけてきた。

——諦めなさい。

オズマからの呼び出しに対してガチガチに緊張していたライオネルに対し、彼は静かにそう言った。それ以上の言葉はなかったが、他の言葉など無用であったのだろう。オズマ・ゲクランとは、そういう存在だった。

シルヴェスター男爵がどれだけ自分に心を砕いていてくれたかを、その時に思い知った。そして、オズマは、彼以上に決して自分とナターリヤの婚姻を許す気がないこともまた、悟らざるを得なかった。

だが、それでもライオネルは。

——諦めません。

ほとんど反射的に、気付けばそう言い返していた。こちらの反論が意外だったのか、黒檀の瞳をきょとんと瞬かせるオズマに一礼して、ライオネルはその場を辞し、その勢いで上司である王太子、レディウスの元に向かった。こうなれば最終手段を取るしかないという、我ながら情けなさすぎる行動だった。

そう、要はオズマよりもさらに権力を持つレディウスの協力を仰《あお》ごうとした、というわけである。もうなりふりなんて構っていられない。オズマがその気ならば、こちらにだって考えがあった。これまた自慢ではないが、レディウスには目をかけられ、かわいがられている自覚があった。自分がうっかり「結婚したい令嬢がいる」ともらした時も、「応援しているよ」と笑ってくれたのがレディウスだ。その時の笑い方は爆笑と呼ぶべき、いかにも面白がるばかりのそれであったことが懸念材料ではあったけれど、「応援する」と言ってくれたならば、ライオネルはそれを利用することに決めた。

――ナターリヤ・シルヴェスター男爵令嬢との婚姻を認めていただきたく。

そうレディウスに頭を下げた時、彼は大層驚いたように瞳を瞠り、「ナターリヤ・シルヴェスター？」とわざわざ繰り返した。それは、一般的に見てライオネルには釣り合わない立場の女性であるから驚いた、というわけではなさそうだった。

何か、ある。そう直感した。

そうだ、何もないはずがない。オズマ・ゲクランという後見人まで持つ彼女が何もないはずがないのだ。けれどそんな彼女が、彼女だけが欲しくて、ライオネルは懸命に言葉を尽くしてレディウスに訴えた。どうか協力してほしいと、結局他力本願になってしまった自分がどれだけ情けなく見苦しくとも、それでもどうしても諦められないからこそ。

レディウスは黙って聞いてくれた。何も言ってはくれなかった。いくらレディウスと言えど、あのオズマの存在を無下にするわけにはいかないことは解っていたため当然だが、これでいよいよ最後の望みの綱が切られたかと拳《こぶし》を握り締めた、その時だった。

──ライオネル。沈黙の誓いを立てられるか？

レディウスは、そう静かに問いかけてきた。気付けばうつむいていた顔を持ち上げて彼を見遣ると、レディウスは恐ろしいほどの無表情になって、こちらを見つめていた。

沈黙の誓い。それも、王族との誓いともあれば、破ったことが知れれば極刑に処されることすらある、固い誓約だ。

試されている、と感じた。そしてその沈黙の誓いの中に、ナターリヤが存在していることもまた、気付かざるを得なかった。ならばもう、ライオネルの答えは決まっていた。

是《ぜ》、と答えると、レディウスは深く溜息を吐き、そうしてその口を開いた。

──ナターリヤ嬢は、《鏡》の魔術師だ。

それは、馴染《なじ》みのない言葉だった。瞳を瞬かせる自分に対し、レディウスは丁寧に教えてくれた。《鏡》の魔術師がどういう存在であるのかを。ナターリヤがそんな特殊な存在であるだなんて考えたこともなかったが、そこでようやくライオネルは納得したのだ。シルヴェスター男爵とオズマが、ライオネルとナターリヤの婚姻を、決して許さなかった、その理由を。すべては、ナターリヤが《鏡》の魔術師だったから。そういうことだったのだ。

呆然と立ち竦《すく》んでいると、レディウスはこちらを憐《あわ》れむように見つめてきた。そのまなざしを知っていた。オズマと同じだ。彼は、諦めろ、と、ライオネルを諭《さと》そうとしていた。

当然だろう。ナターリヤの幸福を願うならば、自分はここで諦めるべきなのだ。ライオネルの妻になるということは、それだけの負担を強いることになる。それだけの価値と責任が、自分にはあるのだから。ライオネルの妻となれば、ナターリヤはさまざまな感情にさらされることになるだろう。嫉妬なんてかわいいものだ。もっと直接的な悪意にさらされることもあるに違いない。そうなれば《鏡》の魔術師であるというナターリヤは、そのままではいられない。

いくらライオネルがナターリヤに愛を捧《ささ》げても限界があるだろう、というのが、レディウス、そしてオズマの見解であったに違いない。それは正しい。人の悪意には限りがないのだから。

でも、それでも。

――諦めて、たまるものか！

幾度となく自分に言い聞かせてきたその言葉を、また繰り返した。

そうだ。それでもなお、諦められなかった。だからライオネルは、諦めることを諦めた。ナターリヤを、望まずにはいられなかった。

そうして、すべてを聞かされてもなお諦められなかったライオネルは、まずはナターリヤの護衛であるという彼女の専属侍女、マグノリアアナ・シエに接触を図った。ナターリヤのことを溺愛《できあい》している彼女は、ライオネルを完全に敵であると見なし、時には彼女の属性である《薬》の魔術すら使ってライオネルのことを追い返した。だがそれでも暇を見つけては彼女と接触し、食らいつき、そうしてやっと、「お嬢様にすべてを内密にして事を進めるのであれば」という言質《げんち》を取った。

続けて、ライオネルはさらに、自身にとってはもはや敵地と等しいルウェリン領の屋敷に、三人の〝手駒〟となる仲間を送り込んだ。

マーシャル辺境伯令息にして王太子付き近衛騎士である親友、メルヴィン・マーシャル。竜種の討伐の際に協力し合ったことで親しくなった、〝裁ち鋏《たばさみ》〟と誉《ほま》れ高いシグルズ・フルンツベルグ。テレジア・ルウェリンからの依頼でこの命を狙ってきたところを捕らえて、依頼という形で身内に取り込んだ、〝血まみれ《ブラッディ》ジャッキー〟もとい、ジャクリーヌ・デュプレ。

彼らの働きにより、幼い頃今は亡き母と暮らしたルウェリン邸の物置小屋を完璧に改築してもらい、本宅のテレジアの目からナターリヤを遠ざける手筈《てはず》をライオネルはまずは整えた。そうやってライオネルは、勝手にナターリヤを迎え入れるための環境を作り上げた。

本当に勝手だ。自覚している。誰からの許可も、そう、ナターリヤ自身の気持ちすらも無視した蛮行《ばんこう》であったと言えるだろう。

それでもなお、ただナターリヤにもう一度。その想いだけがライオネルを突き動かし、オズマに改めて直談判《じか》した。爆笑とともに彼からの『仮の許し』を得て、その足でレディウスからもこれまた爆笑とともにナターリヤとの『仮の婚姻』の承認を得た。

それでもその『仮の婚姻』を結ぶまでにも、結局半年もかかった。ナターリヤの両親の喪が明けるまでは、としても、その半年だって随分と長く感じられてならなかった。

そしてやっと結婚式を迎えても、結婚初夜は例の条件の一つである盗賊団の捕縛《ほばく》に駆り出され、夫婦らしいことなんて何一つできなかった。いやこれも当然なのだけれど、それでも少しくらい、と期待していた自分を思い知らされて無性に悲しくなったとは余談だ。

結婚式を挙げたあと、ナターリヤをルウェリン領に送り出し、自分は王都に残り、それこそ馬車馬のように働き続けた。

何度か死ぬかと思った。けれど死んでたまるものかとそのたびに誓いを新たにした。脳裏にはいつだって、結婚式で見た、この瞳の色のドレスを身にまとったナターリヤがいた。彼女のその姿だけで、何もかも乗り越えられるような気がした。


――そうしてようやく、この『今』がある。


やっとナターリヤは、本当の意味で自分の妻となってくれたのだ。とはいえ、それにしても。

「……まさかたった四年ですべて解決してみせるとはなぁ。てっきり諦めるとばかり思っていたんだが……」

剣戟は高らかに、あまたの剣と盾がぶつかり互いを喰らい合う、人知を超えた戦いを続けながら、ライオネルは、レディウスがナターリヤにしみじみと語ったその一言を正確に聞き拾った。それはオズマも同様であったらしい。こちらに上段から剣を振り下ろしながら、彼は大きく怒鳴った。

「たったじゃありません！　四年『も』です!!」

その黒檀の瞳が憤怒に燃えて、ライオネルのことをにらみ付けてくる。

「四年だぞ!?　十代の花盛りの娘の四年が、どれだけ大きいと思っている!!　ナータにその気がなかったからこそ黙っていたが、何度僕の力で無理矢理離縁させてやろうかと思ったことか！」

――そんな恐ろしいことを考えていたのかこのお方は！

ライオネルの背に戦慄《せんりつ》が走る。だが、負けてはいられない。切実さすら感じられる声音で、大きく怒鳴り返す。

「私だってこの四年、ターシャとの面会が許されず、どれほど辛《つら》かったか!!　面会は百歩譲って許されずとも仕方ないと思えども、手紙、そう、手紙の許可すらくださらなかったその口で何をおっしゃるんですかオズマ殿！」

しまった、うっかり声に涙がにじんでしまった。いやだって本当に辛かったのだ。

どれだけ自分がナターリヤに会いたかったか。その声を聞きたかったか。それが叶わずともせめて手紙くらい許してくれてもよかったのではないか。そのせいで彼女は自分のことを〝日陰の女〟だなんて勘違いを……いやこれはライオネルにも大いに責任があるのだが。

それでもとにかく、本当にものすごく、とっっっっってても、この四年間、面会も手紙も許されなかったことは辛かった。

「愛されているね、ナターリヤ殿」

「は、はい……」

レディウスがにこにことナターリヤに笑いかけているのが視界の端に映った。ついでに、そうしてナターリヤが、顔を可憐に赤らめさせたのも、確かに見た。

それがまずかった。完全なるライオネルの油断だった。

ガッ!!　と鈍《にぶ》い音を立てて、ライオネルの手から剣が弾き飛ばされる。次なる剣を手に喚《よ》ぶけれど、その隙を見逃してくれるオズマではない。彼は容赦なくライオネルの新たな剣もまた弾き飛ばす。

チッと舌打ちが飛び出した。幸いなことに、オズマにはもう新たな盾を生み出す余力は残されていないらしい。そして不幸なことに、ライオネルもまた、新たな剣を生み出す余力はない。

互いに荒い息を繰り返しながら、両手ががら空きになったライオネルに向けて、オズマがダンッと地を蹴《け》った。

——負ける、のか。

——この、決闘で。

——私、が。

そう呆然と立ち竦む。

ようやくナターリヤと想いを通わせられたと思ったのに。ここで敗北し、ナターリヤを失うのか。それは彼女と出会って以来、初めて感じるような恐怖だった。

負けられない。負けたくない。だが、もうオズマの剣は、あと数歩で、この喉に——……。

「————リオ様！　勝ってください！」

その勝利の女神の祈るような望みに、ライオネルはカッと瞳を見開いた。

＊＊＊

「リオ様！　勝ってください！」

気付けば、椅子を倒すほどの勢いで立ち上がり、淑女にあるまじき声量で叫んでいた。全身全霊を込めたライオネルへの願いであり、ナターリヤ自身の望みだった。

何も、知らなかった。何一つ、知ろうとはしなかった。そんな自分が恥ずかしくて仕方がない。そうあるようにと周囲が取り計らっていてくれたからこそだと言われればそこまでの話であるかもしれない。けれど無知であったという罪の理由にはならない。

ライオネルは、ナターリヤの知らないところで、時に命すらかけて努力を重ねていてくれたのに。それなのに自分は、ただ自分に〝日陰の女〟だと言い聞かせるばかりで、何もしようとはせずにいじけてばかりで。

ああ、恥ずかしい。こんなにも情けない自分なのに、それなのに今もなお、ライオネルは自分のために戦ってくれている。ならば、ならば自分は、今度こそこの心に正直でありたい。すべての願いを、あらゆる祈りを込めて、ナターリヤはそう、両手を組み合わせて心の限りの望みを叫ぶ。

どうか、どうか、どうかとこいねがう。この声は、ライオネルに届いただろうか。

だが無情にもオズマの剣がライオネルの喉笛に迫る。いいや、解っている。これは命をかけた決闘ではない。ナターリヤをかけた勝負であり、オズマの剣の切っ先がライオネルを傷付けることはないだろう。ただ明確なオズマの勝利とライオネルの敗北が突き付けられることになるだけだ。

目を閉じてはいけない。逸らしてはいけない。最後まで、ナターリヤこそがこの決闘の行方を見届けなくては意味がない。

ああ、どうか、どうかリオ様。そうナターリヤが両手を合わせて祈り、そして、次の瞬間。

――――キィンッ！

ライオネルの喉笛を捉えようとしたオズマの剣が弾かれる。黒檀の瞳が驚きに見開かれる。驚愕《きょうがく》ゆえの隙を見せたオズマに足払いをかけて膝《ひざ》をつかせたライオネルは、そのまま、袖口に隠し持っていた、つい一瞬前にオズマの剣を弾いたナイフを、彼の額へと突き付ける。

「ターシャは、私の妻です」

それは何よりの、勝利の宣言だった。

あまりのことにへなへなへな……と、その場に座り込むナターリヤの隣で、ぱちぱちとのんきにレディウスが拍手を送る。

「見事だった、ライオネル。ご苦労だったな、ゲクラン伯」

「っあ、リオ様、オズおじいさまっ！」

両者をねぎらうレディウスの声にいまだに笑う膝を奮い立たせて、ナターリヤは二人の元に駆け寄った。自分でも信じられないほど緊張していたらしく、気が抜けた瞬間ぼろりと涙がこぼれ落ちる。けれど泣くよりも先に、しなくてはならないことがある。

「――《薬よ》」

両手を広げてナターリヤがそう告げると、ふわりと爽《さわ》やかな香りがライオネルとオズマを包み込んだ。どちらも大怪我《けが》は負っておらずとも、それなりに負傷していた様子だったが、ナターリヤの号令とともにそれらの傷は見事にかき消える。

感心したように頷いているレディウスのことなどもう目に入らず、ナターリヤは、地面に座り込んだまま、なんだかより年老いたように見えるオズマのそばにひざまずいた。

「オズおじいさま、ごめっ、ごめんなさい、わたくし、わたくし……！」

「……いいや、いいんだ。泣かないでおくれ、僕のかわいいナータ。来たるべき日が来ただけさ。ほら、きみが寄り添うべきは、僕ではないと、もう解っているだろう？」

今までナターリヤのことを、両親と同じくらいに、いいや、もしかしたら二人以上に愛し、慈しみ、守ってきてくれた大切な御仁《ごじん》は、そう言って穏やかに微笑んで、ぽろぽろと涙を流すナターリヤの頭を撫でてくれた。

その手が、言葉にするよりもよほど雄弁に「行きなさい」と促してくれたから、だからナターリヤはオズマから離れ、こちらの様子を覚悟を決めた瞳で見つめるライオネルの元へ近付く。

当然のようにその胸にナターリヤを引き寄せてくれるライオネルを、オズマは悔しそうに、そして嬉しそうに見上げてから、「よいしょっと」と立ち上がった。

「ナータを泣かせるなよ、ライオネル・ルウェリン。いずれきみが〝剣聖〟を超える『エッカフェルダントの剣』と呼ばれる日を楽しみにしていよう。それからナータ……ナターリヤ・ルウェリン夫人。約束だ。必ず、幸せになりなさい」

そう言い残し、オズマはそれまでの戦いの疲れなど一切感じさせない機敏な動きで、颯爽《さっそう》と踵《きびす》を返す。レディウスもまた彼のあとに続く形で、「今夜はこの鍛錬場は人払いをすませてあるから、ゆっくりするといい」と片目を閉じてから去っていった。

……そして残されたのは、寄り添い合うナターリヤと、ライオネルだ。

リオ様、と、そっとその名を呼んで彼を見上げようとして、失敗した。ライオネルがその場に倒れ込むように座り込んでしまったからだ。

「リ、リオ様⁉」

「さすが、〝エッカフェルダントの盾〟……！　あの方が現役でいらしたら、私も本当に危なかったな」

感嘆と安堵が入り混じる声を、ライオネルは一気に吐き出した。ナターリヤはそんな彼の隣にひざまずいたが、何と言っていいものか解らない。胸がいっぱいになって、何一つまともな言葉を発することができないのだ。ああ、ああ、ああ。この感情を、衝動を、いったいなんて呼べばいいのかしら。リオ様、リオ様、ねえ、わたくし、わたくしは。

どうしようもないほどの想いに翻弄《ほんろう》されながら、ただ視線を外すのがもったいなく感じられてならなくて、じっと彼のことを見つめたままでいることしかできない。そんなナターリヤに対し、ライオネルはふふ、と嬉しそうに笑ってくれた。

「やはりあなたは、私の勝利の女神だ」

「え？」

「勝ってくれ、と。そう願ってくれただろう？」

「あ……」

そうだ。あの時ナターリヤは、オズマではなくライオネルを選んだのだ。

改めて自覚させられて赤面すると、くつくつとやっぱり嬉しそうに、幸せそうにライオネルは喉を鳴らす。

なんて綺麗《きれい》な笑顔なのだろう。その笑みにずっと、ずぅっと見惚れていたくなってしまう。

ぐぅっと胸の奥底から一気に湧き上がってくる感情が、そのままナターリヤを包み込んだ。

顔が熱くて仕方がない。改めて、レディウスが話してくれたライオネルの努力のあれそれが耳《じ》朶《だ》によみがえる。

彼のすべてが、ナターリヤのためにあったのだということが、こんなにも、こんなにも嬉しい。もう、疑うべくもなかった。ねえ、そうでしょう。信じて、いいのでしょう。そう素直に思えた。

「レディウス殿下から、事情を伺いました」

「あ、ああ……。すまない、かっこ悪い話を聞かせて……」

「かっこ悪くなんてございません!!」

「っ!?」

「リオ様は、誰よりも素敵な、かっこいいお方です!! だから、だからわたくしは……っ」

そう、だからナターリヤはライオネルのことを選んだ。どうして選ばずにいられただろう。オズマの優しい慈愛と、彼の焦がれるような情愛を天秤《てんびん》にかけるなんて、それがどれだけ罪深い真似であるのかを解っていながら、それでもなお、ナターリヤは目の前の存在を選んだ。

「すき、です」

ぽろりと、そう、気付けば口にしていた。ライオネルの金翠《きんすい》の瞳が大きく見開かれる。その美しさに見惚れながらも、衝動のままにナターリヤは続けた。

「すき、すき、好きです。リオ様、あなたが好き。あなたを、ナターリヤは、ターシャは、お慕いしております……!」

誰よりも。何よりも。

ナターリヤ・ルウェリンは、ライオネル・ルウェリンという人のことを愛している。

この想いが、本当に自分のものであるのかは解らない。レディウスは言っていた。《鏡》の魔術師は、自身に向けられる感情もまたそのまま映す存在であると。だとしたらこの想いは、ナターリヤ自身のものではなく、ライオネルの想いなのかもしれない。本当は自分は、彼のことなんてなんとも思っていないのかもしれない。

――でも。

それでも構わないのだ。構うものか。だって、ナターリヤは今、こんなにも嬉しい。こんなにも幸福の中にいる。それはライオネルが自分にくれる感情のおかげだと解る。だったらもう、何も疑うことなどない。彼の感情を嬉しいと思う、自分のこの感情が、衝動が何よりの答えだ。

自分もまた、確かにライオネルのことを大切だと思える、この気持ちが、すべてだった。

そうだ、そうだとも。

この嬉しさが、喜びが、どうして自分のものでないだなんて思えるだろう。

この想いは、たとえライオネルにだって譲れない、ナターリヤだけのもの！

そう、これは、確かに〝ダーシャ〟の恋であり愛なのだ！

呆然とこちらを見つめてくるライオネルに、ナターリヤは微笑んでみせた。気を抜けば涙がまたこぼれ落ちてしまいそうだった。けれど今、彼に向けるべきは、この自分が誰よりも幸せ者であるのだということの証明だと思ったから、だから笑ってみせた。

「わたくしは、わたくしが〝日陰の女〟であると、そう思っておりました。リオ様には、わたくしとは別に、〝本命〟のお方がいらっしゃると。ですが、違ったのですね。リオ様の〝本命〟は、わたくし。あなた様のターシャであると、そう、思ってよろしいのですね」

せいいっぱい強がってみせたけれど、やはり最後の言葉は震えてしまった。そんなナターリヤの頬に、ライオネルの手が寄せられる。そっと触れてくるその手に顔を傾けると、彼は「ああ」と感極まったように吐息をもらした。

「当然、だ。私の想う存在は、後にも先にも、ターシャ、あなただけだ」

――ああ、リオ様。

その言葉がどれだけ嬉しいか。もうこれ以上の幸福なんて味わえないに違いないと思えるほどに、この胸を熱くしてくれる、その言葉。

「はい。はい、はい、リオ、さ、ま」

限界だった。ほろりほろりと涙がこぼれる。そんなナターリヤの頬に、まるでそうするのが当たり前であるかのように唇を寄せて、ライオネルは微笑み、そうして、「それにしても」と首を傾げた。

「先ほども思ったんだが、元より私には、あなたしかいないが？　本命とは誰のことなのか……いや、それがターシャ、あなたのことと言うならばその通りなんだが……本命？」

心底不思議そうに、本命、ほんめい、と首を捻《ひね》るライオネルに、そういえば、とナターリヤもまた首を傾げる。

どういうことだろう。自分の勘違いだったのか。レディウスの話に偽りがあったとは思えない。となれば、ライオネルは常にナターリヤのために動いていたということになる。それなのに、ライオネルには〝本命〟と呼ばれる存在がおり、ナターリヤが〝日陰の女〟であるといううわさは、ルウェリン領でも王都においても、誰もが知る話となっている。

――あらあら？

――どういう、ことなのかしら？

ナターリヤの戸惑いにようやく気付いたらしいライオネルは、そうして、まさか、とその唇をわななかせた。

「……その、あなたに、この四年間、何かと贈り物を贈っていただろう？」

「は、はい。オズおじいさまを介して……」

「その贈り物を選ぶために、私に近付いてきたご婦人と出かけて、その、いつも助言をいただいていたんだ。毎回同じご婦人だと誤解を招くし贈り物も同じようなものになってしまうからと思って、そのたびに違うご婦人に頼んで……。いつもどのご婦人達も最初はご機嫌なんだが、大抵《たいてい》最後には不快そうになさっていて、とある方には、よほど素敵なレディを知っているのだろうと怒鳴られたんだが、ターシャのことならば当然と頷いて。だが私が四年も領地に寄り付かない……というかレディウス殿下とオズマ殿によって帰るに帰れなかったんだが、とにかくそういう状況を見て、私にはルウェリン領に残す妻であるあなたではなく、王都に隠された想い人がいると思われて、いた、のやも」

しれない、と、続けるライオネルの声は、本当に小さなものだった。

あらあらあらまあまあ。ナターリヤはすとんっとその場に尻餅《しりもち》をついてしまった。

「ターシャ!?」とライオネルが慌てて身体を支えてくれる。その腕の力強さに、ぶわりとまたしても涙が込み上げる。やっぱり駄目だった。

――そう、そうなの。そういうことだったの。

ようやくすべてに納得できる気がした。そういうこと、だったのだ。ライオネルにまつわる〝本命〟のうわさの根源には、確かに自分がいたのだと、やっと理解できた。彼はいつだってナターリヤのためを想って行動してくれていたのだ。

ライオネルの自分への愛情はもはや疑いようがないものであったけれど、こうして言葉にしてもらえたら、もう、もう、駄目なのだ。嬉しくて嬉しくて仕方がない。

「何度でも、繰り返そう。私には、後にも先にも、ターシャ。あなただけだ。あなただけが、私の恋であり、私の愛だ。私のすべては、あなたのものだ」

「〜〜〜っ!」

それは、何よりの、今までで一番の、手袋と同じくらいに尊い贈り物だった。

ああ、すき、だいすき、りお、さ、ま。圧倒的な衝動のままに、彼の腕にすがって、ナターリヤは続ける。

「リオ、様」

「あ、ああ、ターシャ」

「わたくしで、よろしいのですか？　わたくし、《鏡》の魔術師なのですって。わたくし、わたくし、これからもリオ様に、ご迷惑を……」

それ以上続けることは叶わなかった。

ライオネルの腕により、その胸にぎゅうと抱き寄せられたからだ。

「あなたがいい。ターシャ、あなただけだ。五年前の夜会で出会ったあの日から、あなたは私の光となってくれた。日陰者と罵《ののし》られていた私を、木漏《こも》れ日《び》の中の住人だと評して笑いかけてくれたあなたこそが、私にとっての光なんだ」

そんなこと、言っただろうか。出会ったことすら、覚えていないのに。

――それは本当に、わたくしのこと？

そうナターリヤが震えると、ぎゅうと抱き締めてくる力が強くなる。

「いいんだ。あなたが覚えていなくても、私は覚えている。それだけで十分すぎるほど、私は幸せになれるのだから」

「っ！」

なんて殺し文句だろう。

本当は、今夜の夜会で、何もかも諦めるつもりだったのに。今夜、ライオネルはきっと、ナターリヤとの離縁を、王太子殿下に報告するつもりだとばかり思っていて、だからこそ今夜を最高の思い出にしようと思っていたのに。

それなのに、ああ、なんてこと。

ナターリヤは、今、こんなにも幸せの中にいる。

「リオ様」

「ああ、ターシャ」

「わがままを申し上げても、よろしいでしょうか」

「なんでも言ってくれ」

間髪《かんはつ》入れずに返ってきた答えに、ナターリヤは涙にぬれる顔で笑って、そっとライオネルから身を離す。互いに向かい合わせになる形で、両手を差し出した。

「――――結婚式を、もう一度」

そう口にするには、随分時間と勇気が必要だった。ライオネルの麗しいかんばせに、満面の笑みが広がっていく、その花がほころぶような美しさに見惚れるナターリヤの手を、彼の手が包み込む。

「ああ、ターシャ。喜んで」

そしてライオネルは、右手、左手と順番に、四年前とまったく同じく、まるで壊れ物を相手にしているかのように、どこまでも丁寧に、慎重に、ナターリヤの手袋を奪っていった。

ナターリヤもまた、ライオネルの手袋を、四年前とは天と地の差とすら言えるほどの緊張感をもって外してみせる。

そのままナターリヤとライオネルは、互いの両手の手のひらを示し合う。

ナターリヤの両手には咲き誇る大輪の花のようなあざがあり、ライオネルの左手には剣のようなあざがある。

それらをそっと合わせて、示し合わせたように頷き合う。誓いの言葉はもういらない。ただ口付け一つあればいいと理解できるから、ナターリヤはライオネルの唇を、自らの唇で受け止めた。

やわらかくあたたかい感触が、数秒ののちに離れていく。

あらまあ、とナターリヤは瞳を瞬かせた。

「不思議だこと」

「……何がだ？」

「口付けって、こんなにも甘くて素敵なものでしたのね」

存じ上げませんでした、と、うっとりと続けると、ライオネルの身体がぶるりと震えて、また唇を奪われる。呼吸すらままならなくなるような、熱く激しい口付けだ。

身動きが取れなくなりただ顔を真っ赤にすることしかできず、ようやく、そう、やっとライオネルの唇から解放されても硬直していることしかできないナターリヤに、彼は嬉しそうににっこりと笑う。

「これからもっと学んでいこう。私と、あなたで」

——あらまあそんな、それはなんて甘くお熱いお誘いなのかしら！

あわあわと視線をさまよわせて、それでも見つめてくるライオネルの視線からは逃れられず、赤い顔で頷きを返す。ライオネルは嬉しそうに、幸せそうに笑ってくれた。だからナターリヤもつられて、心から嬉しく、幸せに笑う。

ぎゅっと手のひらを合わせて指を絡《から》ませ合うこのぬくもりが、きっと、何よりの誓いであるに違いなかった。

終章　木漏れ日の秘密

──長かった。本当に。

ライオネルは、王都から帰還して以来、幾度となく繰り返してきた呟《つぶや》きをまた吐き出した。

冬の迫るルウェリン領における政務は山積みだ。雪の多い地域であるからこそその対策は必要であるし、その雪に乗じて迫りくる魔物の討伐も当然同様である。「資料は揃《そろ》えておきましたから」と、かつて同僚の騎士だったはずの親友は、今や完全に立派な執事となって自分のことを支えてくれているが、それはそれとして、「じゃ、お願いしますね。俺は先に奥様方のお茶に参加してきます」と言い残して、さっさとこの執務室を後にした。イイ笑顔だった。うっかり「こ、この野郎……！」と思わずうなってしまった自分を誰が責められるというのだろう。

自分だって、晴れて本当に妻となってくれたナターリヤの元に行きたくて仕方ないのに。だが、少しくらい顔を出す程度であれば許されるのではないか、というライオネルの不埒《ふらち》な考えは、自他ともに認める立派な執事のメルヴィンにはお見通しであったらしい。「奥様はこれくらい毎年すぐにこなされていましたよ」と釘《くぎ》を刺されてしまっては、もう仕事に勤《いそ》しむより他はない。

ナターリヤ本人が知らぬうちにこなしていたという政務の量と、その采配《さいはい》のすばらしさは確かなものだった。初めてメルヴィンからその全容を聞かされた時には、驚きを通り越してもはや感心するより他はなかった。

――これが、《鏡》の魔術師ってことなのかね。

マーシャル辺境伯の令息として、幼少時よりいずれたずさわるであろう政務のノウハウについて厳しく仕込まれてきたはずのメルヴィンですら、そう舌を巻いていた。

ナターリヤは、メルヴィンの教えをすべて自分のものとして、それればかりかその応用すらも見事にこなしてみせるのだという。メルヴィンばかりではなく、ナターリヤに料理と護身術を教えているジャクリーヌや、裁縫を教えているシグルズも、うんうんと頷《うなず》いていた。

レディウスとオズマからの許可をもぎ取って、彼らにもナターリヤがどういう存在であるのかを、王都より帰還してから教えている。彼らは驚くことはなく、「なるほど道理で」と納得していた。

それほどまでに、ナターリヤはあらゆる面において優秀であるのだという。

彼女に幼少期から仕《つか》えてきたという実績のあるマグノリアナも「お嬢様は、私の《薬》の魔術も、すぐに完璧に行使されておりました。だからこそ私は当然、今は亡き旦那様と奥様も、オズマ様も、お嬢様のことを大層心配されていらっしゃいました」と語った。

その心配はごもっともだろうとライオネルは思う。ナターリヤは善良で慈悲深い。だからこそ心ない人間に利用されてしまうのでは、という危惧《きぐ》が生じるのは当然だ。

ナターリヤの愛情深さは、《鏡》の魔術師として周囲から愛情を注がれて育てられたからというばかりではなく、本来の彼女自身の性質もあるに違いない。でなければ、あれほどまでにあの癖の強い使用人達に慕われるわけがない。何よりこの自分が、惚《ほ》れるはずがないのだ。

「……ターシャは、本当に罪作りだな」

ぺらりと早くも雪の兆《きざ》しが見え始めているのだというルウェリン領北部からの報告書をめくりながら、ライオネルは大きく溜息《ためいき》を吐いた。その時だ。窓の向こうから、弾《はじ》けるような笑い声が聞こえてきた。

つい手を休めて窓に近寄った。このルウェリン邸本宅における二階の執務室からは、ちょうど中庭に通じるテラスが見下ろせる。ナターリヤを中心にして、四人の使用人達が楽しげに談笑している。その中に早く交ざるためには、一刻も早くメルヴィンから指示された政務を片付けなくてはならないのだが、それでもライオネルは窓辺から動けなかった。

楽しそうに笑うナターリヤから、目を離せない。

——ああ、美しい。

テラスの日差しの中で、輝かしく微笑《ほほえ》んでいる妻……そう、ようやく晴れて誰に恥じることもなく〝妻〟と呼べるようになったナターリヤの、その笑顔の、なんて美しいことだろう。

彼女は美しくなった。使用人達も、ようやく慣れてきたとはいえ、それでも時折彼らも顔を赤らめてナターリヤに見惚《みほ》れてしまうことがあるのだというのだから相当だ。当然、ライオネルも、彼女の姿を見るたびに、ただただこうして「なんて美しいのか」と感動に打ち震えることしかできない。

それは自分や使用人達の、いわゆる身内の欲目、と呼ばれる目線だからこそ、というわけではない。人前に出れば誰もが振り返り見惚れずにはいられないほどに、ナターリヤ・ルウェリンは誰よりも何よりも美しい。そしてさらに、日々、ますます美しくなっていく。優しくつやめく長い金の髪に、誰もが触れたいと願うだろう。その葡萄色《ぶどういろ》の瞳に魅入《みい》られて、そのまなざしをひとりじめしたいと、誰もが思うに違いない。

「まあ、その権利は私のものなんだが」

思わずそう呟いて、その内容を噛《か》み締めて、ぐっと拳《こぶし》を握る。こうして気を引き締めなくては、この喜びに、この幸せに、だらしなく笑み崩れてしまいそうだ。

こんな感情を自分が抱《いだ》くことになるだなんて、五年前まで、想像したこともなかった。

今でもまざまざと思い出せる。五年前のとある夜会で、彼女と初めて出会った日のことを。

当時の自分は、父の逝去《せいきょ》により、ルウェリン侯爵の名前を継いだばかりだった。たとえ侯爵位を継いだとしても、故郷であるルウェリン領に帰ってくるつもりなどまったくなかった。テレジアの暴走で荒れる、ろくな思い出のない故郷になど、誰が帰るものかと。レディウスの近衛騎士としての自分にも満足していたから、そのまま知らぬ存ぜぬを貫いてやるつもりだった。

それが、亡き両親に対する復讐《ふくしゅう》だった。

ライオネルが七歳の時に病死した母は、優しく穏やかな人だった。その性質に惹《ひ》かれ、気付けば後戻《あともど》りができぬほどに恋に溺《おぼ》れた前ルウェリン侯爵はつくづく愚かだったのだろうが、そんな男のことを受け入れ、また愛してしまった母もまた、やはり愚かな人だった。

そうしてテレジアに隠れて生まれたのがライオネルだ。物心ついた時には、ライオネルはルウェリン邸の〝物置小屋〟で、母と隠れて暮らしていた。わざわざ父は、外界と通じる隠し扉まで作って、母を囲った。物置小屋に訪れては幸せそうに笑う父に、母は嬉《うれ》しそうに微笑み返していた。

理解できなかった。隠されている自分がみじめだと気付いたのは、母が亡くなった時だ。悲しみに暮れる間もなく王都エスミラールの親類の元に送られて、そうして《剣》の魔術師として名を上げて、王太子殿下付き近衛騎士としての立場を得た時、やっと安堵《あんど》した。やっと日陰から逃れられたと思った。

だからこそそのまま……というライオネルの甘えに、忠誠を捧《ささ》げたレディウスは気付いていたのだろう。「ルウェリン侯爵として社交界に出るのは当然の義務だ」と命じられ、いやいや参加することになった夜会が、五年前のあの夜会だ。

目先にぶら下げられたライオネルの肩書に惹かれて寄ってくる令嬢達がわずらわしく、その屋敷の中庭で風に当たっていた時のこと。うわさに疎《うと》いライオネルですら知る、社交界によろしくない意味での浮名を流す某《ぼう》伯爵家の令息が、おそらくは酒に酔ってふらついている様子の令嬢を、言葉巧《たく》みにライオネルが一人で涼む中庭へと連れ出しているのを見た。

令嬢のドレスは白。それはその夜がデビュタントであるという証《あかし》だ。なるほど、社交の場に慣れない令嬢に、無体な真似をしようとしているのだろう。

別に放置しておいてもよかったのだが、ふと気まぐれに、彼女を助けることにした。あの時の自分を本当に褒《ほ》めてやりたいとライオネルはしみじみと思う。

――このようにいたいけな花を手折《たお》るだけの自信を持つには、まだ研鑽《けんさん》が足りないのでは？

ライオネルのその痛烈な、あまりにもあからさまな皮肉に、こちらが誰であるのかを知っていたらしい某伯爵家令息は顔を怒りで真っ赤に染め上げながらも引かざるを得ないことを悟ったのだろう。彼は憎々しげに歯噛みして、ぎっとこちらをにらみ付け、こんなことを口汚く吐き捨てて逃げて行った。

――妾《めかけ》から生まれた日陰者の侯爵には、その冴《さ》えないご令嬢がお似合いでしょうな！

ライオネルの発言もなかなかのものだったが、伯爵家令息の捨て台詞《ぜりふ》もまたなかなかのものだった。

日陰者。普段は気にするまでもないと思っているはずのその言葉が、驚くほど鋭く胸に突き刺さった。《剣》の魔術師として大成しても、誉《ほま》れ高き王太子付き近衛騎士の座を射止めても、それでもなおルウェリン家の血に呪われているようだった。

聞き慣れていたはずの言葉に傷付く自分が無性に情けなくて、忘れようとしていたはずのみじめさを思い出した。

そんな時だ。

——まあ、日陰者？

おっとりとした声音が耳朶《じだ》を打った。それが背後に庇《かば》っていた令嬢から発せられたものだと気付いて、思わず大人げなくまなざしを険しくしてそちらを振り返る。

そこにいたのは、逃げ去った伯爵家令息の言う通り、〝冴えない令嬢〟だった。くすんだ金の髪と葡萄色の瞳の、今回がデビュタントだというならばおそらくは十五歳ほどかと思われる、年若い、そう、言うなればどこにでもいそうな地味な少女だ。

彼女は予想通りどうにも酒に酔っているらしく、そのかんばせをほんのりと朱に染めていた。それともその顔色は、この自分を前にしたからか。勘違いされたら面倒だと早々に撤退しようとしたのだが、続いた彼女の発言に、ライオネルは動けなくなった。

――あなた様は、木漏れ日《こもび》の中にいらっしゃるのですね。

素敵だこと、とふわふわ微笑むその笑顔に、なぜだか目を奪われた。木漏れ日の、中。

〝日陰者《ライオネル》〟が考えたこともなかったその単語を前にして呆然《ぼうぜん》としていると、やはりふわふわふわふわと穏やかに微笑む彼女はさらに続けてくれた。

――日陰のお生まれと先ほどの方はおっしゃっていましたが、不思議だわ。

――あなた様はその日陰の中でもとってもまぶしくていらっしゃるのだもの。

――きっと木陰の中にいらっしゃって、その木漏れ日を浴びていらっしゃるのね。

――あなた様のその、とても綺麗《きれい》な瞳のような、きらきらの木漏れ日を。

その言葉に、ライオネルがどれほどの衝撃を受けたか。どれだけ、救われたか。

ああ、そうか。あの日陰の牢獄《ろうごく》のような〝物置小屋〟は、両親にとっては、光差す城だったのか。確かな木漏れ日を、二人はライオネルの中に見つけていてくれたのか。生まれて初めてそう気付けた気がした。

それを教えてくれた彼女の笑顔から、どうしても目が離せなかった。もっと美しい女を知っている。美しさだけを問うならば、鏡に映る自分を見ればすむ話だ。けれどそのどんな女よりも、自分よりも、目の前の令嬢は誰よりも美しく見えてならなかった。夜会のにぎわいから離れた夜闇で満ちる中庭の中でもなお、まばゆいばかりに輝かしく。

彼女のことを知りたいと思った。もっと知りたいと。その笑顔をもっと見たくて、その声がもっと聴きたくて、そのまなざしを受け止めたくて、その肌に触れたくて。そしてこの令嬢の何もかもを自分のものにしてしまえたら、どれだけ幸せか。

なぜだか衝動的にそう思えてしまって、そんな自分が信じられなくて。

そうしてライオネルが言葉を失って立ち竦《すく》んでいる間に、目の前の令嬢は、自身を探しに来た親族の元に駆けていってしまった。

——ナータ、ナターリヤ！　どこだい？

——はい、オズおじいさま。ナターリヤはここに。

ナターリヤ。それが、彼女の名前。

追いかけることはできなかった。ただ、彼女の名前だけを頼りに、夜会の参加者の中から彼女がシルヴェスター男爵家の令嬢であることを突き止めて、気付けば婚姻を申し込んでいた。

断られるはずがないという自信があった。だがしかし、結果は知っての通り惨敗だ。

あとは先達《せんだつ》ての王都において、王太子殿下がナターリヤに語ってくれた通りである。

——長かった。本当に。本当に。

もう一度その言葉を繰り返す。名残惜《なごりお》しい気持ちに蓋《ふた》をして、執務机に戻る。

オズマとの決闘を最後にして、一晩休んでから、ライオネルはナターリヤとともにこのルウェリン領に帰還した。ライオネルが今度こそナターリヤの夫として認められたことを、使用人達は素直ではないながらもそれぞれ祝福してくれた。

そうしてようやく、今がある。

この幸福を手放さないためにも、ルウェリン侯爵として、領地運営に余念なく挑まねばならない。非常に悔しいが、ナターリヤの元へ行くのはそのあとだ。けれど一度彼女の笑顔を見てしまったら、困ったことにまったく政務に手がつかない。ライオネルは椅子に座ったまま、がっくりとこうべを垂れる。

ナターリヤが《鏡》の魔術師であると知らされ、諦《あきら》めるより他はないのだとレディウス直々《じきじき》に突き付けられた時ですら、こんなにも大きな諦念《ていねん》など抱かなかったのに。

そう、ナターリヤが《鏡》の魔術師だからなんだ。上等だ。彼女を得るためならばなんだってしてみせると、むしろ奮起したものだ。

そのために、今は使用人となってくれた面子《メンツ》に頭を下げることなどいとわなかった。どんな魔物を相手取ることになったとしても怖くなどなかった。

怖いのは、二度とナターリヤに会えなくなること、それだけだったのだから。

「……まさか、結婚初夜も許してもらえないと思わなかったが」

当然と言えば当然であるとはいえ、それでも男としては辛《つら》かった、というのは下世話な話になってしまうのでこれ以上は伏せたいところではある。だが、一人の男として誰よりも惚れ抜く女に触れたいと思って何が悪いのだという気持ちは大いにある。

ルウェリン領に帰ってきて、いよいよ彼女と寝室をともにすることになった夜は、感激のあまり思わず泣いてしまって、ナターリヤを大層慌《あわ》てさせてしまったものだ。そんな彼女もかわいらしかったので反省できるかと言われると正直自信がない。

「――やるか」

とにかく政務だ。片付けるべきことを片付けて、一刻も早くナターリヤの元へ、と、そうライオネルが改めて羽ペンを手に取ったその時、執務室の扉がノックされた。

メルヴィンだろうかと思いつつ「どうぞ」と声を返せば、メルヴィンであるのならば彼にあるまじき慎重さで、それはそれは丁寧《ていねい》に、そっと扉が開かれる。

「リオ様、お仕事中申し訳ございません」

「ターシャ？」

愛《いと》しい愛しい妻が、そこにいた。やはりいつどの距離で見ても美しいその姿に思わず立ち上がって駆け寄ると、彼女もまたおずおずとこちらに近付いてくる。

いつにない態度だ。何やら顔も赤いし、その両手はなぜか後ろに回されている。

「どうした？　マグノリアナ達とお茶をしていたのでは……」

「その、マギー達のすすめで、まいりましたの」

緊張に強張《こわば》るナターリヤの声音に首を傾《かし》げる。あの使用人達がわざわざナターリヤを一人だけでこちらに寄こしてくれる理由が思いつかない。

いやだがしかし、素直にこうして彼女と二人きりになれるのはとても嬉しい。自然と笑みを浮かべて「なんだろうか」と先を促《うなが》す。けれどナターリヤは、それでもなお、何やらもじもじとした様子で、こちらの様子を窺《うかが》っては視線を逸《そ》らし、逸らしてはまたその視線をこちらに向けるのを繰り返している。その花のかんばせは薔薇《ばら》色に上気し、なんとも可憐《かれん》な風情である。

その姿をずっと見ていたい、なんて不埒なことを考えるこちらとは裏腹に、やがて彼女は意を決した様子で、後ろ手になっていた両手を、こちらへと突き付けてきた。

「こ、これを、受け取っていただけませんか？」

普段おっとりと穏やかに話す彼女にあるまじき、がちがちの声だった。

その手がこちらに突き出しているのは、薄い箱だ。ビロードに包まれたそれを反射的に受け取ってから、改めてこの現実に感動する。

「私に？」

「はい。リオ様、だけの、ために」

「っ！」

顔を真っ赤にしてナターリヤはこくこくと頷いてくれた。感激のあまり、力の限り彼女のことを抱き締めたくなったけれど、そこは耐えて、渡された箱を見下ろす。

「開けてもいいだろうか？」

「もちろんにございます」

その言葉に背を押され、期待に胸を膨《ふく》らませながら箱を開ける。

そして、その中に収められていたものを見て、息を飲んだ。


「――――手袋？」


そこにあったのは、一組の手袋だった。ルウェリン家の紋章が精緻《せいち》に刺繡《ししゅう》されたそれと、ナターリヤの顔を見比べる。

手袋を贈るというその行為の意味は、もう、互いによく知っていた。

「わたくしが、刺繡したものにございます。ドレスの、お礼に、と、思いまして。マギー達にはハンカチを贈ったことはご存じでしょう？　でも、リオ様には、その、どうしても、手袋が、贈りたくって……きゃっ⁉」

皆まで言わせず、ライオネルはナターリヤの華奢《きゃしゃ》な身体《からだ》を今度こそ抱き締めた。

歓喜が全身を包み込んで、どうにかなってしまいそうだった。

「ありがとう、ターシャ。何よりの……本当に、何よりの、贈り物だ」

嬉しい、と、その耳元でささやくと、ナターリヤもまた嬉しそうに微笑んでくれた。その笑みの、なんと美しいことか。

ああ、そうだ。ナターリヤは美しい。美しくなった。そしてこれからもどんどん美しくなっていくに違いない。他ならぬこの、ライオネル・ルウェリンの愛によって。

「ターシャ、口付けても？」

「……はい、リオ様」

葡萄色の瞳を伏せるナターリヤの唇に、幸福に酔いしれつつ自身の唇を寄せながら、ライオネルは思う。

ナターリヤはかつて、自分のことを木漏れ日の中にいるようだと言ってくれた。今でも時折、木漏れ日のようだと表してくれる。けれどライオネルは、いっそ自分は彼女のことをすべて隠してしまえる木陰になりたいと思ってしまうのだ。

これまでナターリヤは〝日陰の女〟とささやかれ、彼女自身もそう思っていたという。今となっては誰もが信じない話だ。彼女は誰よりも何よりもまばゆい存在になった。

けれど今、こんなにも輝かしい彼女を、今度こそ本当に〝日陰の女〟にしてしまいたくて仕方がない。そうしてそのまま、誰の目からも隠してしまいたい――なんて思っていることは、誰にも言えない、ナターリヤにすら教えられない、ライオネルだけの秘密である。

あとがき

もしかしたらはじめまして、あるいは改めましてこんにちは。中村朱里です。

このたびは『わけあり侯爵夫人は日陰者　剣聖の夫との恋は結婚四年目から』をお手に取ってくださり、誠にありがとうございます。

最初に正直に申し上げます。今回は本当に執筆が難航しました。主にヒロイン＝ナターリヤのことが好きすぎて暴走するヒーロー＝ライオネルのせいかと思われます。一時はどうなることかと思われましたが、無事に一冊の書籍という形になってくれて心からほっとしております。

そもそも今回のお話は、全編通してナターリヤ視点にて書いたお話でした。それが推敲を重ねるうちにあれよあれよと「ライオネル視点と半分で分けましょう」という運びになり、その結果がこちらでございます。

七転び八起き！　という気持ちで第八稿まで重ねました。最終的に「このお話を書けてよかった」と思えたことが何より嬉しかったです。書けてよかったー！（おふとんの上で大の字）

二人の視点を書くことができた本編だからこそ、たくさん語ることができたナタ一リヤとライオネルですが、その分、サブキャラ達の活躍をカットすることになったことは申し上げさせてください。初稿を見るとオズマおじいちゃんはもっと愛が重かったし、使用人ズはもっとライオネルに厳しかったです。

……と、振り返ってみると、カットして正解だったなぁとしみじみと思います。こういう形でないと、ライオネルは間違いなくナターリヤと本当の意味で結ばれることは叶わなかったのではないでしょうか。

ナターリヤ視点からだけだとそれなり以上にろくでもない夫になってしまうライオネルですが、彼視点を書くにあたって、書き手である私自身が彼を見直す機会を幸運にも得ることができました。ライオネルは彼なりに文字通り命を懸けて頑張っていたし、見苦しいくらいに必死になっていたことが、読者様に伝わってくださいますように、と願わずにはいられません。

当作品のイラストを担当してくださった條先生におかれましては、ナターリヤ、ライオネルをはじめとした登場人物達を大変魅力的に描いてくださいましたこと、心より御礼申し上げます。特にライオネルにつきまして、「ライオネルの魅力とは……？」と迷走していたときに條先生の設定画を頂戴し、「これだ！」と開眼することで持ち直すことができました。私新婚の奥さんを四年も放っておくような男の魅力……？

もライオネルも條先生に足を向けて寝られません。あとオズマおじいちゃんがあまりにもイケオジで天を仰ぎました。ナターリヤの今後は安泰です。

同時に、今回は本当に本当に本当に！　担当さんにたくさんのご助力を頂きました。いつも以上に暴走する当方をときに諫め、ときに導いてくださりありがとうございます。担当さんがいたからこそライオネルは無事にナターリヤと結ばれることができました。担当さんにも足を向けて寝られない私とライオネルはいったいどこを向いて眠ればいいのか、大変悩ましく思っております。

そして、改めまして、当作品のためにご尽力いただいたすべての皆様、手に取ってくださった読者様に、心からの感謝の気持ちを贈らせてくださいませ。

私事としましては、執筆中に私の心の支えとなってくれるおねこさまが増えました。たぬ、まる、満天に加えて、ニューフェイスプリンセスのミケです。どの子も世界一かわいいです。

『わけあり侯爵夫人は日陰者』が、読んでくださった方に少しでもさいわいをお届けできる作品になれていましたら、望外の喜びでございます。

二〇二三年一月某日　中村朱里

IRIS
ICHIJINSHA

わけあり侯爵《こうしゃく》夫人《ふじん》は日陰者《ひかげもの》
剣聖《けんせい》の夫《おっと》との恋《こい》は結婚《けっこん》四年目《よねんめ》から

2023年 3 月 1 日　初版発行

著　者■中村朱里

発行者■野内雅宏

発行所■株式会社一迅社
〒160-0022
東京都新宿区新宿3-1-13
京王新宿追分ビル5F
電話03-5312-7432（編集）
電話03-5312-6150（販売）

発売元：株式会社講談社
（講談社・一迅社）

印刷所・製本■大日本印刷株式会社

ＤＴＰ■株式会社三協美術

装　幀■世古口敦志・前川絵莉子
（coil）

ISBN978-4-7580-9530-3

この本を読んでのご意見
ご感想などをお寄せください。

おたよりの宛て先

〒160-0022
東京都新宿区新宿3-1-13
京王新宿追分ビル5F
株式会社一迅社　ノベル編集部
中村朱里《なかむらしゅり》 先生・條《えだ》 先生